MICHAL HVORECKÝ

AUS DEM SLOWAKISCHEN
VON MIRKO KRAETSCH

TROPEN

Die Übersetzung wurde gefördert durch SLOLIA,
das Literarische Informationszentrum in Bratislava

Der Autor dankt dem Slowakischen Nationalmuseum in Martin
für die Erlaubnis zwei Fotografien von M. R. Štefánik verwenden
zu dürfen.

Tropen
www.tropen.de
Die Originalausgabe erschien unter dem Titel »Tahiti«
im Verlag Marenčin Media, Bratislava
© 2019 by Michal Hvorecký
Für die deutsche Ausgabe
© 2021 by J. G. Cotta'sche Buchhandlung
Nachfolger GmbH, gegr. 1659, Stuttgart
Alle deutschsprachigen Rechte vorbehalten
Printed in Germany
Cover unter Verwendung der Daten des Originalverlags
Design: © Palo Bálik 2019
Gesetzt in den Tropen Studios, Leipzig
Gedruckt und gebunden von CPI - Clausen & Bosse, Leck
ISBN 978-3-608-50475-0

Gewidmet Radana

An Tahitis Küsten
tobt die Wellengischt.
Doch rudert weiter, Brüder,
die Wellen werden müder,
Land ist schon in Sicht.

Lange hat Tahiti
wie im Schlaf verbracht,
doch die Naturgewalten
helfen durch ihr Walten,
dass es nun erwacht.

Noch wuchert auf Tahiti
dichtes Dschungelgrün.
Wir haben uns verpflichtet:
Das Dickicht wird gelichtet
in eifrigem Bemüh'n.

Wer wahrhaft als Slowake fühlt,
hat das Surfbrett stets zur Hand.
Die Stunde hat geschlagen.
Lasst's uns gemeinsam wagen!
Tahiti, Ruhm dem Heimatland!

TRADITIONELLER HYMNISCHER
NATIONALGESANG

Der Himmel ist die Schale. Auch der Mann ist eine Schale.

Die Frau ist die Schale des Mannes. Der Mann ist die Schale der Frau.

Schalen gibt es so viele, dass man sie nicht zählen kann.

Vor langer, langer Zeit passte die ganze Welt in eine Kokosnuss.

Auf ihrem Grund war das erste lebendige Wesen zu Hause. Es existierte für sich alleine, in tiefer Verwirrung und Unsicherheit.

Das Geschöpf schwebte am Grund im Nichts und war umgeben von endloser Dunkelheit. Es dauerte unermesslich lange, bis eines Tages die Schale endlich platzte. Ein Lichtschein zeigte sich.

Über dem Ozean kreiste der treue Bote des Himmels, ein blauer Vogel, und suchte verzweifelt nach Festland. Er hatte das dringende Verlangen, sich zu setzen und zu verschnaufen. Die Schale war zu seiner ersten Behausung geworden und gleichzeitig zum Himmelsgewölbe.

Auf einmal fiel ein großer Felsen vom Himmel ins Meer und bildete die erste Insel. Dann kamen weitere hinzu, noch rau und unwirtlich. Steine und Klippen trafen aufeinander und freundeten sich an, sie stießen gegeneinander und wälzten sich herum, einer mit dem anderen, schwarze und weiße, spitze und flache, von der Küste und vom Gebirge, Kap und Bucht.

Der Vogel beschwerte sich, dass man sich auf dem nackten Felsen nicht vor der Sonne verbergen konnte. Daher begannen Regentropfen zu fallen, es entstand die Erde und aus ihr wuchsen nach einiger Zeit die ersten Rankenpflanzen hervor. Als die abgestorben waren und verrotteten, schlüpften aus dem Abfall Würmer und aus denen entstand später der Mensch.

Aus den Tiefen quoll Sand hervor und deckte Ebenen und Strände zu. Durch eine schmale Öffnung in der Erde strömte Wasser, rechts Süßwasser ins Landesinnere, und links Salzwasser, das immer mehr wurde. Die Urheimat befand sich auf den Irrlichternden Inseln, die immer wieder einmal am Horizont auftauchten, aber sobald irgendwer mit dem Finger auf sie zeigte, verschwanden sie gleich wieder.

1923

Viele hatten ihn zu überreden versucht, er möge nicht fliegen. Doch niemandem war es gelungen, weder seinen engsten Mitarbeitern noch seinen Geliebten. Für die Parade hatten sie ihm ein Schnellboot und eine Droschke als Ersatz angeboten, beides hatte er abgelehnt. Sie hatten ihm einen erfahrenen Co-Piloten vorgeschlagen, womit sie ihn regelrecht beleidigt hatten. Er war fest entschlossen, die Maschine bei den ersten Nationalfeierlichkeiten auf Neu-Slowakien allein zu steuern.

Vor den versammelten Journalisten verkündete er während des Aufmarschs: »Unsere Körper haben wir bereits hierher befördert. Jetzt geht es darum, unsere Seelen zu verwandeln. Und das wird ein neuer Sieg, den wir erringen müssen, denn jeder weitere Fortschritt hängt davon ab.«

Er liebte das Abenteuer, die Höhe, die Geschwindigkeit, die Bewegung. Er gehörte zu den ersten Spitzenpiloten auf der Welt. Flüge über Russland nutzte er, um die Einwohner vor dem drohenden Bolschewismus zu warnen. Seine Flugerfahrungen baute er an den Fronten des Ersten Weltkriegs aus. Eine Vielzahl an Erkundungsflügen führte ihn bis weit ins gefährliche Hinterland.

Aus der Luft sah er das dichte Netz der Schützengräben, die sich von Belgien im Norden bis zu den Alpen im Süden erstreckten, entlang der russischen Grenze zu Deutschland und Österreich-Ungarn bis auf den Balkan. In Westeuropa überflog er zerbombte Geländestreifen, die mit endlosen Reihen aus Kreuzen übersät waren. Tausende von Häusern, von denen nur verkohlte, leere Gerippe übrig geblieben waren. In der Umgebung der Festung von Verdun, Ort der schlimmsten Kämpfe auf französischem Territorium, wuchs nichts mehr, und die Vögel waren verschwunden. Die Flussufer der Marne waren dicht mit Leichen übersät.

Das sumpfige Gebiet der Champagne mit den Rot-Kreuz-Zelten, überflutete Kohlebergwerke, von denen die französische Wirtschaft abhängig war, die Fabriken in Schutt und Asche oder nach Deutschland abtransportiert. Ob seine Hände von selbst zitterten oder durch die Vibrationen des Flugzeugs, wusste er nicht. Er überbrachte wichtige Berichte über feindliche Truppenbewegungen. Er war der Begründer der Militärmeteorologie und lieferte seinen Befehlshabern die ersten Wetterberichte, die auch zutrafen und für zahlreiche Einheiten eine große Hilfe waren, womit er viel Aufmerksamkeit auf sich lenkte. Er wies auf aktuelle oder anstehende gefährliche Witterungsbedingungen hin, wertete Frontensysteme aus und beobachtete Gewitterwolken. Die Meteorologie betrachtete er für das Flugwesen als genauso unabdingbar, wie es die Atemluft für das Leben der Menschen war. Über österreichisch-ungarischen Schützengräben warf er Flugblätter ab und animierte die Soldaten zum Desertieren:

Slowaken! Slawen! Teure Brüder!

Die Stunde der Befreiung naht! Eure politischen Vertreter haben in Frankreich, England, Rußland und Amerika eine große Organisation geschaffen, die eifrig auch an der Befreiung unseres Volkes arbeitet.

Gerade jetzt bauen wir unsere erste eigene Armee auf. Burschen, Männer, die ihr uns lieb und teuer seid, helft auch Ihr uns! In Euren Händen liegt heute die Zukunft. Kämpft nicht für den Erzfeind! Laßt ab von Italien, das heute ebenfalls auf unserer Seite steht und für die Befreiung der Völker in Mitteleuropa kämpft.

Paris, im Juni 1916.

Für das Slowakische Auslandskomitee: Dr. Milan Štefánik

Für seine außerordentlichen Manövrierfähigkeiten in der Luft ernannten ihn die Franzosen strategisch zum ersten General slowakischer Herkunft und verliehen ihm den höchsten militärischen Rang.

Die Beförderung nahm er konsterniert zur Kenntnis, sie war ihm erstaunlich schnell zuteilgeworden, für den hohen Rang hatte er weder genügend Fähigkeiten vorgewiesen noch die entsprechende Qualifikation oder Praxis. Er begriff, dass nur der akute Mangel an slowakischen Führungskräften ihm solch einen atemberaubenden Aufstieg ermöglicht hatte.

Schon als er Offizier geworden war, hatte er sich zum Ziel gesetzt, seine Kenntnisse der Militärwissenschaften, des strategischen Planens und Führens möglichst weit zu perfektionieren. Immer ging es ihm um den Erfolg, in allem, was er im Leben anfing. Er wollte gelobt und bewundert werden. Bereits an der Universität in

Prag war ihm sein früheres stilles, provinzielles Leben als etwas weit Zurückliegendes erschienen. Er studierte so lange, bis er belobigt und den anderen als Vorbild hingestellt wurde.

Sobald er eine Sache erreicht hatte, stürzte er sich sofort in eine neue. Und machte so lange weiter, bis er auch darin erstklassig war.

Alles in der Metropole kam ihm bunt und neu vor und alles wurde durch seine Gegenwart so hell erleuchtet. Früher hatte er nichts, und jetzt entdeckte er die mannigfaltigsten Reichtümer. Er erlebte die Höhepunkte seiner Welteroberung.

Schädlich waren für ihn lediglich seine Frauengeschichten und die Schulden, die er überall machte, um sich seinen kostspieligen Lebensstil leisten zu können. Er wohnte prinzipiell in Luxushotels und kaufte teure Kleidung, die er gern mit seinen Auszeichnungen schmückte.

Seit jeher hatte er ein Faible für Nervenkitzel, Gefahr und Selbstaufopferung. Er quoll regelrecht über vor Energie. Er brauchte Bewegung, kein ruhiges Dahindümpeln. Keine Position, die er erlangte, konnte ihn voll zufriedenstellen. Hals über Kopf stürzte er sich auch in Aufgaben, um die andere einen Bogen machten.

Mehrere Male kehrte er von riskanten Missionen mit Schäden an seiner Maschine zurück. In einem Archiv fand ich eine handschriftliche Notiz von ihm: »Ich fliege über feindliche Positionen. Bei jedem Flug schießen sie auf mich. Bis jetzt bin ich nicht verwundet. Meine Pflicht erfülle ich eifrig, um dem slowakischen Volk alle Ehre zu machen und meine aufrichtige Liebe gegenüber Frankreich und Polynesien zum Ausdruck zu bringen.«

Die Piloten fingen zu jener Zeit gerade erst an, größere Entfernungen in der Luft zurückzulegen. Die Strecken wurden immer länger, oft zum Preis von Verletzten und Todesopfern. Es kam zu internationalen Wettbewerben darum, wer es weiter schaffte. Für die Überwindung von Rekordentfernungen wurden attraktive Preise ausgeschrieben. Jeder Flug bedeutete ein Risiko und eine körperliche Belastung, bei schlechtem Wetter besonders, denn die ungeschützte Besatzung war im Cockpit stundenlang den Witterungsbedingungen ausgeliefert.

Die zum Schwimmerflugzeug umgerüstete Caproni 450 mit der Registriernummer 11 495 bestand aus einer mit hellbraunem Leinen überzogenen Holzkonstruktion. Der dreimotorige schwere Doppeldecker-Bomber gehörte zu den modernsten Maschinen der alliierten Luftstreitkräfte. Die Baureihe litt allerdings unter gravierenden Mängeln, die auf die Entstehungszeit und auf Beschränkungen in technischer Hinsicht zurückzuführen waren.

Stolz hatte er sich die Maschine direkt vom Entwickler Giovanni Caproni aus Italien einmal über die halbe Erdkugel liefern lassen. Zwei der Motoren mit einer Leistung von je hundertfünfzig Pferdestärken hatten die Konstrukteure in seitlichen Gondeln auf den unteren Tragflächen platziert, der dritte trieb den Schubpropeller an.

Der Pilot saß hinter dem Navigator, und im rückwärtigen Teil, noch hinter den vollen Treibstofftanks, wurde die Besatzung durch einen Mechaniker komplettiert. Für Kampfhandlungen bestand die Ausrüstung aus zwei Fiat-Revelli-Maschinengewehren und Zweihundert-Kilo-Bomben, die unter der mittleren Gondel eingehängt wurden.

Warum war er so wild entschlossen, wieder zu fliegen? Vielleicht wollte er sich das Ergebnis seiner jahrelangen Bemühungen detailliert von oben anschauen. Vermutlich lag ihm daran, auf der ersten Feierlichkeit im Exil zu sehen, wohin er seine Landsleute geführt hatte, vom Himmel aus zu verfolgen, wie die Kolonisierung voranschritt, wie sich die Kokosplantagen ausdehnten, wie schnell neue Strohhütten hinzukamen, hier und da mit den für Čičmany typischen weißen Verzierungen oder mit Mustern aus Detva.

Oder er wollte das Observatorium sehen. In den Himmel eintauchen und die langen Dschungelstreifen betrachten, die einander ähnelten und unter ihm als Reihen aus uralten, von Rankenpflanzen aneinander gefesselten Bäumen vorbeiglitten.

Štefánik, ein kleiner, kränklicher Mann, aus dessen zerfurchtem Gesicht dennoch klare Augen strahlten, litt an Bauchschmerzen und Krämpfen und hinkte. Seine alltäglichen gesundheitlichen Strapazen hielt er kraft seines Willens in Schach und verbarg sie mit größter Anstrengung vor der Öffentlichkeit. Sich auszuruhen und zu regenerieren, war ihm fremd.

Nach dem Krieg wurde er oft von Schwächeanfällen heimgesucht, plötzlichen Bewusstseinsverlusten, ausgelöst von einer ungenügenden Durchblutung des Gehirns. Anfänglich fiel er nur sporadisch in Ohnmacht, seit 1918 allerdings bis zu zehnmal am Tag. Sein Zustand verschlechterte sich rapide, was es ihm unmöglich machte, auch nur die grundlegendsten militärischen und politischen Aufgaben zu erfüllen.

Seinen letzten Winter in Sibirien verbrachte er fast durchgängig im Dämmerzustand, ihn störte schon das geringste Geräusch oder plötzliches grelles Licht. Er aß fast nichts. Nur unter Einfluss starker Betäubungsmittel fand er Schlaf. Sein Leibarzt konnte ihm lediglich ein paar Löffel Tee oder Kaffee am Tag einflößen.

Diese Gebrechlichkeit schwächte auch seine labile Psyche. Im Oktober 1918 verlor er das Bewusstsein, als er in Japan gerade die Hauptvertreter der Legionäre aus Sibirien empfing, ein paar Monate später wiederum auf einem Schiff, mit dem er nach Tahiti unterwegs war, als ihn nämlich die telegraphische Nachricht in Aufregung versetzte, dass in Prag französische und italienische Soldaten mit Edvard Beneš an der Spitze eingezogen waren.

Auf einem Foto, das die Besatzung der Caproni kurz vor dem Start zeigt, sieht man etwas Ungewöhnliches: Männer in sommerlicher Montur unweit des Flugzeugs – und hinter Štefánik in seiner Sommer-Feiertagsuniform mit Tressen und Auszeichnungen steht ein Stuhl. Der geschwächte General konnte sich nicht auf den Beinen halten, vor dem Abflug musste er sitzen und war nur für das Foto aufgestanden. Aber auch seinen schlechten Gesundheitszustand wusste er noch geschickt zur Selbstdarstellung auszunutzen: Wenn es um die Freiheit und das Wohl des Volkes ginge, würde er unter allen Umständen arbeiten.

Ich kann mich an dem Foto gar nicht sattsehen. Die Augen mit der strahlenden Iris und den auffälligen weißen Ecken blicken müde in die Welt. Dabei fühlte er sich auf dem Pilotensitz seit jeher in seinem Element. Als wäre er in der Höhe sicherer unterwegs als mit den Füßen auf dem Boden. Vermutlich brauchte er einen gewissen Abstand von seinem Planeten – ein Phantast, Dichter und Schwärmer, der gleichzeitig Wissenschaftler, Pragmatiker und Staatsmann war. Vielleicht zog es ihn deswegen so stark zur Astronomie, zu den Sternen, dank derer er Polynesien entdeckt hatte.

Auf Tahiti war verständlicherweise noch kein Flugplatz gebaut worden, doch dank der Stabilisierungsschwimmer konnte seine Maschine auf dem Meer starten und landen. Der Militärattaché kümmerte sich ums Vorbereiten der Navigationspunkte.

Im Verlauf der letzten drei Tage waren in der Hauptstadt und auf dem Land Gebäude und Freiflächen in allen Farben erblüht. Aus den Fenstern hingen slowakische und französische Fahnen und über die Hauptverkehrsader spannten sich Ehrenpforten. An den ramponierten Mauern der Zentralpost wehte das Stadtwappen, weitere flatterten in dichtem Gewirr an Fahnenstangen. Gegenüber der Nationalbank war unter einem blau-weiß-roten Baldachin eine Tribüne mit vergoldetem Geländer aufgestellt. Auf der kleinen Bühne ein Stück weiter würde am Abend eine Laientheatergruppe ihre Vorstellung von der Donaukarawane noch einmal aufführen.

An einer erhöhten Stelle würden schon bald der General und Regierungsvertreter erscheinen. Gegenüber auf dem Vorhof waren zwei weitere Holzpodien für die Veteranen zusammengezimmert worden, damit sie von dort aus die Parade verfolgen konnten. Daneben hatten sich die vereinigten slowakischen und französischen Blaskapellen versammelt, die jedoch beim Stimmen nicht auf einen Nenner kamen.

Straßen, Fenster und Balkone hatten sich schon vor dem Beginn mit neugierigen Gesichtern gefüllt. Passanten lehnten sich auf die Geländer oder hielten sich an Laternen fest. Die Patrioten hatten auch die Statue dicht umlagert. Bei fast allen Männern in der Menge strahlten an den Revers Kokarden in den Nationalfarben oder Mini-Fähnchen.

Die Feierlichkeiten würden jeden Moment beginnen. Ideales Wetter, schwacher Wind, ausgezeichnete Fernsicht. Ein Junge war auf einen Elektromast geklettert und schrie hysterisch: »Er ist gestartet!«

Gewaltiger Jubel brach los.

Štefánik zog drei große Schleifen über den Inseln, er umflog Tahiti-Liptavi und Tahiti-Tatrai und segelte längere Zeit über dem Ozean dahin. Für einige Zeit war er außer Sicht, offensichtlich wollte er wieder einmal alleine sein.

Das Azurblau des Himmels war gestochen scharf. Über dem flachen Horizont strahlte jetzt am Vormittag eine kräftige Sonne. Es war brüllend heiß. Schwärme weißer Reiher flogen in Richtung Wasser. Das Dickicht aus Büschen und vorsintflutlichen Farnen zog sich bis in endlose Ferne. Die Katen am Ufer, die dort in kleinen Grüppchen standen, waren jetzt fast leer, nur die Säufer waren zurückgeblieben und lagen in ihren Hängematten, den Schnaps immer in Reichweite, als wäre das Schwitzen zum Sinn ihres Lebens geworden.

Wer nur irgend konnte, war gekommen, um den Kommandeur zu begrüßen und hochleben zu lassen, der demnächst landen würde. Tausende Slowaken, aber überraschenderweise auch Hunderte Eingeborene, sogar Dutzende Chinesen und ein paar Franzosen hatten sich eingefunden und erwarteten den Anflug des berühmten, legendenumrankten Giganten und Sonderlings.

Von den Alteingesessenen hörte man oft: »Kaum sind wir diesen perversen Nichtstuer los gewesen, diesen versoffenen Faulpelz und Parasiten, diesen Paul Gauguin, ist der nächste suspekte Fremde aufgetaucht, mit eigenartigen Gelüstchen und einer Schwäche für Sterne und Kometen und vor allem für die hiesigen Mädchen.« Ersterem waren nur ein paar Verzweifelte gefolgt, Letzterem allerdings ungebetene Menschenmassen …

Die Leute stellten sich auf die Zehenspitzen und reckten sich unter den auffliegenden Hüten, um ihn endlich sehen zu können. In der dichten Menge wimmelte es nur so. Unter unablässigen Hurra-Rufen konnte man undeutliches Trommelschlagen heraushören. Das Gedränge wurde immer größer, die begeisterten Menschen wollten zumindest einen kleinen Blick aus der Nähe auf die berühmte Persönlichkeit erhaschen.

Draußen auf dem Meer war deutlich ein Schiff zu sehen, offenbar mit weiteren Zuwanderern aus Ungarn. Früher einmal hatte das Auftauchen einer solchen Silhouette am Horizont unter den hier Ansässigen Panik ausgelöst. Partikel einer anderen Welt, Vorbote großer Veränderungen, Eroberungen, Massaker und Terrorregimes. Auch jetzt waren die Einwanderer nicht bei allen willkommen. Die Entwicklung ließ sich jedoch nicht mehr aufhalten.

Endlich ging das Flugzeug in den Sinkflug über. Tausende Augen verfolgten jede Bewegung der Maschine, die ratterte und fauchte, mit den großen Propellern die Luft verwirbelte und schwarzen Qualm ausstieß. Die Kapellen spielten beide Hymnen.

Es sah so aus, als hätte der General die Menge mit einem Winken gegrüßt. Hunderte Hände antworteten begeistert. Die Hurra-Rufe wurden lauter.

Die Einheiten an der Spitze der Parade kamen unter einem flatternden Gewölbe aus Fahnen heranmarschiert. Burschen mit Gesichtern aus Granit auf edlen, tänzelnden Pferden. Es wehten die Flaggen mit dem Doppelkreuz, sowie die rot-weißen tahitianischen, ähnlich den österreichischen, auch die französische Trikolore war zahlreich vertreten. Auch eine reich geschmückte Ehrenpforte wurde im Zug getragen. Das Getöse wurde immer lauter.

Aber es kam auch zu Rangeleien. Die Tahitianerinnen saßen auf dem Boden, meist mit Babys an den braunen Brüsten, und tranken beim Stillen Kokosmilch. Auch viele junge Slowakinnen hatten es sich bereits angewöhnt, oben ohne zu gehen, was die französischen Missionare und die slowakischen Konservativen störte. Nonnen versuchten, den Wagemutigen mit Gewalt weiße Habits überzustreifen, die sie den Eingeborenen bereits seit einigen Jahrzehnten aufgedrängt hatten.

Viele Slowakinnen gingen auch im Exil traditionell verschleiert, obwohl sie in der Wärme litten. Die alten Frauen trugen anlässlich der Feierlichkeiten Leinenunterhemden, Blusen mit weiten Doppelärmeln, Mehrfachröcke und spitzenbesetzte Westen, breite zweiteilige Schürzen aus schwarzem Perkal, und über die Schultern und kreuzweise über die Brust hatten sie sich dreieckige Tücher gebunden.

Weltanschauliche Konflikte wurden auf der Insel fast täglich ausgetragen. Die ledigen Burschen standen in Trachten aus Terchová und Leinenhosen mit breiter grüner Zierschnürung herum. In den weißen Lodenhemden schwitzten sie unerträglich und fluchten. So manch einer legte das Oberteil lieber ab und lief mit freiem Oberkörper am Strand herum. Den braungebrannten Männern glühten die Wangen und auf ihren Stirnen glänzten Schweißtropfen, durch die Mägen hatten sich Mikroben ihre Gänge gebohrt, jeder Zehnte litt an Syphilis oder Tuberkulose, und die meisten hatten wegen des Vitaminmangels bereits die Torturen des Skorbuts durchlebt.

Grüppchen von Tahitianern stießen gemeinsam in regelmäßigen Intervallen Wortkaskaden aus, die weniger an menschliches Sprechen erinnerten, als an ein tiefes Murren, unbegreifliche Litaneien.

Der Doppeldecker kam aus einer Höhe von sechshundert Metern allmählich immer tiefer herab.

Der Flugoffizier zündete zur Markierung der Windrichtung eine Rauchbombe.

Die Musik nahm an Intensität zu. Die Kapellen intonierten ein mitreißendes patriotisches Lied und die

Menschen stimmten ein, ganze Familien sangen eine Weile lang im Chor mit, doch die zweite und die dritte Strophe kannten sie schon nicht mehr auswendig.

Plötzlich zog die Maschine wieder aufwärts. Der Pilot hatte es in letzter Sekunde offenbar für besser befunden, noch eine Schleife über den Strand zu ziehen, um sich für das Aufsetzen auf dem Meer einen geeigneteren Platz auszuschauen und den Anflugwinkel besser zu wählen. Allerdings war das Flugzeug viel zu schwer, die Motoren schafften es nicht mehr, es nach dem heftigen Höhenverlust wieder nach oben zu ziehen.

In ihrem vergeblichen Steigflug verlor die Caproni an Geschwindigkeit, für den Bruchteil einer Sekunde fror sie sogar ein, in den Himmel verkeilt, um sich dann rapide Richtung Erdboden zu bewegen, regelrecht im Sturzflug. Die Massen jaulten auf vor Entsetzen.

Die Landevorrichtung mit den vorderen Schwimmern, die durch zwei Sporen am hinteren Teil der seitlichen Gondeln ergänzt wurden, fing zischend Feuer. Als die Maschine aufkam, brannte sie vorne lichterloh. Die Tragkonstruktion prallte mit ohrenbetäubendem Getöse auf die Grenze von Sand und Wasser, wo sie von den Flammen verschlungen wurde.

Aus einer erhaltenen Skizze, die Soldaten anhand von Zeugenaussagen in eine Landkarte eingezeichnet haben, kann man ziemlich genau herauslesen, was sich zugetragen hatte. Štefánik war offenbar beim Landemanöver ohnmächtig geworden. Das wäre eine Erklärung für den plötzlichen freien Fall und auch für die Position des Flugzeugs, das die Vertikale überschritten und sich sogar auf den Rücken gedreht hatte, als hätte der bewusstlose Pilot im Sturzflug den Steuerknüppel immer weiter nach vorn gedrückt.

Der Schock brachte für einen Moment alle zum Schweigen. Das Land erstarb in einer Stille, die den Blick begleitete, wohin auch immer man ihn richtete. Der vor Leben strotzende Urwald verwandelte sich in eine reglose Kulisse.

Dann waren mehrere starke Detonationen zu hören, als die Treibstofftanks mit dem Vorrat an Benzin und Schmiermittel explodierten. Das metallische Knirschen und Scheppern betäubte die Menge, die in Panik nach allen Seiten davonrannte. Über die schwarze Meeresoberfläche verbreitete sich das Feuer in einem Höllenkreis. Aus der Sicherheit des Urwalds ertönte das Flüstern ungezählter Stimmen. Viele Hände zeigten zum Himmel, die Leute riefen und sangen. Von den Leibern floss der Schweiß, die Augäpfel glänzten weiß und die Gesichter erinnerten an groteske Masken. Einem schockstarren Fahnenträger klatschte in dem Strom aus heißer Luft die Flagge immer wieder gegen die Wangen.

Die Behauptungen der Augenzeugen gingen erheblich auseinander, widersprachen sich sogar. Einige erzählten, aus den Trümmern seien noch Stimmen gekommen und man habe gesehen, wie sich die Gliedmaßen der eingeklemmten Opfer noch bewegt hätten. Ein langgezogenes Wimmern habe eine Ahnung von der kläglichen Angst und extremen Verzweiflung gegeben, die wohl bleiben würden, wenn die letzte Hoffnung einst die Welt für immer verlässt. Andere berichteten, die Besatzung habe keinen Laut mehr von sich gegeben, keinen Mucks mehr gemacht, so schnell und tragisch seien die Ereignisse abgelaufen.

Manchmal stelle ich mir vor, was er als Letztes gesehen haben mag. Die flimmernden Kreuze der Propeller. Den Widerschein der Sonne zwischen den Flügeln. Den reglosen Ozean. Den vom Wind zu Wellenform gewehten Sand. Die kantigen Felsen, die wie die buckligen Rücken von Urzeittieren aussahen? Oder schoss ihm durch den Kopf, ganz bestimmt irgendwo seine Tahitianerin gesehen zu haben?

Er fand sich im Reich der Toten wieder. Die Seelen der Eingeborenen begrüßten ihn mit schwarzen Blüten. Ich weiß, was die Verstorbenen für Tahitianer bedeuten.

Aus der vorausgegangenen Welt ist in der heutigen nur noch die Krake übriggeblieben. Entstanden ist sie aus Trümmern, aus Schalen, sie tauchte zwischen Felshalden auf, als sich zwischen den Elementen ein unbarmherziger Kampf entsponnen hatte. Den gewann das Wasser und die Welt versank in einer Sintflut.

Der erste Tahi vollbrachte viele gute Taten. Er eignete sich Weisheiten an. Kannte sich mit Zauberei aus. Fischte das Festland aus dem Meer. Zähmte die Sonne, zwang sie, sich langsamer über den Himmel zu bewegen, und verlängerte den Tag, wodurch er den Menschen Ernte und Essen sicherte. Er besorgte auch das Feuer, das zuvor lediglich in der Unterwelt zu Hause gewesen war. Er selbst kam kurz danach bei einem Feuer ums Leben, das er entfacht hatte.

Die Krake taucht immer dann auf, wenn etwas Wichtiges untergeht. Mit ihren langen Tentakeln holt sie die Toten zu sich in die Tiefen der unterseeischen Welt.

Viele Leute von hier, Eingeborene und auch Zuwanderer, beschwören bis heute bereitwillig, dass ihre Vorfahren an jenem unendlich traurigen Tag dicht unter der Wasseroberfläche den riesigen, rosig glänzenden Körper des Kopffüßers gesehen haben, seine acht ewig langen, scharfen Gliedmaßen, wie sie sich nach den schwelenden Trümmern reckten und darin herumtasteten. Als die Krake mit ihrer Beute im Wasser verschwunden war, breitete sich sowohl am Himmel als auch auf seinem Spiegelbild, der Erde, das weite, offene Meer aus.

2020

Früh um neun erschienen vor meinem Haus Mitglieder der Jugend-Landwehr. Sie trugen ihre dunkelblauen Uniformen mit den schwarzen Kreuzen auf den Schultern und der Trikolore im Dornenkranz am Revers. Direkt vorm Fenster hatten sie eine Pressekonferenz organisiert. Sie skandierten: »Wir sind hier zu Hause! Für Gott und Nation! Tahiti ist Slowakien!«

Das alles wurde live ins Netz gestreamt und auch im öffentlich-rechtlichen, oder besser gesagt: im staatlich-propagandistischen Fernsehen ausgestrahlt. Die Moderatorin beschuldigte mich der Kollaboration mit fremden Mächten. Dann versahen die jungen Leute die Fassade meines Hauses mit einer Tafel: Ausländische Agentin.

Jetzt war es also offiziell.

Ich bekam nicht die Möglichkeit, meinen Standpunkt zu äußern. Der Redakteur sagte mir am Telefon, das sei nicht nötig, denn die Organisatoren der Aktion würden nur eine gesetzliche Anordnung erfüllen. Er empfahl mir, lieber nicht nach draußen zu gehen. Wer weiß, was mir zustoßen könnte.

In stummer Verblüffung zog ich die Vorhänge zu. Mein Herz klopfte. Was vor meinem Fenster geschah, sah ich mir lieber im Netz an. Das Video auf dem Hauptnachrichtenkanal hatte blitzartig die meisten Klicks auf sich vereint. Die Kommentare vermehrten sich in schwindelerregendem Tempo.

Uniformierte junge Männer warfen Exemplare meines Buches, das vor Kurzem aus allen Buchhandlungen und Bibliotheken aussortiert worden war, auf einen großen Haufen. Den übergossen sie mit Benzin und zündeten ihn an. Die Flammen schlugen überraschend hoch, sie krochen über die Umschläge und blätterten mit dem Wind rasend schnell die Seiten um, die im Handumdrehen zu Asche wurden. Ich hatte Angst, dass auch das Haus Feuer fangen könnte.

Ich schaute auf den Bildschirm und doch ins Leere, Mund und Augen sperrangelweit aufgerissen. Das war keine Halluzination, nicht der Hauch von Wahnsinn, ich war nach wie vor bei Sinnen und bei vollem Verstand.

Meine Vorfahren, Uroma, Oma, Uropa, Opa, Vater und Mutter, verzweifelte Männer und Frauen, waren zu allem fähig gewesen. Praktisch alles Schlimme, was einem lebenden Menschen passieren konnte, war ihnen zugestoßen. Einem Menschenleben maßen sie keinen besonderen Wert bei. Und trotzdem würde sie das hier gewiss schockieren.

Die Geschichte des Buchs namens *Tahiti*, das vor meinem Fenster brannte, begann an Štefániks Ehrengrab. Unweit der Stelle, an der er ums Leben gekommen war. 1928 wurde dort ein Denkmal nach einem Entwurf des Architekten Dušan Jurkovič eingeweiht. Die terrassenartige Anlage mit vier hohen Obelisken ist aus Travertinblöcken gebaut. Ich bin oft dorthin gegangen.

Ursprünglich sollte der General einen Ehrenplatz auf dem Friedhof von Papeete bekommen. Der Architekt überzeugte jedoch die hinterbliebene Familie und die Amtsträger, in die Grabstelle auf der Anhöhe einzuwilligen. Dadurch wurde Štefániks Ausnahmestellung im symbolischen National-Pantheon gestärkt. Unter den bedeutenden Slowaken ist er der einzige, der seine letzte Ruhestätte oben gefunden hat. Der Trauerzug schritt aufwärts, aus dem Tal auf die Hügelkuppe.

Am Tag der Einweihung legten die Menschen trotz der Hitze nach geraumer Zeit erstmals wieder ihre Trachten an. Angehörige dreier Generationen strebten in Richtung Grabmal. Eine so zahlreiche Versammlung von Slowaken hatte es in der Geschichte noch nicht gegeben. Zum ersten – und einige wohl auch zum letzten – Mal erlebten sie das erhebende Gefühl von Eintracht und Zusammengehörigkeit, das von dem tragischen Ereignis ausgelöst worden war. Der schwarze Trauerschmuck deutete an, dass dem Nationalhelden und Befreier die gleiche Ehre gebührte wie einem König.

Alte Gewohnheiten vermischten sich bereits mit hiesigen, sodass die Slowaken auch Opfergaben dabei hatten, um Oro zu erfreuen, den Kriegsgott. Die Seelen der tahitianischen Toten weilen seit Menschengedenken auf dem Gipfel des Temehani, der immer von einer weißen Wolke verhangen ist, denn die Verstorbenen mögen Sonne und Licht nicht.

Unter den Slowaken war auch schon die Mode des Tätowierens mit polynesischen Techniken verbreitet.

Nach dem tragischen Zyklon von 1926 hatten die Männer in größerem und die Frauen in geringerem Ausmaß begonnen, sich Motive aus der verlorenen Heimat in die Haut zu gravieren. Alle versuchten auf jeweils eigene Weise, ihr Heimweh zu heilen.

Männer ließen sich nach Vollendung des zwölften Lebensjahres den ganzen Körper mit Zeichnungen bedecken, Gesicht und Zunge inklusive. Frauen meist nur die Schultern, den oberen Rücken, die Arme und die Mundwinkel. So ließ sich auf den ersten Blick abschätzen, wer aus welcher Gegend stammte. Wenn bei Auseinandersetzungen zwei zeigen wollten, wie unterschiedlich sie waren, streckten sie einander die Zunge heraus oder reckten sich die Schulter mit einem charakteristischen Bild aus ihrem Geburtsort entgegen. Wenn sie trauerten, ritzten sich die Slowaken auch die Stirn mit Messern aus Haifischzähnen, wie es ihnen die Eingeborenen beigebracht hatten.

Beim Grab des Generals, den auch die Sieger im Großen Krieg verehrten, wurden sie sich wahrscheinlich besser als jemals zuvor ihrer selbst bewusst, glaubten an ihre eigenen Kräfte.

Das erhöhte Plateau erinnerte an einen Aussichtspunkt, von dem aus sich ein atemberaubender Blick auf die Bucht und den Ozean eröffnete. Unweit des von Basaltblöcken gesäumten Ufers ragte der Urwald auf, ein dichtes Gewirr aus Wurzeln, Pflanzenranken, Bäumen und Laub. Der Dschungel übergoss das Denkmal mit seiner Frische, begleitet vom durchdringenden Duft nach Blüten und Waldhonig. Auf dem höchsten Punkt des Ehrengrabs saß besonders gern ein Papageienpärchen. Die schwerfällig im Boden steckenden Gipfel des Binnenlandes mit ihren buckeligen Hängen flimmerten in üppigem Grün.

Štefánik. Mein Urgroßvater. Er hat viele Kinder gezeugt, auf Tahiti besonders. Eine weitere Tatsache, über die wenig gesprochen wird. Verführer und Zerstörer der Frauen.

Antoinette, die Tochter seines Chefs, des Astronomen Jules Janssen. Die tschechische Studentin Marie Neumannová, genannt Marienka. Die dreizehn Jahre jüngere französische Journalistin und Politikerin Louise Weiss, Praktikantin beim Inhaber der Zeitung *Le Radical*. Claire Boas de Jouvenel. Auf Tahiti dann Temana, Maranie, Ranitea, Vanina, Taute, Raitahi, Hina, Moe, Minihoa, Nunui ... Um nur ein paar der Namen zu nennen, die ich ausfindig machen konnte.

Am Denkmal knirschte bei jedem Schritt der Sand unter meinen Füßen. Ich hörte das Rascheln von Eidechsen. Die Stimme der Brandung klang, als würde mir meine Schwester etwas sagen. Das Donnern der Wellen kam in fast gleichmäßigem Rhythmus wie ein Atmen. Ich blickte zum Himmel und auf das immergrüne Gebirge. Immer wieder stellte ich mir dieselben Fragen. Wer war Milan Rastislav Štefánik? Wie sollte man ihn glaubwürdig darstellen?

Er ist der Grund, dass ich Historikerin geworden bin. In unserer Sprache: Rauti, Geschichtenerzählerin. Für ihn habe ich mich entschieden, mich der Wissenschaft zu widmen. Damit ihn die Menschen nicht nur als Skulptur, Symbol oder Monument wahrnehmen, sondern endlich als Menschen.

Zum Symbol war er allzu früh geworden. Sein plötzlicher Tod setzte die Mythenbildung in Gang. Kurz nach dem Flugzeugabsturz wurde sein Opfer idealisiert. Die Gesellschaft litt unter einem Mangel an Helden und Vorbildern, und so wurde Štefánik zum ersten Slowaken der Geschichte, dessen Kult von der staatlichen Verwaltung geschaffen wurde. Denkmäler von ihm wuchsen auf den Inseln wie Pilze nach dem Regen, und in jeder tahitianischen Ortschaft wurde nach ihm eine Straße oder eine Schule benannt.

Auch jetzt noch erschien jeden Monat ein neuer Blog, in dem Verschwörungstheorien über Mord, Selbstmord, Attentat oder Abschuss entfaltet wurden. Einmal wurden die Franzosen für das angebliche hinterhältige Verbrechen verantwortlich gemacht, ein andermal die Tahitianer oder die Ungarn und immer wieder die Juden. Diverse Gegendarstellungen, die über die Tragödie veröffentlicht wurden, gaben den Mutmaßungen immer neues Futter. Die Armee stand seit jeher hinter ihrer Version der Ereignisse, damit der gute Ruf der italienischen Wasserflugzeuge erhalten bliebe.

Diese Wahnvorstellungen stießen auf ein großes Echo, sie gehörten zu den am meisten verbreiteten Nachrichten in den sozialen Netzwerken. Auch Politiker beriefen sich auf sie. Laut der sogenannten Französischen Version war Štefánik auf Anordnung von Paris abgeschossen worden, weil er den ausländischen Einfluss auf der Insel nicht ausreichend durchgesetzt und es abgelehnt hatte, Verpflichtungen zu erfüllen.

Solche hanebüchenen konspirativen Konstrukte publizierten nicht nur Laien, sondern auch meine Kolleginnen und Kollegen aus dem Institut für Geschichte. Die Akademie der Wissenschaften organisierte sogar üppig dotierte Konferenzen, wo über die angebliche Tötung quasi qualifizierte Debatten geführt wurden. Man legte erfundene Beweise vor und veröffentlichte Sammelbände voller absurder Studien. Im Dienste der einzigen, offiziellen Geschichtsschreibung wurden Fakten tendenziös ausgewählt, um eine bestimmte Ansicht zu stützen, wohingegen andere übersehen oder ignoriert wurden. So wurde ein Beruf in Misskredit gebracht, der durch niedrige Wertschätzung und miserablen gesellschaftlichen Status sowieso schon weit unten auf der Stufenleiter rangierte. Und die Rektoren schwiegen.

Diese Entwicklung trieb mich zur Verzweiflung. So viele in meinem Fach stritten sich beim Interpretieren von Štefániks Tod bis aufs Messer, doch mich interessierte vor allem, was er getan und wie er gelebt hatte.

Zwölf Jahre verbrachte ich mit intensivem Geschichtsstudium an der Polynesischen Universität. Ich las Hunderte Bücher, Tausende Dokumente, Archiveinträge, Schlachtenschilderungen und Traktate. Ich lernte, nicht bloß über Geschichte nachzudenken, sondern in der Geschichte zu denken. Besonderes Augenmerk legte ich auf die Schicksale von Frauen, die in der Geschichtsschreibung bisher nicht als wesentliche Akteurinnen angesehen worden waren, ihre Leben wurden ausgelassen oder verschwiegen.

Warum hatten sich arme Mütter und Großmütter aus Mitteleuropa entschlossen, mitsamt einer vielköpfigen Kinderschar auf eine lange und gefährliche Reise ans andere Ende der Welt zu gehen und ein neues Leben zu beginnen? Anstelle der farblosen Vorstellung von einem armen Schlucker, der ewig für den Großbauern schuftete, oder von einer verhärmten alten Frau im Kreise ihrer zwölf Enkelkinder wollte ich endlich vollwertige Menschen sehen.

Ich wurde zum Promotionsstudium zugelassen. Hielt Vorlesungen zur ungarischen Geschichte des 19. und 20. Jahrhunderts und schrieb darüber für französische akademische Zeitschriften. Bloß trafen erneut Politiker Entscheidungen über die Vergangenheit. Die Oberhoheit über die Geschichtsschreibung zu erlangen, wurde zu einer der Hauptbestrebungen der Regierung. Die neue Riege besetzte sowohl bei der Akademie der Wissenschaften als auch im Institut für historische Erinnerung die Leitungsebenen neu. Unter solchen Bedingungen arbeitete es sich immer schwerer. Dauernd stieß ich auf Unwillen vonseiten der Bürokratie. Meine kritischen Praktiken waren keine Türöffner in den Ministerien, sie entsprachen nicht der offiziellen Version der geschönten historischen Ereignisse.

Den Doktortitel erlangte ich mit einer Arbeit über die 1933 vom bekannten Prager Journalisten Ferdinand Peroutka ausgelöste Polemik zu Štefánik. Dieser Autor hatte ihn öffentlich kritisiert und als Monarchisten bezeichnet, als oberflächlichen Karrieristen, als Menschen voller Widersprüche, der die Demokratie nicht zu schätzen wusste, als Populisten und potenziellen Diktator. Peroutka zufolge hatte er in sich so viel Konservativismus herangezüchtet, dass er ihn mit anderen teilen konnte. Er nahm Anstoß an Štefániks unstetem, aufbrausendem Naturell und bezeichnete sein früheres Wirken als Risikofaktor beim Aufbau des tahitianischen Staates.

Meine Arbeit sorgte in Fachkreisen für unerwartetes Aufsehen. Vor allem die Nationalisten fielen über Peroutka her, nannten ihn einen überheblichen, elitären tschechischen Chauvinisten und Kollaborateur, der auf Bestellung der Obrigkeit schrieb. Irgendein Minister hatte sogar Peroutkas späteren Artikel über Hitler herausgekramt, wobei er in mehreren seiner Attacken dessen Inhalt unappetitlich verdrehte.

Ein bekannter slowakischer Professor wiederum hielt Peroutkas Worte für einen klaren Beweis dafür, dass man sich auf die Tschechen noch nie verlassen konnte, dass sie die Slowaken nicht als gleichwertig ansahen, und begrüßte daher die Entscheidung des Volkes, nach Tahiti zu gehen. Ein weiterer Experte argumentierte hingegen, dass mit dem Weggang die einzigartige historische Chance zum Aufbau eines eigenen Staates in Mitteleuropa – aber sicherlich ohne die Tschechen! – vergeben worden war. Er erklärte, ich sei zu jung und tendenziös und verstehe die Zusammenhänge nicht, und er warf in den Medien sogar mehrmals die Frage auf, wer mich für die Propaganda bezahlen würde. George Soros?

Das kränkte mich besonders, denn das Gehalt einer jungen Wissenschaftlerin reichte nicht einmal an das Mindestlohnniveau heran. Ich war nicht ehrgeizig, aber es wurmte mich, dass ausgerechnet die Handlanger der Macht ihren Platz an der Sonne genossen und das Ansehen des Fachgebiets verdarben. Ich verfolgte die Debatten mit sprachlosem Staunen. Die Reaktionen hätten mich warnen sollen. Angeblich sei ich in meiner

Arbeit nicht zu einem klaren und pronationalen Fazit gelangt. Aber woher hätte ich das nehmen sollen? Es mir aus den Fingern saugen?

Ich war von Archivquellen ausgegangen und anhand derer konnte man nicht zu eindeutigen Antworten gelangen. Ich hatte Beweise verifiziert, Zitate gesucht und mich auf die erhaltenen Aufzeichnungen und Zeugenaussagen gestützt. Ich hatte mögliche Versionen skizziert, wie sich der Flugzeugabsturz aller Wahrscheinlichkeit nach abgespielt haben könnte.

Außerdem war Peroutka keine hundertprozentig verlässliche Quelle, er hatte die Situation beschönigt und sie an seine Position angepasst. In seinem Buch über den jungen Tschechischen Staat hatte er die Prager Pogrome von 1918 und 1919 unter den Tisch fallenlassen. Er hatte auch die Probleme im Zusammenleben mit der deutschen Minderheit verschwiegen. Die neue Republik hatte er schöner machen wollen, als sie es in Wirklichkeit gewesen war. Er hatte genauso an der Schaffung eines Mythos gearbeitet.

Im Rahmen dieses zugespitzten Konflikts erlebte ich am eigenen Leib, wie beide Seiten statt eines Dialogs lediglich Monologe führten. Jede brachte ihre Sichtweise vor und interessierte sich nicht für die Argumente der anderen. Es hieß, wie ich eine so durch und durch positive Persönlichkeit dermaßen herabwürdigen könne, warum ich den Nationalhelden regelrecht als Verräter und Feigling bezeichnen würde. Dabei hatte ich nichts dergleichen geschrieben.

Schmerzlich vermisste ich eine sachliche Diskussion. Nicht Fakten waren entscheidend, sondern Emotionen.

Ich bekam immer größere Zweifel daran, dass sich unter den Sedimentschichten aus Ansichten und Standpunkten noch der wirkliche Štefánik entdecken ließe, dass ich irgendwann die Wahrheit über ihn erfahren würde.

Historische Forschungsarbeit erforderte viel Zeit, Geduld und vielfältiges Wissen. Allerdings wurde mir das vom tahitianischen System der Organisation und Finanzierung von Wissenschaft in hohem Maße unmöglich gemacht. Reformen im Schulwesen und in der Wissenschaft verschlimmerten die Situation nur noch, denn statt zu unterstützen, wurde vor allem quantifiziert und bestraft. Es kamen Kriterien hinzu, nach denen Wissenschaftler obligatorisch auf Englisch publizieren mussten. Die Institutionen kümmerten sich allerdings nicht um bessere Bildung, investierten ihre Mittel nicht in gute Übersetzungen und Textlektorate, sie zählten lediglich die Ergebnisse. So entstanden zwar viele Publikationen, aber in schrecklichem Englisch. Die festgesetzten Kriterien belohnten die Zahl von Veröffentlichungen viel stärker als ihre fachliche Qualität. Nur wenige Kollegen schafften es, so auf die Schnelle etwas wirklich Innovatives und Gutes zu schreiben. Sie hätten es gebraucht, ein, zwei Jahre lang einmal nichts zu publizieren, um anschließend eine größere und in sich geschlossene Arbeit präsentieren zu können.

Mein Umfeld an der Uni erwartete nun von mir rasch eine weitere Studie. Der politische Druck nahm zu. Das Institut fürchtete sich vor weiteren kritischen Wortmeldungen. Der Bildungsminister ließ verlauten, er würde, sollten sich ähnliche »Fehler« wiederholen, dem Lehrstuhl Gelder streichen. Die Universität müsse mehr dafür tun, den slowakischen Blick auf die Geschichte eindeutiger zu präsentieren.

Die Institutsleitung benötigte dringend Publikationen für Fördermittel und Punkte fürs akademische Ranking. Ich schaute mir meine offenen Karteikästen an, die zusammengetragene Literatur und die ausgebreiteten Konzepte und Skizzen. Sämtliche Fakten befanden sich hier an einem Fleck. Mir wurde allerdings bewusst, wie fremd mir das alles geworden war.

Den Gedanken an die seit Langem geplante Štefánik-Biografie verwarf ich. Obwohl ich drei Jahre Material gesammelt, mit Archivaren und Bibliothekaren korrespondiert, alte Zeitungen und Zeitschriften durchstöbert, Untersuchungen verglichen und parallele historische Interpretationen verglichen hatte.

Dafür kam mir einmal, als ich gerade eine neue Karteikarte in die braune Pappkiste einsortierte, der Einfall, einen Roman zu schreiben.

Was wäre passiert, wenn die Slowaken nicht nach Tahiti gegangen wären? Wenn sie in dem Kessel zwischen Tatra und Donau geblieben wären? Wie wäre dort ihre Geschichte weitergegangen?

Die Fragen brachten mich um den Schlaf, und weitere kamen hinzu. Was wäre gewesen, wenn Ungarn nach dem Großen Krieg erheblich geschrumpft wäre? Wenn 1920 nicht nur die Tschechische Republik, sondern auch eine slowakische entstanden wäre? Oder gar ein gemeinschaftliches Gebilde, eine »Tschechoslowakei«, was ebenfalls Gegenstand wilder Spekulationen gewesen war?

Ähnliche Alternativen waren ernsthaft in Erwägung

gezogen worden, sie wurden diskutiert, auch wenn das aus heutiger Perspektive unglaublich klingt.

Ich erzählte meinen Kollegen am Institut von der Idee. Dort lachten sie mich aus, bezeichneten meine Herangehensweise als unwissenschaftlich, als Phantasterei. Diese Ablehnung brachte mich nicht von meiner Idee ab. Die plötzliche Eingebung wurde zu einem Entschluss und einem Plan. Ich würde eine Fiktion schreiben, eine Utopie. Das Genre passte außerdem zu Tahiti. Schon seit Platon waren utopische Entwürfe auf Inseln angesiedelt. Πολιτεία. Empire Of The Sun. New Atlantis. A New Earth. Neu-Slowakien.

Bei der Handlung ging ich von historischen Tatsachen aus und nutzte bekannte literarische Motive: *was wäre wenn* und *etwas ist anders*. Um mich im Genre der kontrafaktischen Geschichte zu bewegen, stützte ich mich auf zahlreiche erhaltene Dokumente.

Ich hielt mich an die Fakten, hatte aber auch keine Angst, mir etwas auszudenken und reale Ereignisse umzugestalten. Auch im detailliert realistisch geschilderten Paris von *Les Miserables* gab es eine fiktive Straße, in die Victor Hugo seinen Jean Valjean hineinschlüpfen ließ, um ihn vor seinen Verfolgern zu verbergen.

Ich nannte das Buch *Tahiti*.

Darin leben im Jahr 2020 die Slowaken in einem eigenen, unabhängigen Staat, der Slowakischen Republik, ungefähr auf dem Gebiet des heutigen Oberungarn. Die südliche Grenze bildet die Donau, die nördliche die Hohe Tatra. Die Bevölkerung ist nicht nach Polynesien ausgewandert, sondern trotz aller Entbehrungen und der Verfolgung zu Hause geblieben.

Das einstige Königreich Ungarn hatte nach der Niederlage im Ersten Weltkrieg mit der Pariser Friedenskonferenz zwei Drittel seines Territoriums, den Zugang zum Meer sowie vierzehn Millionen Einwohner verloren. Die Slowaken freuten sich über ihren eigenen Staat, waren aber zugleich in einer außerordentlich komplizierten geopolitischen Situation, unter starkem Druck vonseiten der Nachbarn und der eigenen nationalen Minderheiten, insbesondere der deutschen und der ungarischen. Es herrschte verzweifelter Mangel an fähigem Humankapital, Menschen, die in der Lage gewesen wären, die mit der Entstehung der Republik verbundenen Aufgaben kompetent und professionell zu meistern. Kaum zweihundert Personen aus gebildeten Kreisen verstanden sich als Slowaken. Mit solch einer Zahl ließ sich keine staatliche Verwaltung aufbauen.

Die Nachbarn verfolgten die gigantischen Schwierigkeiten des neuen Staates mit großer Aufmerksamkeit und nutzten sie weidlich aus. Die Ungarn hatten nicht die Absicht, sich mit der neuen Ordnung abzufinden, rasch mobilisierten sie ihre Kräfte und verlangten die verlorenen Gebiete zurück. Die slowakische Nation jedoch glaubte, dass sie in der tiefsten Krise ein Militärgeneral, ein Astronom, ein erfahrener Diplomat, ein Dichter retten würde.

Aber Štefánik stürzte bei seiner Rückkehr in die Heimat unweit der Hauptstadt mit dem Flugzeug ab. Die Slowaken verloren so ihren politischen Anführer. Und auf ihre Grenzen rückten bereits von zwei Seiten Truppenverbände vor.

Štefániks erster Aufruf zur Auswanderung nach Tahiti, veröffentlicht in einer amerikanischen Zeitung, war nicht auf das erwartete Echo gestoßen. Bei der Redaktion in Chicago waren lediglich zweiundvierzig Antworten von slowakischen Familien eingegangen, die bereit gewesen wären, die polynesischen Inseln zu besiedeln.

Durch die ungünstige Entwicklung des nicht enden wollenden Großen Krieges wurde das Desertieren ab 1918 zum Massenphänomen. Beide Kriegsparteien bemühten sich vergeblich um den entscheidenden Durchbruch zum Sieg. Die Zahl der Opfer stieg in schwindelerregende Höhen. Obwohl schon der bloße Versuch der Fahnenflucht regulär mit dem Tode bestraft wurde, wagten es slowakische Soldaten auf jede erdenkliche Weise, der Fronthölle zu entkommen.

Der General sah darin seine Chance, er gab nicht auf und veröffentlichte weiterhin seine Inserate in Übersee und zu Hause mit Hilfe reicher Emigranten.

Slowaken und Slowakinnen, Brüder und Schwestern!
Seid Ihr unzufrieden mit Eurem Leben in Ungarn, in Amerika? Müßt Ihr für ein paar Heller für Fremde schuften? Wollt Ihr es besser haben, Eure eigene Sprache sprechen und endlich in Freiheit leben? Auf Tahiti errichten wir für Euch Neu-Slowakien. Eure Kinder werden zur Schule gehen und in ihrer Muttersprache reden. Schließt Euch an, erwerbt günstig Land und kommt mit uns ins Paradies auf Erden!

1921–1922

Er saß in einer von vier Pferden gezogenen Kutsche und fuhr über die Champs-Élysées. Der Kutscher zerrte großspurig an den Zügeln. Die Hengste mit ihren fest verschnürten Schwänzen und dem mit Leder und Metallbeschlägen verzierten Zaumzeug trabten gleichförmig dahin. Die Hufen und die Räder machten auf dem Kopfsteinpflaster ordentlich Lärm.

Die Menge zu beiden Seiten der Straße grüßte begeistert die befreundeten Delegationen und wetterte gegen die Widersacher. Štefánik, der seinen teuersten Anzug trug, für den er fast dreihundert Francs gezahlt hatte, nahm verwundert die *Vive-Wilson*-Transparente wahr. Selten in der Geschichte hatte sich ein amerikanischer Präsident in Europa solch einer Popularität erfreuen können.

Wieder war der slowakische General in die Stadt gekommen, die er wie seine Westentasche kannte und wo er immer noch eine Wohnung besaß. Vor Jahren hatte er die französische Staatsbürgerschaft erhalten.

Paris roch nach Stein, Eisen und Ruß, unablässig sandte es Qualm gen Himmel. Häuserreihen erstreckten sich entlang der Straßen, bis sie sich am Horizont verloren. Tausende Passanten waren unterwegs, wälzten sich durch die Straßen, am Ufer der Seine mit ihrem flachen Wasser entlang, vorbei an gewaltigen Lagerhäusern und Markthallen.

Unter dem niedrigen Himmel bekamen die Bauten in der feuchten Luft schwarze Schweißflecken. Über die im Dämmerlicht liegenden Boulevards, die vor allem von marktschreierischer Reklame illuminiert waren, strömte das Leben. Kolonnen aus schweigsamen und schwer beschäftigten Gestalten, die Augen vor sich auf den Boden gerichtet, die Ellbogen an den Körper gezogen. Auf den Fahrbahnen ratterten Omnibusse in atemberaubendem Tempo dahin.

Ganz vorn drängten sich die Wagen mit den Gästen. Mehrere fuhren sogar in schwarz glänzenden, weiß bereiften Autos, die an große abgerundete Särge erinnerten.

Er näherte sich dem Obelisken auf der Place de la Concorde. Hinter dem Rond-Point ging es unvermittelt nach rechts, Richtung Seine. Als er sich aus dem Fenster lehnte, konnte er den Eiffelturm sehen. Die Spitze der schlanken Eisenkonstruktion funkelte und berührte fast schon die Wolken.

Die Menge jubelte den Vertretern Frankreichs und der USA zu. Diese allgemeine Begeisterung stieß ihn ab. Auch die schönste Melodie wurde vulgär und unerträglich, wenn sie plötzlich von den Massen gesungen wurde und die Drehorgeln sich ihrer bemächtigten.

Die Kolonne bewegte sich weiter bis zum Außenministerium. Štefánik schloss die Augen und versenkte sich in seine Gedanken. Er rekapitulierte, welche Forderungen die Slowaken bei den Beratungen stellen wollten und durften. Die Prognose war erbärmlich. Ihn plagten Sorgen um die weitere Entwicklung seiner Heimat, die schon seit mehreren Monaten von Unruhen und Grenzkonflikten erschüttert wurde.

Am Ende des Großen Kriegs hatten sich die Habsburgermonarchie sowie das Königreich Ungarn rasch umgestaltet. Das seit Ewigkeiten bestehende zaristische Russland gab es nicht mehr. Der Krieg hatte auf dem europäischen Festland den Untergang der alten Reiche mit sich gebracht. Und alte Träume von neuen Imperien wiederbelebt, auch seinen Traum von einer eigenständigen Slowakei.

Mehrere Szenarien wurden erwogen. Der Plan von Deutsch-Österreich. Die ungarischen Bemühungen um die Beibehaltung des bisherigen Status. Sogar eine mitteleuropäische Föderation, vorgeschlagen vom Historiker Oszkár Jászi, dem zufolge eine Magyarisierungspolitik zum nächsten Krieg führen würde; mit seiner Ansicht stand er allerdings fast alleine.

Štefánik suchte schon lange heimlich nach einem für den neuen Staat geeigneten Regenten. Die Slowaken hatten schließlich mit der Demokratie keinerlei Erfahrungen, solch eine Regierungsform wäre nichts für sein Volk, sie würde garantiert zu Korruption, Enttäuschung und Frustration führen.

Seine Heimat könnte zur Monarchie werden, mit einem italienischen Prinzen auf dem Thron. Oder sollte man das Zepter einem zuverlässigen russischen Fürsten anbieten, der von der neuen Tyrannei aus seinem Heimatland vertrieben worden war? Vielleicht wäre es auch besser, im Westen nach einem zukünftigen Herrscher zu suchen, in Deutschland oder Dänemark …

Mit der geplanten Abschaffung von Adelsprivilegien und dem Aufkauf von Großgrundbesitz war Štefánik nicht einverstanden. Der Staat durfte nicht sklavisch dem Druck eines Phänomens nachgeben, das sich zu Unrecht »modernes Denken« nannte.

Ihn grämte, wie viele Landsleute in die Fremde gezogen waren. Die demografische Entwicklung beunruhigte ihn zutiefst. Außerdem fehlten Persönlichkeiten, die die Slowaken anführen und unter ihnen Einheit stiften konnten. Oberungarn leerte sich in manchen Regionen zusehends oder starb überhaupt aus. In Budapest lebten bereits viermal mehr seiner Landsleute als in Žilina. Ganz zu schweigen von der Million in den USA. Dieser Trend beflügelte die ungarischen Vorstellungen. Würde das slowakische Volk überhaupt Bestand haben?

Štefánik schaute durchs Seitenfenster auf die Menschenmenge. Inmitten der Gesichter auf den Trottoirs erkannte er Soldaten aus dem Stellungskrieg. Er konnte sich lebhaft erinnern, wie es war, wenn ein Mensch starb, sich der ganze Körper krampfhaft anspannte, sich die Finger in seltsamen Winkeln verdrehten, sich die weißen Nägel ins Leere krallten, wenn die Kehle mit letzter Kraft röchelte, die Augen sich in einem Entsetzen weiteten, das jeder Beschreibung spottete, wenn das Blut rann und rann und rann und sich überhaupt nicht aufhalten ließ. Im Lauf seiner militärischen Karriere hatte er das unzählige Male mit angesehen und sich doch niemals daran gewöhnt.

Er wusste, was die Männer da draußen durchgemacht hatten. Die Strapazen der Front hatten sich wie Gift in ihren Zügen und Muskeln festgesetzt. Auch dem General hatte sich das Grauen unauslöschlich ins Gedächtnis eingegraben. Er hatte es nur dank seiner unablässigen Arbeit überwunden. Und dank der Erinnerungen an seine Tahitianerin und der leisen Hoffnung, sie wiederzusehen. Unwillkürlich verband er mit ihr all seine Gedanken an die Zukunft. Zweifel rang er durch eiserne Disziplin nieder. Er stellte keine langen Abwägungen an, er erfüllte seine Pflicht.

Diese Burschen hatten noch vor einem Jahr mit Helm auf dem Kopf im Schlamm der Schützengräben gelegen, wo die Explosionen so viele zerrissen hatten, dass der Boden durch die feuchten Gedärme und das Blut glitschig gewesen war, im Pestgestank von Zersetzung und rohem Fleisch. Sie hatten keine Ahnung gehabt, ob sie den morgigen Tag erleben würden.

Die Welt war zu einem Massengrab geworden. Kameraden hatten ihre kurzen Leben eingebüßt, beim Angriff, beim Rückzug, beim Nahfeuer. Auf einen Artillerietreffer war eine Druckwelle gefolgt, die sie zehn oder mehr Meter weit weggeschleudert hatte. Sie waren im Straßengraben liegengeblieben und der Höllenlärm hatte sie halb taub werden lassen. Ganze Regimenter waren in Folge roher und brutaler Kriegstaktiken umgekommen. Millionen Männer hatten Befehlen gehorcht und für abstrakte und unbegreifliche Ziele gekämpft, im Namen eines Vaterlands, das entweder gerade unterging oder aber erst zum Leben erwachte.

Und die, die für diese mörderischen Befehle verantwortlich waren, würden schon bald gemeinsam am Verhandlungstisch Platz nehmen, um über die Zukunft zu sprechen. Man glaubte, dass die internationalen Probleme mit gutem Willen gelöst werden könnten. Noch konnte Štefánik sich das nicht vorstellen. Nie in der Geschichte war bisher etwas Derartiges gelungen. Die Diplomaten aus den verschiedenen Weltgegenden waren mit großen Hoffnungen und auch Befürchtungen nach Paris gekommen.

Um sich her spürte er Euphorie, aber auch konzentrierten Hass und Panik. In den Falten ihrer Uniformen und an den Sohlen ihrer Stiefel brachten die Kriegsrückkehrer einen Keim mit, der die Erkrankung der ganzen Gesellschaft, der Nation bewirkte und ihre eigene Freiheit bedrohte. Die Besiegten fürchteten Rache und grausame Vergeltung.

Nach dem Plan des US-Präsidenten Woodrow Wilson zum Selbstbestimmungsrecht der Völker, über den von Lissabon bis Wladiwostok in den Zeitungen geschrieben und in den Salons diskutiert wurde, sollten die neuen Länder Nationalstaaten sein.

Štefánik wusste, dass Ungarn sich monatelang intensiv auf die Friedensverhandlungen vorbereitet hatte. Der Regierung in Budapest war klar, dass hier Entscheidungen über das Schicksal der Region für Jahre im Voraus getroffen würden, und hatte nicht vor, irgendetwas dem Zufall zu überlassen. An der Zusammenstellung der Unterlagen, die zur Stützung ihrer Argumente dienen sollten, arbeiteten mehrere Ministerien und Institutionen, das Institut für Geschichte sowie das Museum für Völkerkunde.

Besonderes Engagement zeigte der bekannte Wissenschaftler und Geograf Pál Teleki. Er erstellte die gefürchtete Carte Rouge, die Rote Landkarte. Štefánik zog eine Kopie aus seiner Aktentasche und betrachtete sie wieder einmal mit Abscheu, um in den Verhandlungen adäquat darauf reagieren zu können. Die Geheimhaltung, charakteristisch für alle Tätigkeiten, die mit den Friedensvorbereitungen zusammenhingen, erschien ihm begründet. Er musste zugeben, dass Teleki geschickt agierte. Die gebirgigen Gegenden des Landes, die überwiegend von Nichtungarn bewohnt waren, ließ er mit weißer Farbe einzeichnen, wodurch er ihren Anteil optisch verringerte. Mit Rot hingegen ließ er den Bereich der Ungarn hervorheben. In der Legende änderte er zahlenmäßige Verhältnisse unauffällig ab, er verringerte die Zahl derjenigen, die Minderheiten angehörten, und alle Juden und Ruthenen machte er zu Ungarn. Die Demarkationslinie entsprach exakt der Sprachgrenze.

Die Volkszählungskommissare hatten die Angaben zielsicher zugunsten ihres Ethnikums aufgebessert. Dank dieser Zahlenakrobatik war der ungarische Bevölkerungsanteil um drei Millionen Menschen angewachsen.

Die herrschenden Klassen suchten fieberhaft nach einem Weg, wie sie das Reich in seiner Gänze um jeden Preis erhalten konnten. Im Krieg hatten sie eine Niederlage erlitten, jetzt auch noch den Frieden zu verlieren, hatten sie nicht vor. Auf das Korrektorat und die Übersetzungen in diverse Sprachen folgte eine gefällige grafische Gestaltung, dann wurde alles vervielfältigt und verteilt.

Die Slowaken waren aufs Peinlichste unvorbereitet

und absurd zerstritten in Paris eingetroffen. Die Katholiken hatten es abgelehnt, im Voraus mit den Lutheranern zu verhandeln, sie griffen sie sogar offen an und forderten, sie mögen als Volksschädlinge zu Hause bleiben. Versagt hatte auch der ursprüngliche Plan einer engen Zusammenarbeit mit den Tschechen, deren konservativer Teil die slowakische Intelligenz für verachtenswürdige Atheisten und Liberale hielt. Sogar ein Teil der nationalistischen Presse in Štefániks Heimat prägte die These: Lieber mit Ungarn als mit Tschechien. Lieber als bewährte Monarchie denn als riskante Republik. Man glaubte an die Theorie vom kleineren Übel. Diese Ansicht wurde von massiver ungarischer Propaganda unterstützt. Die antitschechischen Invektiven begründete man mit dem historischen Unrecht an den Slowaken, man warnte vor der Gottlosigkeit des hussitischen Nachbarn und versuchte, die Menschen zurück in den Schoß des christlichen Großungarn und der Kirche zu locken.

Der General konnte sich nicht vorstellen, wie die winzige slowakische Delegation in dieser komplizierten Situation einheitlich auf der internationalen Bühne auftreten und sich mit aller Rasanz der viel stärkeren ungarischen Seite entgegenstellen sollte. In der Tat hatte die junge, unerfahrene Diplomatie noch nie in der Geschichte vor solch einer Prüfung gestanden. Man hatte ihn mit einer unermesslich anspruchsvollen Aufgabe betraut.

Die Quelle für alles Leiden seiner Heimat war die fatale geografische Lage. Das Schicksal hätte sie an keiner unglücklicheren Stelle platzieren können. Unablässig war jemand dabei, sich das Land zu unterwerfen, es zu okkupieren oder zu plündern.

Außerdem waren wieder einmal alle den Slowaken zuvorgekommen. Die Tschechen hatten sich von Österreich getrennt und eine unabhängige Republik mit der Hauptstadt Prag ausgerufen. In Zagreb hatte der Nationalrat der Kroaten, Serben und Slowenen die Eigenstaatlichkeit erklärt. Die Rumänen hatten die Abspaltung eines Teils von Siebenbürgen verkündet, und auch die Ukrainer hatten sich angeschlossen. Daraufhin hatte die österreichische Nationalversammlung unter Druck eine provisorische, etwas demokratischere Verfassung verabschiedet. In Ungarn hingegen drohte eine gewaltsame Revolution. Als der ersehnte Waffenstillstand unterzeichnet wurde, gab es die Monarchie schon gar nicht mehr.

Die Kutsche war endlich am Ziel. Lange Fahrten vertrug Štefánik schlecht. Er bekam davon Kopfschmerzen und ihm wurde schwarz vor Augen.

Der Polizeikordon hatte Fahrbahn und Trottoir abgesperrt und hielt die gewaltige glotzende und schreiende Menge zurück. Die Menschen traten auseinander. Offiziere hoben ihre rechte Hand zu den Mützen. Der pompöse, repräsentative Vorhof füllte sich. Fanfaren ertönten und die Herren stiegen einer nach dem anderen aus.

Štefánik ging ein paar Schritte zu der breiten Marmortreppe, auf der ein dicker roter Teppich lag. Er wartete auf seine slowakischen Kollegen, von denen der eine seinen Gruß gar nicht erst erwiderte und der andere beim Anblick des Generals sein Gesicht verzog. Die

Verhandlungsführer im schwarzen Frack, mit weißen Handschuhen und glänzenden goldenen Ketten um den Hals näherten sich in energischem Tempo dem Eingang. Er grüßte sie und ging mit hinein.

In einiger Entfernung näherten sich auch die Besucher aus Asien und dem Nahen Osten. Männer in dunklen Baumwollkimonos, die reich mit dicht gewebten Drachenmotiven verziert waren. Auf dem Kopf trugen sie spitz zulaufende Strohhüte, deren Ränder mit Versen beschriftet waren und die mit einer Schnur unter dem Kinn befestigt waren. Araber in weißen Dischdaschas, dazu die quadratische Kufiya mit Würfelmuster, die ein schwarzer Agal am Kopf festhielt. Inder mit Turbanen in weißen Dhotis und mit weiten, bis zu den Knien reichenden Kurtas.

Die Premierminister, Präsidenten und Scheichs kamen mit ihren Spionen, Sekretären, Frisören, Stenotypistinnen, Köchen, Kellnern und Dienern, ein solcher Begleittross konnte aus Dutzenden oder Hunderten Personen bestehen. Für die Amerikaner waren sogar eintausenddreihundert Mitarbeiter vor Ort.

Die siebenundzwanzig Delegationen belegten komplette Hotels, Paris war bis auf den letzten Platz ausgebucht. Viele mussten sich auch mit einer Unterkunft ohne Heizung zufriedengeben, denn selbst eine so große Stadt konnte nicht allen ausreichend Bequemlichkeit bieten.

Der graue, mit Wandfriesen verzierte Patio, die monumentalen Säulen und die Marmorstatuen erweckten den Eindruck eines verwunschenen Schlosses. Zu beiden Seiten der Eingangshalle, so dicht nebeneinander, dass sie sich mit den Ellbogen berührten, standen Soldaten mit Lackstiefeln und Kupferhelmen und hielten ihre blanken Säbel vorm Kinn. Befehle donnerten, Metall klirrte, Trommeln dröhnten und auf den Helmspitzen wogten Büschel aus Pferdehaar.

Štefánik kam vor einem langen Tisch zum Stehen, der mit schwerem grünem Tuch bedeckt war und von einem Dutzend Kerzenleuchter aus vergoldetem Silber erhellt wurde. Entlang der Wände waren Wachleute mit gezückten Säbeln postiert.

Er bekam nur schwer Luft. Schon lange hatte er sich nicht mehr so unruhig, so neben sich stehend gefühlt. Vor seinen Augen verschwamm alles.

Der Mann, der ihm die Hand reichte, schien mehrere Meter entfernt zu stehen.

Auf gar keinen Fall durfte er jetzt in Ohnmacht fallen! Jede Schwäche von ihm würde hier und jetzt die Schwächung des ganzen Landes bedeuten. Doch die Schmerzen gingen wieder los, noch heftiger und unbarmherziger. Er atmete tief und konzentriert und kam halbwegs wieder ins Gleichgewicht.

Die Friedenskonferenz begann um zehn Uhr mit einer Ansprache des französischen Delegationsführers, Premierminister Georges Clemenceau. Kühl skizzierte der die wesentlichen Artikel des Vertrags und konstatierte, die Stunde der Abrechnung sei angebrochen. Er sprach von Europa, vom zukünftigen bedingungslosen Frieden und von den Gräueltaten, die die Gegner verübt hatten. Von Deutschland forderte er gigantische Reparationszahlungen, er verwies auf die gerechte Rückgabe von Elsass-Lothringen, hob den großen Sieg der Alliierten hervor und mahnte die Notwendigkeit an, die Besiegten zu entwaffnen.

Er setzte ein unerbittliches Gesicht auf und ließ sich keine Gefühlsregung anmerken. Der abgebrühte Politiker, radikale Patriot, Journalist, einflussreiche Herausgeber und Literat erkannte die Verhandlungen als die Chance seines Lebens, um sich in die Geschichte einzuschreiben.

Unruhe brach aus, Schreie waren zu hören. Nicht nur die deutsche Delegation, sondern bald schon ganz Deutschland war im Schock, denn erst jetzt begriff es voll und ganz, dass es den Krieg verloren hatte. Deutsche Truppen hatten fast ausschließlich auf französischem Territorium gekämpft, und im Kampf hatte niemand tatsächlich einen Sieg über sie errungen. An diesem Eröffnungstag der Konferenz bekam jene Legende neue Nahrung, die schon seit längerer Zeit kursierte: Deutschland war nicht auf dem Schlachtfeld besiegt worden, sondern die Vaterlandsverräter zu Hause hätten ihm den Dolch in den Rücken gejagt.

Das Interesse an dem diplomatischen Duell lenkte Štefániks Gedanken von seinen eigenen Gebrechen ab. Das spannende Polittheater munterte ihn auf.

Clemenceau forderte die Teilnehmer zu einer sachlichen und friedlichen Diskussion auf, doch selbst schrie er ständig herum, hörte seinem Gegenüber nicht zu und regte sich über jeden noch so kleinen Einwand schrecklich auf.

Es folgte die Marseillaise.

Eine Neuheit bei der Konferenz waren die allgegenwärtigen Kameras. Jede Ansprache wurde von Filmleuten aufgezeichnet, die alles daran setzten, sie so schnell wie möglich dem Publikum zugänglich zu machen. Die Öffentlichkeit konnte fast in Echtzeit dem Konferenzverlauf folgen und die Entwicklungen kommentieren.

Woodrow Wilson erklärte in seiner Rede, dass die Verhandlungen vor allem zukünftige Kriege verhindern müssten. Es dürfe keine Vergeltungen, keine ungerechtfertigten Ansprüche und auch keine überzogenen Reparationsforderungen der Sieger an die unterlegenen Staaten geben. Er versprach Nachsicht vonseiten der Vereinigten Staaten gegenüber treuen Partnern, brachte mit selbstbewusster Gewissheit zum Ausdruck, dass die amerikanische Strategie die beste sei, und beunruhigte die Konferenzteilnehmer durch seine Feststellung, dass die Europäer das bisher nicht ausreichend zu würdigen gewusst hätten.

Fast das ganze 19. Jahrhundert hatten sich die USA vom Rest der Welt isoliert, sodass diese neue Haltung immer noch überraschend wirkte. Der Präsident setzte sich enthusiastisch für einen allgemeinen und gerechten Frieden ein. Er wünschte sich, Ausgleich und Übersichtlichkeit in den internationalen Beziehungen zu verankern, um in Zukunft Geheimverträge zu verhindern. Monarchien und militante Regimes mögen endlich von Demokratien abgelöst werden. Anschließend fasste er noch einmal sein Vierzehn-Punkte-Programm zusammen.

Clemenceau witzelte, dass Gott noch mit zehn Geboten ausgekommen sei. Zum ersten Mal lachten die Gäste.

Der französische Premierminister profilierte sich gegenüber dem Präsidenten aus Washington von Anfang an durch seinen aufrichtigen Patriotismus, das stolze Europäertum, die Erleichterung über den Sieg und die ständigen Befürchtungen im Hinblick auf ein wieder erstarkendes Deutschland.

David Lloyd George, der liberale, aus Wales stammende britische Regierungschef, brachte immer wieder das ausgedehnte und unersetzliche Netz seiner Kolonien aufs Tapet. Sein Argument war seine Stärke, vor allem die seiner Kriegsmarine. Auf seine Anweisung hin hatten sich Mitarbeiter mehrerer Ministerien mit der Festlegung der neuen Grenzverläufe befasst.

Senkrechte niedrige Stirn, gerade Nase mit geblähten Nüstern, pomadisierter Spitzbart, glattrasierte Wangen und sonnengebräunter Hals – der gefürchtete Rhetor gab sich äußerst selbstsicher, er legte einen umwerfend legeren Stil an den Tag, von dem die Leute nervös werden konnten. Er war von einer Aura umgeben, die deutlich machte, dass er jede beliebige Situation beherrschen und mit minimaler Anstrengung maximale Wirkung erzielen konnte.

Kaum einer hatte Lust, sich mit ihm in die Wolle zu kriegen.

Die Konferenz litt vom ersten Tag an unter gravierenden organisatorischen Wirren. In Bezug auf Kompetenzen, Ziele und Prozeduren herrschte Unklarheit. Zudem stellte sich heraus, dass viel mehr Papierkram zu erledigen war als erwartet. Allein der Austausch der Beglaubigungsschreiben erforderte eine Woche.

Die Großen Vier hatten zuerst eine kürzere vorläufige Verhandlung vorgesehen, auf der die angebotenen Bedingungen für die Entwaffnung festgelegt und die territoriale Neugliederung skizziert würden.

Anschließend war ein internationaler Kongress geplant, auf dem auch die Vertreter der Gegenseite ihre Vorstellungen beziehungsweise Vorschläge präsentieren und Anmerkungen machen würden.

Die Deutschen durften nur mit einer sehr kleinen Delegation teilnehmen. Offen zweifelten sie die Vereinbarkeit der Verhandlungen mit Wilsons vierzehn Punkten an, stießen jedoch damit auf taube Ohren.

In der Stadt herrschte ein ungewöhnlich strenger Winter, sogar geschneit hatte es. Die deutsche Delegation war in speziell hergerichteten, ungeheizten Kellerräumen untergebracht, wo man sie gehörig frieren ließ und systematisch abhörte.

Die Wirtschaftsfachleute unter Führung von John M. Keynes berechneten in einer leergeräumten Grundschule die Höhe der Reparationen und schüttelten die Köpfe angesichts der unvorstellbaren Summen. Die Staatsmänner, Diplomaten und Fachleute in den Ausschüssen arbeiteten Tag und Nacht. Sie zeichneten neue Grenzverläufe in die Landkarte von Europa ein und erwogen gleichzeitig, was den Mittleren und Nahen Osten, Asien und Afrika, China und Ozeanien erwarten würde. Sie legten Friedensbedingungen fest, stellten Regeln für die öffentliche Verwaltung auf und skizzierten Demarkationszonen. Jede einzelne Forderung wurde gründlich daraufhin untersucht, ob sie auch berechtigt war.

Die Kartografen schafften es kaum, ihre Aufträge zu erledigen, denn die Größe der Staaten änderte sich unablässig und Grenzübergänge verschoben sich in alle vier Himmelsrichtungen. Juristen bereiteten dicke Verträge mit Deutschland, Österreich, Ungarn, Bulgarien und der osmanischen Türkei vor.

In den Sälen summten die Fliegen um die großen Kristallleuchter. Die Anwesenden verströmten morbid betörende Aromen.

Dem General und den Vertretern weiterer kleinerer Nationen wurde langsam klar, dass sie nur der Vollständigkeit halber vor Ort waren und ihre Forderungen niemanden interessierten. Die Plenarsitzungen waren eher ein Ritual. Alle Entscheidungen wurden bei den geschlossenen Zusammenkünften der Großen Vier getroffen. Zu denen die übrigen Vertreter meist gar keinen Zutritt hatten.

Warten, erniedrigendes, nervtötendes Warten. Štefániks Beunruhigung wuchs immer weiter an. Die Zeit vertrieb er sich vor allem damit, die Perspektiven zu erwägen und sie sich weiter auszumalen. Siebenundzwanzig Staaten konnten einfach nicht miteinander diskutieren. Die Sitzungen dauerten bis spät in die Nacht, die Gespräche verzettelten sich in vielen überflüssigen Nebenaspekten, führten zu nichts Konkretem und gingen ergebnislos wochenlang so weiter.

Die Bedingungen für den Waffenstillstand waren den besiegten Staaten ultimativ vorgelegt worden, ihre Vertreter bekamen nicht die Möglichkeit, das Geschehen auch nur halbwegs substanziell zu beeinflussen. Das energische Vorgehen brachte die Angehörigen mehrerer Delegationen in Verlegenheit. Jeder konnte sich noch lebendig daran erinnern, dass von beiden Seiten Gräuel verübt worden waren.

Die Diplomaten schickten jede wichtigere Entscheidung zur Beurteilung an ihre Vorgesetzten in Washington, London oder Rom. Die Botschafter waren frustriert von den sich widersprechenden Anweisungen, die sie von ihren Chefs bekamen.

Auf nicht enden wollenden Präsentationen trieben einmal die Türkei, ein anderes Mal Polen Schindluder mit den Kräften der anderen, sie ließen sich von ihren Wahnvorstellungen hinreißen, wie viel Territorium sie noch gewännen und wo sie neue, fantastische Grenzen errichten würden. In der rauschhaften Atmosphäre wäre es ja verrückt, sich nicht so viel wie nur möglich unter den Nagel zu reißen, verkündete der tschechische Außenminister Edvard Beneš.

Es wurde heftig polemisiert. Die kleinen Staaten beanspruchten sicherheitshalber viel mehr, als sie sich tatsächlich erwarteten, und fanden es ganz normal, auch Gebiete einzufordern, die dicht von anderen Ethnien besiedelt waren.

Beneš verkündete couragiert, dass Tschechien bereits im sechsten Jahrhundert als Staatsgebilde existiert hätte. Ein paar Botschafter mussten lachen, einer hüstelte vielsagend, aber außer den Deutschen widersprach niemand.

Daraufhin bekamen sich die Tschechen und die Polen in die Haare. Beide Außenminister versuchten, ihre konträren Forderungen durchzusetzen. Ein strategisch wichtiger Punkt war das zu über sechzig Prozent von

Deutschen bewohnte Teschen. Als Cieszyn lag der Hauptteil der Stadt auf polnischem Territorium. Für die Tschechische Republik wiederum war Těšín ein wichtiger Bahnknoten. Der Vertreter Polens begann seinen Vortrag im vierzehnten Jahrhundert und brauchte fünf Stunden, bis er in der Gegenwart ankam. Beneš skizzierte anschließend die Situation in der zur Debatte stehenden Region um das Jahr 1300.

Präsident Wilson fiel der Verzweiflung anheim. Von mehreren Seiten, Štefánik eingeschlossen, kamen Einwände gegen das vorgeschlagene Prozedere. Die Alliierten beschlossen, bei den kleinen Nationen zumindest den Anschein zu erwecken, sie aktiv in die Entscheidungsprozesse einzubinden, weswegen sie deren Delegierte aufforderten, ihre territorialen und sonstigen Ansprüche aufzulisten. Dann baten sie sie, ihre Vorstellungen dem Rat der Vier vorzulegen – allerdings nur schriftlich, mündlich wurde mit ihnen überhaupt nicht verhandelt.

Es vergingen Wochen und Monate. Die vorläufige Konferenz ging fließend in den eigentlichen Kongress über. Die Organisatoren hatten nach wie vor keinen genauen Plan skizziert. Unmengen von Zeit wurden mit Debatten über unwesentliche Fragen vergeudet. Die Zahl der Arbeitskommissionen, die mehr als eintausendfünfhundert Plenarsitzungen bestritten, stieg auf achtundachtzig. Ihre Mitglieder – Politiker, Anthropologen, Linguisten, Historiker, Geografen – arbeiteten detailliert die Probleme der einzelnen Regionen aus. Doch nur die wenigsten der Empfehlungen wurden von den Großen Vier akzeptiert.

Wilson kämpfte für die Schaffung eines Völkerbundes, einer starken und unabhängigen Institution, die im Bedarfsfall die Sicherheit überwachen und Streitigkeiten zwischen den Staaten lösen würde. Clemenceau zerriss seine Vorschläge einen nach dem anderen in der Luft.

Die Verhandlungen dauerten bis tief in die Nacht hinein, sodass alle müde waren und schon seit mindestens drei Stunden lieber in ihren Betten gelegen hätten, aber die Räumlichkeiten rechtzeitig zu verlassen, hätte so viel bedeutet, wie zu verkünden, dass ein Fortschritt erzielt worden sei, was nicht der Wahrheit entsprach. Die Männer stellten gegen Morgen vergilbte, faltige Gesichter über den gelösten Krawattenknoten zur Schau, ihre Münder waren voll bitterem Speichel. Am nächsten Tag wurde beizeiten weitergemacht. Es war um vieles einfacher, einen Krieg zu führen, als einen Frieden zu vereinbaren.

Die siebenunddreißig ungarischen Konferenzteilnehmer trafen in einem Sonderzug mit Pullman-Wagen aus Budapest ein. Nach der Ankunft sangen sie den Szózat, die inoffizielle zweite Nationalhymne, und hielten Transparente mit diversen Losungen und Sprüchen in die Höhe. Vor der Lokomotive schwenkten sie eine Fahne in den Nationalfarben. Den Kontakt zu ihrer Heimat hielten sie vermittels einer französischen Funkstation und durch Boten.

Die ungarische Delegation schickte ein angemietetes Auto zum Sekretariat der Friedenskonferenz, das vollgestopft war mit einem riesigen Berg an Urkunden, Anlagen, statistischen Tabellen und Landkarten. Die Mitarbeiter vor Ort waren von dieser Flut regelrecht überwältigt.

Im Anschluss stellte Pál Teleki seine Rote Landkarte persönlich vor. Im Detail präsentierte er dem Publikum eine Vielzahl von großspurigen völkerkundlichen und literarischen Arbeiten. Seine Ausführungen beendete er mit der Feststellung, die Slowaken und Kroaten seien lediglich ethnische Äste des ungarischen Volkes, ihre Forderungen bezeichnete er als unvereinbar mit Wilsons Ideen. Er beharrte kompromisslos auf territorialer Integrität. Dem tschechischen Nationalstaat wünschte er alles Gute.

Auch die Ansprache von Albert Apponyi, der mehrere Sprachen fließend beherrschte, hinterließ bei den Teilnehmern ihre Wirkung. Der Graf hob die außerordentliche Rolle des christlichen Großungarns im bedrohten Europa hervor. Er erinnerte an die Stärke eines geeinten Zwanzig-Millionen-Staates im Kampf gegen den Bolschewismus. Dabei argumentierte er mit der ethnischen Exklusivität seines Volkes. Er versicherte: »Unsere Mission ist es nicht, zu erobern und über die Grenzen des Vaterlands hinaus zu expandieren, sondern innerhalb dieser Grenzen zu wachsen. Im Interesse der gesamten Menschheit führen wir fremde und zurückgebliebene Rassen hinauf auf unser Niveau und veredeln sie. Wir dürfen nicht zulassen, dass das erhabene Geschlecht der Ungarn verfällt und untergeht – allein durch die Schuld tief unter ihm stehender Rassen.«

Štefánik gefror das Blut in den Adern. Man gestattete ihm nicht, darauf zu reagieren. Wie konnten alle anderen angesichts dieser unerhörten Äußerungen Ruhe bewahren? Wo waren die Lehren aus dem Krieg geblieben?

Anfangs glaubte er fest daran, auf eine Konferenz gekommen zu sein, die etwas wirklich Neues bringen würde, etwas im positiven Wortsinn Revolutionäres. Es war immerhin die Rede von einem historischen Ereignis! Je länger die Verhandlungen dauerten, desto stärker wurde aber sein Gefühl, dass nichts Umwerfendes und Wesentliches geschehen würde, ja gar nicht geschehen konnte.

Das Ideal für die meisten Delegierten war und blieb die alte, grauenvolle Welt der Maschinen und Waffen, der Geschäfte und Attacken, der Beleidigungen und Vorurteile. Štefánik war umgeben von Pragmatikern, Zynikern und Fanatikern, die nichts anderes wollten, als in perfekter Einheit vorwärts zu marschieren, identisch zu denken, im Chor Parolen zu rufen, zu siegen und jeden zu verfolgen, der anderer Herkunft oder anderer Meinung war. Sie waren geschickt im Betrügen und Lügen, aber vielleicht glaubten sie auch ernsthaft, die Wahrheit zu sagen.

Die Umstände hatten sich geändert, die Menschen nicht. Für eine Wende zum Besseren blieb keine Zeit.

Štefánik verbrachte die meiste Zeit auf Gängen und in Foyers. Er sortierte seine Gedanken und studierte den Vertragsentwurf. Tagelang starrte er in den Park hinaus und erwog die Möglichkeiten. Die Gedanken wirbelten in seinem Kopf herum wie schwirrende Gewehrkugeln. Hinter den Kulissen ging das Herumfeilen an den gegensätzlichen Standpunkten weiter.

Hinter geschlossenen Türen, in dem Raum mit den schweren Gobelins, wurde unter dem Lächeln von Maria de' Medici über das Schicksal der Welt entschieden. Die hohen Fenster gingen zum Garten hinaus, wo in einem Brunnen das Wasser plätscherte. Es war warm geworden, der Frühling kam. Endlos lange Schläuche bewässerten die breiten Fliederbeete und den exakt geschnittenen Rasen.

Der slowakische General bemühte sich intensiv, seine Beziehungen zu den Verhandlungsführern zu verbessern, aber das war von mäßigem Erfolg gekrönt. Wenn es nicht direkt klappte, versuchte er über Umwege an die einzelnen Delegierten heranzukommen. Wo er ging und stand, stellte er die Glaubwürdigkeit der ungarischen Argumente in Frage. Er hoffte, Präsident Wilson, dem die Pariser bei jeder öffentlichen Ansprache einen begeisterten Empfang bereiteten, für sich zu gewinnen. Allerdings befleißigten sich die Amerikaner und Briten einer Hinhaltetaktik, strategische Entscheidungen im Donauraum überließen sie den Franzosen.

Eine Handvoll ehrwürdiger Gentlemen teilte gleichgültig und ziemlich verantwortungslos die alten Reiche neu auf. Die Kontrahenten tauschten Beleidigungen aus wie Tennisbälle. Die Kolonien wurden an die Siegermächte vergeben. Neuseeland erhob Anspruch auf Samoa, das es während des Krieges besetzt hatte. Die Südafrikanische Union wollte Deutsch-Südwestafrika annektieren, Australien forderte für sich Neuguinea und den Bismarck-Archipel.

Die Verhandlungsführung hatte eine kleine Clique übernommen, Štefánik hatte sie im Verdacht, heimliche Absprachen getroffen zu haben. In den Delegationen fanden sich viele korrumpierte Elemente, Spione und ehemalige Kriegsverbrecher.

In den Pausen verwandelten sich die Verhandlungen in üppige Bankette. Rebhühner, delikate Käsepiroggen aus einem Geschäft auf der Rive Gauche und immer eine gekühlte Flasche Pommery zur Hand. Austern aus Bordeaux, Muscheln, Hummer, kulinarische Wunder aus Rindfleisch, mit einer Cognaccreme übergossen. Kalbsfleischsülze, Wolfsbarsch in einer seidigen Sauce, rosa Gänseleberpasteten in Aspik. Zwölf Sorten Dessert.

Das Klirren von Tellern und Gläsern. Die Bediensteten wie aus dem Grand Siècle zu Zeiten von Ludwig XIV. Die altmodische dressierte Mimik der Lakaien. Die immer gleiche Üppigkeit der kalten Büffets. Sicherlich hatten die Köche schon seit dem Vorabend geschwitzt. Welch ein Kontrast zu den Berichten, die von zu Hause kamen!

Aus Sowjetrussland kehrten nach und nach die Kriegsgefangenen nach Ungarn zurück und verbreiteten revolutionäres Gedankengut. Die Bolschewisten, überwiegend Juden, kamen voll linker Begeisterung, die man ihnen dort eingetrichtert hatte, aus den Lagern wieder. Sie schimpften auf Paris, organisierten Proteststreiks und feierten mal Moskau, dann wieder Budapest.

Die Städte wurden von Horden frühzeitig gealterter Männer mit amputierten Beinen und Armen oder sonstigen Schussverletzungen überflutet. Der Anblick der Kriegsveteranen schockierte die Zivilbevölkerung. Die Männer kehrten in zerrissenen, geflickten Uniformen zurück, in Stofffetzen, die mit Stricken an ihnen befestigt waren. Unter khakifarbenen Tuniken schauten weite Hosen aus Sackleinen hervor. Hemden hingen an ihnen, die an den Ärmeln Bajonettlöcher hatten und fleckig waren von Blut, Obstwein und Dotter aus rohen Eiern, die sie noch warm mit Strohhalmen in Hühnerställen ausgeschlürft hatten. Zu Zehntausenden schliefen sie in Eisenbahnwaggons, viele durch die Strapazen in den Schützengräben psychisch schwer gezeichnet. Alles, was ihnen geblieben war, waren die Gewehre, die von orangerotem Rost aufgefressen wurden und von deren hölzernen Kolben der Lack abblätterte.

Die Spannungen in der ungarischen Bevölkerung nahmen zu. Es kam vermehrt zu Unruhen wegen Nahrungsmangel und Fahnenflucht. Armut breitete sich aus, die Preise stiegen rasant an und es herrschte allgemeiner Mangel. In Budapest, Kassa, Pozsony und Debrecen waren radikale Forderungen zu hören.

Als aus Paris die Nachrichten von den langwierigen Verhandlungen eintrafen, wurden die Menschenmengen noch größer. Die Radikalen gaben den Kommunisten, den Slowaken und den Juden die Schuld an der Krise. Die ausgehungerten Menschen fielen über Geschäfte, Speicher und Lager her und plünderten Wirtshäuser. Es herrschte die Ansicht, dass der ungarische Staat, wenn er das Eigentum der jüdischen und slowakischen Bevölkerung konfiszieren und umverteilen würde, die wirtschaftlichen Probleme lösen könnte. Die Menschenmengen auf den Plätzen forderten Nahrung, Kohle, Grund und Boden, Arbeit und einen dauerhaften, gerechten Frieden.

Die staatliche Verwaltung war unter dem Druck der Ereignisse kollabiert. Die Krankenhäuser arbeiteten auf Sparflamme. Der öffentliche Verkehr war zusammengebrochen, Züge fuhren anfangs mit enormer Verspätung, später überhaupt nicht mehr. Die Straßenbeleuchtung war verloschen. Die Versorgung kam ins Stocken. Tschechien und Jugoslawien belegten Ungarn mit Wirtschaftssanktionen, um bei den Verhandlungen in Paris günstigere Ausgangsbedingungen für sich selbst zu schaffen. Zöllner versuchten mit Waffengewalt, Lebensmittelimporte zu verhindern. Die Inflation wuchs in schwindelerregendem Tempo.

Die Kohleblockade seitens der tschechischen Regierung führte zu einem ökonomischen Chaos und in Wohnungen und Häusern zu katastrophaler Kälte. Die Bürgermeister appellierten an den amerikanischen Präsidenten, Tschechien möge die Blockade lockern, aber Außenminister Beneš gab offen zu, die Kohlekrise zu nutzen, um seinen Rivalen unter Kontrolle zu halten. Wofür er sich den Spitznamen »schlauer Fuchs« einhandelte. Mit den Angehörigen mehrerer Kommissionen stand er in engem Kontakt, Tag für Tag warb er für seine Sache, leistete Überzeugungsarbeit, gab Erläuterungen und lieferte Nachweise.

Die verzweifelten Einwohner Ungarns fällten in Parks und Wäldern Bäume, um heizen zu können. Die Arbeiter in den Fabriken und die Bauern auf den Höfen riefen den Generalstreik aus, die provisorische Regierung führte Zwangsarbeit ein. Die Inflation ging trotzdem nicht zurück. Die staatlichen Ausgaben blieben gigantisch hoch, die Einnahmen sanken dramatisch. Da half auch der Acht-Stunden-Tag nichts, denn es gab keine Arbeit und die heimgekehrten Offiziere und Soldaten vergrößerten das Heer der Arbeitslosen nur noch. Kleine Landwirte und Bauern verlangsamten die Produktion und warteten auf eine Bodenreform. Die Veteranen rissen sich die Insignien des Kaiserreichs von den Mützen und ersetzten sie durch die Trikolore.

Tausende Landlose und Tagelöhner, die auf Gelegenheitsarbeiten angewiesen waren, strömten in die Städte, wo sie versuchten, ihren Lebensunterhalt zu bestreiten.

Die Regierung führte fleisch- und fettlose Tage ein. Wer mehr als fünf Anzüge oder fünf paar Schuhe besaß, musste die Hälfte abgeben; diese Kleidung wurde dann an Bedürftige verteilt.

Zu all dem brach auch noch eine Pandemie aus, die Spanische Grippe, die wegen des Medikamentenmangels verheerende Auswirkungen zeitigte. Die Krankheit tötete mit erschreckender Geschwindigkeit fünfundzwanzig Millionen Europäer. Zu Weihnachten und Silvester verboten die ungarischen Behörden aufgrund der Ansteckungsgefahr sämtliche Feierlichkeiten in den Städten. Auf dem Land hingegen fanden bescheidene Feste und Bälle statt, was zur Verbreitung der verheerenden Seuche beitrug. Zudem wüteten auch noch Ruhr, Fleckfieber, Typhus sowie die asiatische Cholera.

Immer mehr enttäuschte Menschen legten ihre Hoffnungen in ein Bündnis mit der neu gegründeten Sowjetunion, die die Krise geschickt ausgenutzt und sich zum Retter von Osteuropa stilisiert hatte. Eine radikale leninistische Gruppe in Budapest hatte sich zum Symbol eine rote Proletarierfaust gewählt, die den Pariser Verhandlungstisch in Stücke hieb.

Beunruhigt erwog Štefánik, nach Hause zurückzukehren. Er hatte inzwischen einer ganzen Prozession von Staatsmännern aus aller Welt zugesehen und zugehört, ihre Machtrituale und monströsen Zeremonien verfolgt. Diese Atmosphäre nahm ihm die Luft zum Atmen, das Gezerre war ihm eine Qual, die unablässige Warterei stumpfte ihn ab. Er verlor seine letzten Illusionen.

Und wenn er nun von Anfang an eine strategisch falsche Richtung und die falschen Partner gewählt hatte? Er war mit den besten, aufrichtigsten Absichten zum Verhandeln hergekommen, in der Hoffnung, dass er in kurzer Zeit eine Vereinbarung erzielen könnte, die zwischen den mitteleuropäischen Völkern neue Beziehungen aufs Tapet brächte. Aber das war nicht in Erfüllung gegangen.

Die Franzosen hatten dermaßen große Angst vor der Ausbreitung der bolschewistischen Revolution nach Europa, dass sie keinen Gedanken daran verschwendeten, sich mit der randständigen slowakischen Frage auch nur zu befassen. Die Diskussion verlagerte sich vom Selbstbestimmungsrecht hin zu Plänen für die Schaffung einer Demarkationslinie zwischen Ungarn und der UdSSR. Polen und Rumänien erhoben umgehend Ansprüche auf ausgedehnte Territorien des ehemaligen Zarenreichs.

Štefánik richtete seine Aufmerksamkeit auf einen Vertreter der britischen Delegation, der in arabischer Kleidung auftrat: Thomas Edward Lawrence. Um seine Dischdascha hatte er einen mit Beschlägen geschmückten Gürtel gebunden, unter den er ein Krummschwert mit reich verziertem Griff geschoben hatte, das in einer goldenen Scheide steckte. Auf dem Kopf trug er ein weißes Tuch und einen diamantenbesetzten Stirnreif. Aus seinem schmalen, ebenmäßigen Gesicht heraus leuchteten unter dem hellen Haar große, himmelblaue Augen, eine von Sommersprossen goldgepunktete Nase und ein Mund mit vollen Lippen.

Lawrence verblüffte mit seiner Eloquenz und den Kenntnissen in Geopolitik und Geschichte. Der Offizier und Agent des britischen Geheimdienstes stand schon seit längerer Zeit den Beduinen nahe. Ihm war es gelungen, die verfeindeten arabischen Stämme zu vereinen und sie gegen das verhasste Osmanische Reich zu führen. Er war ein detaillierter Kenner der arabischen Kultur, hatte die Sprache erlernt und beherrschte die Etikette. Auch hier in Paris wusste er genau abzuschätzen, wann es angezeigt war, in den Vordergrund zu treten, und wann man sich besser zurückzog.

Štefánik und er verstanden sich gut, denn sie sahen sich bei den Verhandlungen beide als Außenseiter. Lawrence, von Beruf Archäologe und Sprachwissenschaftler, hatte sich ähnlich wie der slowakische General rasch zu einem erstklassigen Militärbefehlshaber hochgearbeitet. Sogar an mehreren Anschlägen auf Eisenbahnstrecken und Wasserleitungen hatte er mitgewirkt und gemeinsam mit Aufständischen den strategisch wichtigen Hafen von Akaba am Roten Meer besetzt. Er war mit den arabischen Führern Faisal und Abdallah befreundet, den späteren Königen von Irak und Jordanien, mit denen gemeinsam er Damaskus erobert hatte.

Eines Nachts nahm der Brite den Slowaken mit in ein Freudenhaus auf der Rue des Moulins unweit der Nationalbibliothek. In den überdekorierten Zimmern standen geschnitzte Betten, gotische Baldachine, Accessoires im Stile Ludwigs XIV., Nippsachen, Statuen, Karyatiden, Kerzenleuchter, Paravents und Spiegel herum. Den zentralen Raum dominierten eine gewaltige Chaiselongue aus Mahagoni mit dem Relief eines nackten Paars an der Stirnseite sowie ein Empire-Bett in Form einer Muschel. Es gab auch ein Feldherrenzimmer und ein chinesisches Kabinett. Das maurische Gemach erinnerte mit dem Türbogen und den reichen Ornamenten an das Innere einer Moschee.

Verblüfft war Štefánik von der Folterkammer. Er nahm Reitgerten, Peitschen und andere Instrumente in die Hand, sogar ein Andreaskreuz und ein Pranger mit eisernem Halsband waren zu finden. Die Damen hatten sich zu Bräuten, Nonnen oder Ammen verkleidet, auch eine Schönheit aus dem Senegal fehlte nicht.

Sein Pariser Leben nahm ordentlich Fahrt auf. Von den Verhandlungen direkt in ein Cabaret oder eine

Weinbar, und von dort aus ins Bordell. Frauen konnten ihn dazu bringen, blind auf Risiko zu gehen, sie sorgten dafür, dass er für einen Moment körperlicher Lust in wichtigen Angelegenheiten Hasard spielte und die Kontrolle über sein Tun verlor. Die Vision von absolutem Glück stieg in ihm an wie das Meer bei Flut und übertönte alle Erwägungen.

Lawrence zeigte ihm auch das La Souris, eine Bar auf der Rue Bréda, unweit der Place Pigalle, wo sich Lesbierinnen trafen, die sich als eine große Familie betrachteten. Breitschultrige Mannweiber mit kurz geschnittenen Haaren und auffälligen Krawatten, überspitzt feminine Geschöpfe, die in grellbunte Stoffe gehüllt waren. Alle rauchten sie, manch eine auch dicke Zigarren.

Die Inhaberin Palmyra, eine stattliche Dame mit edlem Herzen, sah ihrer eifersüchtigen Bulldogge ähnlich. In den Aschenbechern türmten sich orientalische Zigarettenstummel mit roten Lippenstiftflecken. Die Ausdünstungen des Alkohols und der Duft von Moschus, Ambra und Patschuli vermischten sich mit dem Geruch von Morphium und Äther. Eine ältere Frau, deren vergilbte Gesichtshaut schlaff herabhing, was sie mit Schminke maskiert hatte, schaute in einer Ecke gierig und auffordernd nach einem Mädchen, einem wirren Geschöpf, das eine perverse Neugier hierher geführt hatte und aus dem die Sünde regelrecht herausschrie.

Als Gegenleistung zeigte Štefánik Lawrence seine Wohnung. Die drei Zimmer erinnerten an ein Museum. Im Flur zielten Speere, Pfeile und andere alte Waffen von primitiven Völkern auf den Gast. Nicht wenige Frauen bekamen anfangs einen Schreck, ob sie etwa bei einem Dekadenten gelandet waren, der mit Gewalt wer weiß was von ihnen verlangen würde.

Im Wohnzimmer standen in Regalen polynesische Steingötter, arabische, persische und indische Ritualgegenstände, es gab Teppiche, Stoffe und teures Chinaporzellan zu sehen und in einer Ecke stand eine große japanische Trommel. Auf dem Parkett waren Felle von Raubkatzen und einem Braunbär ausgebreitet.

Durch die düsteren Räume zu gehen, glich einer Reise um die Welt, auf die Inseln Ozeaniens, in die Länder Mittelasiens und des Fernen Ostens, in geheimnisvolle Winkel Afrikas und Amerikas.

Seine exotische Sammlung vergrößerte Štefánik immer weiter, in Spanien, Russland, Turkmenistan, Algerien, Tunesien, auf Malta, Ceylon, Tahiti, in Neuseeland, Australien, Brasilien und den USA, in Panama, Ecuador und Japan. Zu den kostbarsten Stücken gehörte ein Set dunkler Holzschnitte und Stiche von Paul Gauguin, denen ein Ehrenplatz über dem Esstisch vorbehalten war. Die Käfersammlung, die einmalige Kollektion ecuadorianischer Kolibris, all die Korallen, Straußeneier, Muscheln und Seesterne bewahrte er in speziellen Vitrinen für zoologische und paläontologische Exponate auf und hatte auch alles eigenhändig katalogisiert.

Gegenüber dem wuchtigen Schreibtisch im Arbeitszimmer standen voluminöse samtbezogene Ohrensessel. Das Licht von draußen wurde von dicken Vorhängen gedämpft. Die Zimmerdecke war mit Seide bespannt und auf dem Boden lag ein Perserteppich mit einem filigranen geometrischen Muster samt Blüten- und Wellenornamenten.

An allen Wänden, die leer geblieben waren, prangten Originalgemälde von Pariser Künstlern, die Türfüllungen zierten Tapeten mit asiatischen Naturmotiven. In einer Ecke gab es einen Kamin mit einem alten Ofenbesteck aus Eisen.

Einen besonderen Platz nahmen die Bücher und die Andenken aus der Heimat ein: Spitzen und Stickereien, Tischtücher und Keramik. Jedes Mal, wenn er sie erblickte, wurde ihm warm ums Herz. Der Große Krieg hatte seine Vergangenheit beinahe hinweggefegt.

Die Bibliothek umfasste eintausendzweihundert Bände. Außer Fachliteratur zu Themen wie Astronomie, Militärwesen und Diplomatie kaufte er auch gern Belletristik. Štefánik sprach und las fließend Französisch, Italienisch und Russisch. Er sammelte alte Drucke, besaß sogar Faksimiles der Don-Quijote-Ausgaben von 1608 und 1615. In den Regalen bewahrte er neben Klassikern und Gegenwartsliteratur auch sein eigenes schriftstellerisches Werk auf.

Als Jugendlicher hatte er ein paar Gedichtzyklen verfasst, sich auch in anderen Genres versucht und geplant, etwas zu übersetzen. Aber von diesem Vorhaben war er abgekommen. Er hatte sich für eine wissenschaftliche, später für die militärische und politische Laufbahn entschieden.

Sein von den Verhandlungen ausgefüllter und aufgepeitschter Geist konnte auch zu Hause nicht sofort ausschalten, er lief weiter wie ein Fließband.

Štefánik durchstreifte Paris, alleine oder mit Lawrence, auf der Jagd nach Erlebnissen und Überraschungen. Die Caserne Prince Eugène an der Place de la République. Das Palais du Luxembourg. Das Palais Bourbon, wo die Nationalversammlung ihren Sitz hatte. Das Hôtel des Invalides. Die École militaire. Das Hotel Majestic auf der Avenue Kléber.

Ungeachtet dessen, wie weit er seine Kreise gezogen hatte und ob er die jeweiligen Straßen und Viertel kannte, hatte er doch immer den Eindruck, sich verirrt zu haben – in der Stadt und auch in sich selbst. Er lieferte sich dem Treiben der Metropole aus. Konzentrierte sich auf das, was er sah, und floh vor der Pflicht, an die Politik zu denken. Zumindest eine Weile lang lebte er für sich selbst, nicht für eine Nation oder abstrakte Ideen.

Er liebte das Drama und das Theatralische von Komödiantinnen. Hinter den Kulissen der Theater, in den Garderoben mit glühbirnengesäumten Spiegeln traf er sich mit schönen Frauen, die nach den Vorstellungen bis zum Morgen Absinth in den glitzernden Bars oder lauten Kneipen der Umgebung tranken.

Mit ihnen trieb er sich in Montmartre herum, das voller Mühlen und Gasthäuser war. Er besuchte knallbunte Varietés. Ländliche Felder und stille Gässchen waren von Hütten, Scheunen und üppigen Gärten gesäumt, von grünen Freiflächen, in denen ab und an tiefe Löcher gähnten, Ziegen hüpften auch herum. In den letzten Jahren waren hier Cabarets wie Grande Pinte, Plus Grancock oder Auberge de Clou entstanden. Im Chien blanc wurde Tag und Nacht getanzt. Das Élysée auf dem Boulevard Rochechouart zog ihn mit erotischen Couplets in seinen Bann. Vor dem Eingang gab es oft Schlägereien. Streitigkeiten wurden mit dem Messer oder der Pistole ausgetragen. Die Rue Constance führte bergauf und mündete in die Rue Lepic mit ihren zahlreichen Kunst- und Schmuckateliers.

Bei einer Tasse Glühwein, aromatisiert mit Zimt und Gewürznelken, im gedämpften Licht der Gasbeleuchtung atmete er die Atmosphäre. Die lärmende Musik deutete mit grellen Akkorden ein paar Cancan-Figuren an, plusterige Unterröcke wirbelten herum und entblößten gelegentlich für einen Moment ein Stück Haut. Die Tänzerinnen Nana la Souterelle, Lou, la Gueuse, Chichi de Naples oder l'Alsacienne warfen die Beine in die Luft. Ab und zu zerzausten sie ihm mit einer leichten Berührung ihrer Zehen das Haar und ließen sich dann in den Spagat aufs Parkett gleiten.

Der leutselige Dirigent auf der Bühne schwitzte, keuchte, wedelte mit dem Taktstock und animierte mit Gesten und Blicken die vierzig Musiker und Tänzerinnen. Mit einem Stampfen schmissen die Frauen ihre Röcke bis über die Köpfe der Gäste hinauf, peitschten das Publikum mit immer gewagteren Bewegungen auf, zeigten schamlos ihre Bäuche, besessen vom Rhythmus der Quadrille. Erst die unbarmherzigen letzten Töne beendeten das zügellose Ritual.

Der Kommissar der Sittenpolizei, der beauftragt war, darauf zu achten, dass die Damen trotz alledem gewisse

Grenzen des Anstands nicht überschritten, spazierte im schwarzen Anzug und mit einer quer über die Brust gespannten Stahlkette zwischen den Zuschauern umher, die Hände hinter dem Rücken verschränkt. Seine Haut war vollgesogen mit den jahrzehntelangen Ausdünstungen des muffigen Lokals. Mit leicht verbitterter Miene warf er gelegentlich einen Blick nach den Röckchen, seit jeher überzeugt von der absoluten Sinnlosigkeit seiner Arbeit. Er zog sich seinen schmierigen Zylinder noch tiefer in das griesgrämige, kantige, pockennarbige Gesicht und schaute wieder woandershin.

Als das Lokal gegen Morgen schloss, wagten die Damen noch ein Tänzchen, einfach so für sich und für den slowakischen General, sie dachten sich halsbrecherische Figuren aus und verbogen sich in ihrem Rausch vor den Spiegeln.

Oft ging er an die Ecke von Rue de Rivoli und Rue de Castiglione, wo ihm ein erfahrener Zuhälter, ein schrecklicher Ausbeuter, seine Lieblingsschäfchen anbot. Bis zu einer halben Stunde stritt er sich mit ihm rituell um den Preis. Ein Freigeist, der in einer tief religiösen protestantischen Familie aufgewachsen war.

Er suchte nach sinnlichen Genüssen in den Lokalen auf der Rue Monsieur le Prince am Ende der Rue Vaugirard unweit des Odéon, wo sich eine Kneipe an die andere reihte. Er lief über Pflastersteine, die von den vielen Generationen abgewetzt waren, die über sie hinweggegangen waren.

Um das Brunnenbecken auf der Place Pigalle herum fand jeden Sonntag ein Markt für leichte Damen und Prostituierte statt. Hier präsentierten sich Römerinnen und Neapolitanerinnen, Eunuchen und Kastraten, Zuhälter trieben sich reichlich herum, Abschaum, Exzentriker, Sizilianer machten ihre Geschäfte und die Frauen posierten.

Seinen abgestumpften Geist erfrischte Štefánik an der anregenden Einfalt armer und ungebildeter Mädchen aus düsteren Spelunken, wo es nach ungewaschenen Leibern, verschüttetem Alkohol, billigen Parfüms und ungeleerten Nachttöpfen stank.

Bereitwillig folgte er ihnen in schäbige Arbeiterviertel, wo die Häuserblocks zerbröselten, ihre Bewohner in löchrigen Schuhen von hier nach da torkelten, schmutzige Kinder nackt in den feuchten Hinterhöfen herumtollten, an Leinen Wäsche mit Grauschleier hing und die Toiletten nicht funktionierten. Er redete sich ein, dass er die Mädchen immerhin für ein paar Stunden aus der Realität herausgeholt und ihnen ein künstliches Paradies geboten hatte.

Nach Hause kehrte er immer erst spät zurück. Das Kopfsteinpflaster glänzte im Schein der Laternen unter seinen Füßen. Wenn er mit einer Frau bei seiner Wohnung ankam, brach nicht selten schon die Dämmerung an. Die einzige verschwommene Beleuchtung waren die roten Glutreste im Kamin, was die im Halbdunkel versunkenen Gegenstände noch vergrößerte.

Eine zart gebaute Blondine. Eine monumentale Brünette mit üppiger Mähne. Ein fragiles Mädchen mit schwarzen Augen und pomadisiertem, wie mit einem Pinsel aufgetragenem Haar, das über der linken Schläfe gescheitelt war. Eine ausgemergelte, sommersprossige junge Frau mit etwas nach vorn stehenden Zähnen unter der Stupsnase und einer schwarzen Haube auf dem Kopf. Eine Russin mit nachdenklichem, fast erhabenem Gesichtsausdruck. Aber keine einzige konnte sich mit seiner Tahitianerin messen.

Diese Freundinnen gehörten zu den besser situierten Frauen, sie lebten für sich und einige arbeiteten auch. Sie waren bereits dreiundzwanzig oder älter. Dank regelmäßiger ärztlicher Untersuchungen und vorbeugender Maßnahmen blieben sie gesund. Nicht selten hatte eine bereits ein Kind zur Welt gebracht, das meist irgendwo auf dem Land lebte. Sie kalkulierten so, dass sie, falls sie noch fünf Jahre durchhalten würden, genug Geld gespart hätten, um sich in der Provinzstadt, aus der sie stammten, einen kleinen Kolonialwarenladen leisten zu können. Dann hofften sie, einen reichen Witwer zu heiraten und glücklich und anständig bis ans Ende ihrer Tage zu leben. Sie gaben ihm gegenüber zu, dass ihre Verwandten und das Personal keine Ahnung hatten, womit sie ihren Lebensunterhalt verdienten. Wenn sie sporadisch nach Hause fuhren, merkte man weder ihrer Kleidung noch ihrem Benehmen an, dass sie keine Einheimischen waren.

Leider schien Štefánik keine wahre Befriedigung mehr finden zu können. Ekstatische Momente erlebte er nur sehr selten. In den unpassendsten Momenten meldeten sich die Tiefenströmungen seiner Unruhe zu Wort. Ein eigenartiges Gefühl ergriff Besitz von ihm. Zuerst kam es ihm auf nebulöse Weise bekannt vor und schien wohl auch beherrschbar zu sein. Er setzte sich an den Tisch unter der Lampe und ging in sich, was da mit ihm los war.

Immer weniger verstand er die Welt um sich herum. Ohne ein einziges Geräusch waren alle Hoffnungen auf echte Veränderungen aus ihm verflogen.

Er konnte sich nicht einmal mehr an die schwärmerischen Träume erinnern, die einst seine Fantasie so erhitzt hatten. Es war kaum zu glauben, dass es seine gewesen waren, so weit entfernt kamen sie ihm vor. Er besann sich auf die alten, unwiederbringlichen Vorkriegszeiten und dachte zögernd über die neuen nach. Nichts mehr schien vor ihm zu liegen, auf nichts mehr schien er eine Hoffnung zu setzen.

Er glaubte nicht mehr, dass die Verhandlungen zu einem Punkt gelangen könnten, der auch nur einen Hauch besser wäre als der aktuelle Status quo. Es fiel ihm jeden Morgen schwerer, erneut ins Außenministerium zu gehen.

Vor dem Eingang war er einige Tage lang von Demonstrantinnen mit eigenhändig hergestellten Plakaten angebrüllt worden. Invalidinnen, deren einzige Tapferkeitsmedaillen ihre hölzernen Armattrappen, Augenklappen, Eisenkrücken und wehenden Blusenärmel waren.

Die Frauenrechtlerinnen forderten lautstark Gleichberechtigung, ein allgemeines Wahlrecht, anständige Arbeitslöhne und das Verbot von Kinderarbeit. Sie protestierten dagegen, dass nach einer Scheidung ihr ganzes Vermögen an den Ehemann fiel. Die Autorität von Gerichten, Polizei und anderen durch Männer beherrschten Institutionen erkannten sie nicht an. Im ganzen Stadtgebiet hatten sie Kommissionen gebildet, machten nachdrücklich auf ihre Stellung aufmerksam, verteilten Flugblätter, sammelten Unterschriften für Petitionen und informierten die Öffentlichkeit über ihre Ansichten und die Aktivitäten zu einer Erneuerung.

Warum mischten sie sich in Gesetzgebung und Politik ein? Die Wilson-Punkte hatten sie offenbar auf ihre eigene Weise ausgelegt. Wer hätte das je gesehen, dass Frauen zur Wahl gingen! Štefánik wusste sehr wohl zu würdigen, dass sie während des Krieges in Rüstungsfabriken fleißig gewesen waren, dass sie Verwundete in Feldlazaretten versorgt oder Lokomotiven gesteuert hatten, als die Eisenbahner an die Front einberufen worden waren. Aber das hieß ja noch lange nicht, dass sie sich nun auch ins Parlament hineindrängen mussten.

Mit zunehmender Besorgnis sah Štefánik mit an, wie vernünftig und einheitlich die Prager Delegation agierte, die eindeutig Richtung Frankreich und Großbritannien orientiert war, während er selbst sich auf Italien konzentrierte.

Noch Anfang 1919 hatte er die Tschechische Republik lediglich für eine nebulöse Vision einer kleinen politischen Gruppe gehalten. Doch die militärische Niederlage der Mittelmächte und der Zerfall von Österreich-Ungarn hatten für die Gründung einer Republik günstige Bedingungen geschaffen. Edvard Beneš hatte das in seiner mit Spannung erwarteten Rede mehrmals betont. Eine zukünftige starke Republik stellte er als größtes Hindernis für deutsche Expansionsbestrebungen dar. Eindeutig deklarierte er das Recht auf Selbstbestimmung.

Noch ein weiteres Argument nutzte er strategisch aus: die Tschechischen Legionen, die aus der österreichischen Armee desertiert waren und sich seit Dezember 1917 unter französischem Kommando intensiv in die Kämpfe gegen die Bolschewiki eingebracht hatten. Beneš berichtete, wie die Tschechen beschlossen hatten, dass sich die Legionen an der Westfront der entscheidenden Offensive gegen die Deutschen anschließen würden, aber um dorthin zu gelangen, mussten sie den Globus einmal umrunden. Mit der Eisenbahn nach Wladiwostok, dann per Schiff über den Pazifik und weiter durch Amerika und über den Atlantik bis nach Frankreich.

Als die Russen versucht hatten, die Truppen aufzuhalten und zu entwaffnen, hatten die Legionäre den Angriff zurückgeschlagen und nach und nach alle Bahnstationen besetzt. Für einige Zeit war das einzige freie und unabhängige tschechische Territorium die neuntausend Kilometer lange Trasse der Transsibirischen Eisenbahn gewesen, ein zwei Meter breiter Schienenstrang vom Ural bis zum Stillen Ozean.

Štefánik war enttäuscht, dass Beneš die Rolle von zig heldenhaften, tapferen Slowaken in ähnlichen Einheiten mit keinem Wort erwähnt hatte. Dabei hatte gerade der slowakische General sich für die Neutralität der Einheiten eingesetzt, die sich ritterlich gegen die Bolschewiki gewehrt und sich auch nicht von den Verlockungen des eloquenten Kommissars Leo Trotzki beirren lassen hatten.

Er vermittelte den Anführern des tschechischen Auslandswiderstands Kontakte zu den höchsten Stellen der europäischen Politik. Er wandte gigantische Bemühungen auf, um die Staatsmänner von der Richtigkeit des Plans zu überzeugen, dass Österreich-Ungarn umgestaltet werden müsse. Über Jahre hinweg verfasste er Briefe und Memoranden, antichambrierte geduldig in Ministerien, wartete auf eine passende Gelegenheit zur Präsentation seiner Vorschläge und Pläne, klapperte Zeitungsredaktionen ab, knüpfte persönliche Kontakte. Er bemühte sich, sowohl uninformierte Botschafter als auch die öffentliche Meinung auf seine Seite zu ziehen. Die ganze Bürde der organisatorischen Arbeit ruhte auf seinen Schultern.

In Paris war jeder sich selbst der Nächste. Die Würfel waren bereits gefallen. Die Tschechen stilisierten sich zu Lieblingen der Großmächte und auch die Weltpresse fand Gefallen an ihnen. Štefánik und Beneš kämpften mit vergleichbarer Ausdauer und Opferbereitschaft um ein und dasselbe Ideal und befanden sich in einem unablässigen Wettstreit. Der intuitive Štefánik gegen den pedantischen Beneš, die Inkarnation staatlicher Verwaltung. Ersterer setzte seine Autorität durch, Letzterer ließ sich mit Autorität ausstatten und war der perfekte Befehlserfüller. Štefánik konnte sich im Unterschied zu Beneš allerdings nicht auf bewaffnete Einheiten, eine Behörde oder einen Nationalrat stützen.

Beneš errang die Sympathien der Franzosen, als er detailliert erläuterte, wie die Tschechen geholfen hatten, die österreichische Armee von innen heraus zu zersetzen, was den Prozess der Niederlage beschleunigt hatte. Die Aktivitäten seiner Landsleute bauschte er auf, die Wirkung anderer verschwieg er aus taktischen Gründen, und ganz nach Bedarf verdrehte er die Fakten.

Als Beneš in Bezug auf die Anzahl von Deutschen auf tschechischem Territorium log – statt dreieinhalb Millionen waren es bei ihm lediglich achthunderttausend – protestierte die Berliner Delegation. Der Einspruch wurde jedoch nicht akzeptiert.

Der Tschechische Staat konnte einen Schlüsselsieg erringen: Der Großteil des von ihm geforderten Territoriums wurde ihm zugesprochen – die ehemaligen österreichischen Provinzen Böhmen und Mähren sowie Mährisch-Schlesien. Alle Anstrengungen waren von Erfolg gekrönt.

Clemenceau warnte, dass den Deutschen nicht zu trauen sei, denn sie träten schon wieder aggressiv und arrogant auf. Die verfassungsgebende Versammlung in Weimar beschloss die Beratungen mit dem Absingen der Hymne: »Deutschland, Deutschland über alles!« Eineinhalb Millionen französische Soldaten waren doch nicht im Krieg umgekommen, damit anschließend Deutschland wieder zu alter Stärke zurückfände!

Aufmerksam hörte Štefánik den asiatischen Diplomaten zu. Japan machte dem gerade entstehenden Völkerbund den unerwarteten Vorschlag, die Rassengleichheit aller Mitglieder anzuerkennen. Für eine gleichberechtigte Stellung unterschiedslos aller Bürger!

Wilson wies den Gedanken umgehend zurück. Bei

den Kolonien wurde mit einem Recht auf Selbstbestimmung nicht gerechnet, deren Bewohner galten als Menschen auf einer niedrigeren Entwicklungsstufe. Der amerikanische Präsident fürchtete sich insbesondere vor den Schwarzen in den Südstaaten der USA, die von dieser Idee in ihrem Kampf für Gleichberechtigung und eine gerechte Behandlung ermuntert werden könnten. Großbritannien und Australien unterstützten aus Angst vor möglichen Ansprüchen von Einwanderern die ablehnende Haltung der Vereinigten Staaten. Gemeinsam fegten die Großmächte den Vorschlag vom Tisch.

Štefánik war vor einiger Zeit in Tokio vom Kaiser empfangen worden, und es empörte ihn, dass die Großen Vier es ablehnten, Japan mit in den Völkerbund aufzunehmen.

Kläglich scheiterten auf der Friedenskonferenz auch die Chinesen, obwohl sie mit sechzig perfekt vorbereiteten Delegierten angereist waren und in fünf Ausschüssen harte Arbeit geleistet hatten. Vergeblich beknieten sie die Alliierten, den Ländern im Fernen Osten genauso gegenüberzutreten wie den westlichen Staaten.

Das kaum entwickelte Reich der Mitte hatte im Großen Krieg eine wichtige Rolle gespielt und sich zu Recht auf der Seite der Sieger wiedergefunden. Nach Frankreich und Russland hatte es fast dreihundertvierzigtausend Männer entsandt und Hunderttausende Gewehre gespendet. Die Chinesen hatten insbesondere beim Ausheben von Schützengräben geschuftet, oft in Reichweite der feindlichen Artillerie. Sie hatten Wartungsarbeiten an Straßen und Bahnstrecken geleistet, waren in Rüstungsfabriken eingesetzt gewesen oder auf den Feldern bei der Lebensmittelversorgung, wofür ihnen der britische Regierungschef Lloyd George ein besonderes Lob aussprach. Etwa zehntausend von ihnen waren in den Kämpfen ums Leben gekommen. Doch statt Dankbarkeit und Anerkennung schlug China für seinen Einsatz nun bloß Geringschätzung und Spott entgegen.

Die Delegation aus Peking wurde von Lu Zhengxiang angeführt, Diplomat, Minister und Benediktinermönch. Er stammte aus einer protestantischen Familie, war in Shanghai geboren, hatte Auswärtige Beziehungen studiert und sprach exzellent Französisch. Seine silberne Nickelbrille verlieh ihm ein etwas streberhaftes Aussehen. Er wurde gar nicht erst zum Hauptverhandlungstisch zugelassen – obwohl die japanische Delegation die ganze Zeit mit dort saß. Stattdessen wurde ihm in einer nachrangigen Kommission ein Platz neben der griechischen Abordnung zugewiesen.

Noch mehr war Zhengxiang darüber empört, wie die Friedensstifter die umstrittene ostchinesische Provinz Shandong mit ihren vielen wichtigen Häfen am Gelben Meer behandelten. Kiautschou war Pachtgebiet der Deutschen gewesen, und nach ihrer Niederlage erhob China Ansprüche darauf, auch weil sich dort der Geburtsort von Konfuzius und ein bedeutender Wallfahrtsort befanden. Entgegen ursprünglichen Versprechen wurde Shandong schließlich Japan zugesprochen, das dort auch eine Militärbasis errichten durfte, was in China Empörung und öffentliche Proteste auslöste. Der Konflikt spitzte sich dermaßen zu, dass der chinesische Botschafter es ablehnte, den Vertrag über die Abtretung Shandongs an Japan zu unterschreiben.

Dabei hatten sich noch vor ein paar Tagen in Peking chinesische Studenten in Massen vor der amerikanischen Botschaft versammelt und Hurra-Rufe auf Präsident Wilson skandiert, denn seine vierzehn Punkte stießen auch in Asien auf ein enormes Echo. Zu den größten Anhängern und Fürsprechern gehörte auch der junge Pekinger Bibliothekar Mao Zedong.

Hoffnungen auf eine vollberechtigte Anerkennung machten sich auch Iran, Syrien und Armenien. Warum sollten ausgerechnet in ihrem Fall die von Wilson versprochenen Punkte nicht gelten?

Ein Gast aus Vietnam war Nguyen Sinh Cung, der später seinen Namen zu Ho Chi Minh ändern sollte. Er lebte schon seit einigen Jahren in Frankreich, wo er als Kellner und Filmretuscheur arbeitete. Jeden freien Moment verbrachte er mit intensiven Studien in Bibliotheken. Er verfasste ein Manifest zur Befreiung von Indochina, in dem er mehrere Passagen aus der amerikanischen Unabhängigkeitserklärung zitierte.

Vietnam hatte für die Westfront hunderttausend kampffähige Männer zur Verfügung gestellt, meist Bauern, aber auf Dankbarkeit und die versprochene Freiheit wartete es vergeblich. Nguyen gab einen Empfang, wofür er eigens eine Suite in einem Luxushotel anmietete, was all seine Ersparnisse verschlang, aber weder Wilson noch sonst irgendjemand aus der großen US-Delegation erschien zu dem Treffen, geschweige denn, dass sich jemand entschuldigt hätte.

So ähnlich erging es auch dem Vertreter Koreas.

Weil Japan der koreanischen Delegation Visa verweigert hatte, war lediglich ein im Exil lebender General vor Ort. Nach Paris war er höchst beschwerlich mit der Transsibirischen Eisenbahn aus China gekommen, wo er eine Existenz in tiefster Armut fristete. Aber auch ihm wurde kein würdiger Empfang zuteil.

Ägypten hatte eine Petition aufgesetzt, doch die Pariser Delegierten weigerten sich, sie auch nur zu lesen, sodass es in Kairo und anderen Städten zu blutigen Demonstrationen und Streiks kam.

Die von Chaim Weizmann angeführte zionistische Delegation forderte einen eigenständigen jüdischen Staat auf dem historischen Territorium von Palästina am Ostufer des Mittelmeers, blieb aber ebenfalls erfolglos.

Der chauvinistische Irrsinn des Westens führte auf breiter Front zu Verbitterung. Die vierzehn Punkte betrafen offensichtlich nur Europa. Die Erfahrung mit Wilsons praktischer Politik verursachte eine tiefe Enttäuschung.

Štefánik kam zu der Überzeugung, dass man intensiver und enger mit den Großmächten aus dem Nahen Osten und aus Asien zusammenarbeiten müsse, weil sie sich ansonsten vom Westen abwenden und andere Verbündete suchen würden, zweifellos Bolschewisten oder religiöse Fanatiker. Als er seine Meinung laut äußerte, lachten ihn die Diplomaten aus. Im konfuzianischen China würde der Kommunismus garantiert nicht Fuß fassen, erst recht nicht für längere Zeit.

Vergeblich argumentierte er damit, dass die Komintern in Baku einen Kongress der Völker des Ostens vorbereitete, auf dem detailliert erläutert werden sollte, wie man die kapitalistischen Regimes stürzen wolle, die ihrer Auffassung nach verbrecherische Sklaventreibersysteme waren. Er warnte, dass sich schon bald eine neue Allianz der belogenen, betrogenen und in den Schmutz getretenen Völker bilden würde.

Schon nachdem Lenin die Macht übernommen hatte, versuchte Štefánik, die Alliierten von der Notwendigkeit einer militärischen Intervention in Sowjetrussland zu überzeugen und bot für den Angriff slowakische Legionen an. Niemand glaubte damals, dass sich das tyrannische Regime halten würde.

Nguyen verteilte unter den Konferenzteilnehmern Lenins Pamphlet *Der Imperialismus als höchstes Stadium des Kapitalismus*, das unter den enttäuschten Delegierten für erheblichen Wirbel sorgte. Der Revolutionsführer hatte bereits 1916 gewarnt, dass die Vereinigten Staaten, Großbritannien und Japan nicht auf ihre Kolonien verzichten würden, sondern im Gegenteil auf der Jagd nach Erdöl, Erdgas, größeren Territorien und Absatzmärkten dieselbe ausbeuterische Politik weiterführen würden, die den Großen Krieg ausgelöst hatte.

Lenin beließ es nicht nur bei Worten. Kaum war er 1917 an die Macht gelangt, veröffentlichte er einen Geheimvertrag zwischen Frankreich, Großbritannien und dem zaristischen Russland, die geplant hatten, den Nahen Osten unter sich aufzuteilen.

Štefánik hatte Wilson durchschaut. Der charismatische Südstaatler, anglophile Calvinist und offene

Rassist sparte nicht mit Witzeleien über Schwarze und Asiaten. Als Sohn und Enkel presbyterianischer Geistlicher ging er in Paris oft zur Kirche und betete andauernd. Sogar beim Pokern hatte er eine Bibel in Reichweite liegen. Nicht die Rechte von unterschiedslos allen verteidigte er, sondern nur die Privilegien des weißen Mannes. Er war die Verkörperung des Zynismus, mit dem die Vertreter der westlichen Großmächte den östlichen Ländern gegenübertraten. Dabei traf er Entscheidungen über eine Region, die er nie besucht hatte und deren Probleme er nicht im Detail kannte. Auf seiner Europatournee sagte er vor den Massen etwas ganz anderes als bei den geschlossenen politischen Beratungen. Gern verkündete er seine Ansichten lautstark auf öffentlichen Versammlungen. Wo auch immer er auftauchte, war er von einer Menschenmenge umgeben. Er war ein ausgezeichneter Redner, vor Publikum versprach er das Blaue vom Himmel, nannte die Feinde beim Namen und trieb die Leute durch die richtige Dramaturgie seiner Ansprachen bis zur Ekstase. Doch nur die wenigsten seiner Worte verwandelte er in Taten. Auf Kritik reagierte er gleichgültig, reserviert und mit Unverständnis.

Auch Lawrence war bei den Verhandlungen in eine schwierige Situation geraten. Er vertrat die Briten, aber in seinem Bemühen um Unabhängigkeit und Gerechtigkeit half er gleichzeitig den Arabern, er stellte sich sogar als Emir, als »Fürst von Mekka« vor. Štefánik bewunderte seinen geschickten Umgang mit den Medien, die Eloquenz und den Kampfgeist. Fast täglich überschüttete Lawrence die Journalisten mit Erklärungen, er schrieb Artikel, kommentierte die Beratungen. Auf alle erdenkliche Weise bemühte er sich, eine Katastrophe abzuwenden.

Die meisten Journalisten hatten keine Ahnung, dass es die Slowaken überhaupt gab, sie verwechselten sie mit Slowenen oder kannten das fragliche Gebiet lediglich unter den Bezeichnungen Felvidék, Oberungarn oder Oberland.

Als Štefánik die korrekte Behandlung seiner Delegation als eigentliche Repräsentanten des slowakischen Volks einforderte, unterbrach ihn ein französischer Armeegeneral und verkündete, dass er bei der Konferenz nur als Beobachter zugelassen sei. Štefániks Vorschlag zu einer Volksabstimmung über das am dichtesten von Slowaken besiedelte Territorium wurde von den Delegierten einstimmig abgelehnt. Die deutsche und die ungarische Presse verwahrten sich scharf gegen die Ansprüche der Minderheiten.

Den General packte die Wut. Seiner Ansicht nach traf die Konferenz prinzipienlose und voreingenommene Entscheidungen. Wenn das die herbeigesehnte Demokratie sein sollte, dann vielen Dank, aber garantiert nicht mit ihm! Er verachtete die westliche Politik. Wilsons Gedanken lehnte er ab, hielt sie für Produkte eines falschen Fortschritts. Er glaubte nicht an Amerika, das politische System der USA hielt er für verkappte Tyrannei. Er war sowohl gegen die Trennung von Kirche und Staat als auch gegen das Wahlrecht für Frauen.

Nicht einmal mehr dem Völkerbund, mit dem er große Hoffnungen verbunden hatte, vertraute er. Die einzige Garantie für die Existenz eines Staates war für ihn eine starke Armee mit eiserner Disziplin, wo es für demokratische Elemente keinen Platz gab. Auch bei seiner Inspektionsreise zu den Legionären in Sibirien hatte er umgehend ihre Soldatenräte und Debattierbruderschaften aufgelöst.

Die erste Phase nach der Entstehung eines Staates wäre von einer Militärdiktatur begleitet, und später, nach Stabilisierung der Verhältnisse, käme es zur Einführung einer konstitutionellen Monarchie.

Allerdings entsprachen solche Ansichten nicht mehr dem Zeitgeist. Als er sich bei informellen Unterhaltungen in diesem Sinne äußerte, wurde er mit großen Augen als rückwärtsgewandter Monarchist, ja regelrecht als Verräter betrachtet. Längst hatte er seinen Ruf als Sonderling, Schürzenjäger, Nachtschwärmer und unsicherer Kantonist weg.

Die Atmosphäre bei den Verhandlungen wurde immer dramatischer. Ein junger Anarchist verübte ein Attentat auf Clemenceau, tötete ihn allerdings nicht, sondern verletzte ihn nur schwer.

Wilson reiste für mehrere Wochen zurück in die Heimat, denn er konnte seine Kollegen im Rat der Vier nicht für seinen Plan begeistern und verlor allmählich auch die Unterstützung im Kongress. Die amerikanische Delegation wollte keinen einzigen ihrer Punkte aufgeben und lenkte erst nach endlos langem Herumpolemisieren ein. Keynes legte angewidert seine Funktion nieder, er war enttäuscht über den Egoismus und die Rachsucht der Siegermächte. Der Ökonom warnte, dass bei so einer Herangehensweise schon bald ein neuer Weltkrieg ausbrechen würde. Die horrenden Reparationen seien unbezahlbar, was zu einer Wirtschaftskrise führen würde, die den instabilen freien Markt zusammenbrechen ließe. Seine Empfehlung war, die Besiegten zu integrieren, nicht sie ausbluten zu lassen. Seine Ansichten nahm jedoch niemand zur Kenntnis.

Einen ernsten Konflikt zwischen Briten und Amerikanern löste die Frage der beschlagnahmten deutschen Schiffe aus. Lloyd George wollte die auf den Orkney-Inseln internierte feindliche Flotte auf dem Atlantik versenken. Wilson hielt die Zerstörung fabrikneuen Kriegsgeräts für Unsinn. Die Franzosen und die Italiener forderten, die Schiffe als Beute unter den Siegern aufzuteilen. Letzten Endes gab jedoch der deutsche Konteradmiral Ludwig von Reuter heimlich per Flaggensignal den Befehl, sie zu versenken. Im Verlauf weniger Stunden verschwand fast die komplette deutsche Kriegsmarine in den Tiefen des Meeres. Die Briten konnten nur ein paar ältere Torpedoboote, drei Kleine Kreuzer, einen Minenkreuzer und ein Großlinienschiff retten. Der Coup war den Deutschen gelungen, sie waren bereits auf der Suche nach neuen Verbündeten und schmiedeten Rachepläne. In Italien stürzte Benito Mussolini die Regierung und wollte die Entwicklungen in Paris im letzten Moment noch umkehren. Es bestand die ernste Gefahr, dass die Friedensverhandlungen in einem Fiasko enden würden.

Den Abschlusstag der Konferenz verbrachte Štefánik in erniedrigter Position auf einem Flur. Die Fliegen surrten unablässig durch die großen Fenster herein und hinaus und schenkten ihm viel mehr Aufmerksamkeit als die Entente-Anführer. Drinnen wurden die letzten juristischen Details fertiggestellt, Wortlaute von Dokumenten korrigiert und die Übersetzungen in andere Sprachen redigiert.

Die Vertragsunterschrift hatten die Alliierten auf den 28. Juni im dreiundsiebzig Meter langen Spiegelsaal von Versailles festgesetzt. Protzig ragte das Schloss direkt im Zentrum der etwa zwanzig Kilometer südlich von Paris gelegenen Stadt auf. Das atemberaubend gigantische Gebäude war von einem weitläufigen Komplex aus Parks, Wäldchen, künstlichen Seen, Wasserspeiern und Pavillons umgeben.

Datum und Ort waren mit Bedacht gewählt. Hier hatte Bismarck das Deutsche Kaiserreich ausgerufen. Nun war die Zeit für die französische Revanche gekommen.

Nach einem diesigen Morgen rissen zu Mittag die Wolken auf und die Sonne spendierte frühsommerliche Strahlen. Unten erwartete die Delegierten der Zeremonienmeister des französischen Außenministeriums. Im Saal hatten bereits die Vertreter der Alliierten und weiterer verbündeter Mächte sowie die geladenen Gäste ihre Plätze eingenommen. Die Fenster entsprachen genau den Tafeln an der gegenüberliegenden Seite. Tausende von Lichtern wurden vervielfacht und in alle Richtungen reflektiert, sodass man geblendet wurde. Clemenceau saß alleine am Tisch des Vorsitzenden. Die feierliche Zeremonie in dem überfüllten Saal eröffnete er mit einer pathetischen Ansprache. Štefánik erinnerte die Szenerie an ein Staatsbegräbnis.

Eine Garde von Alliierten führte zwei Minister der deutschen Regierung herein, die ohne ein einziges Wort ihre Unterschriften leisteten. An ihren Gesichtern konnte man ablesen, dass sie bereits an Vergeltung dachten. Die Deutschen hatten mit Absicht weniger bedeutende Politiker hergeschickt, keine Generäle. Mit der Kriegsniederlage hatte sich die Armee nicht abfinden können.

Dann wurde das Dokument nach und nach von den Vertretern der anderen Delegationen unterzeichnet. Die tschechischen und die jugoslawischen Grenzverläufe hatte das Komitee ohne die vorgeschlagenen Änderungen abgenickt, was die Sudetendeutschen und die Donauschwaben empörte. Der Habsburger Karl I. dankte zugunsten der Republik ab. Palästina, Irak, Syrien und Libanon gehörten von nun an nicht mehr zum Osmanischen Reich, aber statt ihnen die versprochene Unabhängigkeit zu gewähren, teilten Frankreich und Großbritannien die Gebiete unter sich auf.

Draußen im Garten ertönten Kommandos, Kanonen donnerten, Salven krachten und es herrschte allgemeine Begeisterung. Die Ehrenwache erwies vor dem Palast den herauskommenden Diplomaten mit gesenkter Waffe die Ehre.

Die Wasserspeier reflektierten ein gelbes Leuchten vor dem Schloss des Sonnenkönigs.

Paris feierte mit Gesang und Tanz. Die Kneipen waren überfüllt, die Besitzer freuten sich über Rekordeinnahmen. Kutschen brachten gegen Morgen diejenigen nach Hause, die sich betrunken bei Schlägereien verletzt hatten.

Deutschland trauerte und setzte die Flaggen auf Halbmast.

Štefánik bebte vor Wut und Erniedrigung. Als wäre in ihm ein eitriges Geschwür geplatzt. Er glaubte nicht, dass die Signatare die Verträge mit der ernsthaften Absicht unterzeichnet hatten, sie auch einzuhalten. Er hatte eher den Eindruck, dass sie die Saat zu einem neuen Krieg gelegt hatten.

Auch Lawrence protestierte, beschwerte sich und kritisierte seine eigenen Vorgesetzten. Dem slowakischen General verriet er, dass er seine Identität wechseln und in die Royal Air Force eintreten werde. Mit Diplomatie wolle er nichts mehr zu schaffen haben. Sogar eine Auszeichnung durch den englischen König lehnte er ab.

Die Teilnehmerstaaten versprachen, sich für ein friedliches Zusammenleben einzusetzen. Woodrow Wilson und David Lloyd George erwähnten vor Journalisten kurz und knapp, dass die Konferenz die slowakischen Ansprüche als unbegründet abgelehnt hätte, und forderten die Delegation auf, die von Budapest festgesetzten Regelungen bedingungslos zu akzeptieren. Das Oberland mit der historischen Krönungsstadt Pozsony als ehemaligem Sitz des Landtags und königlicher Residenz bleibe integraler Bestandteil des ungarischen Staates. Alle beide versicherten den anderen, sie würden den Versprechen Ungarns Glauben schenken und ihre Erfüllung aufmerksam verfolgen. Der Völkerbund habe später ausreichend Zeit zur Korrektur eventueller Fehler. Die Umsetzung der Bedingungen werde eine internationale Kommission überwachen. Anderenfalls würden sich die alliierten Großmächte um die Einhaltung der Anordnungen kümmern.

Die Prager Presse kritisierte Štefánik und die slowakische Unfähigkeit, sich aus eigener Kraft dem ungarischen Joch zu entwinden. Dass die Diplomatie des Nachbarn schwach und unerfahren sei, habe sie in vollem Umfang unter Beweis gestellt. Was würde aus dem General werden? Wohin wolle er zurückkehren und was unternehmen? In Paris habe er sich als absolut ungeeignet für die Realpolitik erwiesen.

Wilson brach noch in der Nacht nach Washington auf, Lloyd George flog am folgenden Morgen wieder nach London. Štefánik reiste mit dem Zug zurück nach Pozsony. Nur Clemenceau blieb zu Hause, wo er als Held gefeiert wurde.

Auf die Berichte aus Paris reagierten die Slowaken mit Ablehnung und spontanen Protesten. Sie sahen sich als Opfer einer unvorhergesehenen Entwicklung. Das Gefühl einer außerordentlichen Ungerechtigkeit machte sich breit, die zwingenden Umstände wollten sie nicht anerkennen und lehnten es ab, sie zu akzeptieren. Sie glaubten, der Friedensvertrag sei aus Versehen und durch ein Missverständnis abgeschlossen worden und werde wohl noch korrigiert.

Im Gegensatz zu den Hoffnungen der vorausgegangenen Tage und Wochen wurden viele nun von Erbitterung oder Lethargie beherrscht. Den Schuldigen suchte man im Ausland. Nach dem Krieg war jeder ein General. Die Welt hatte sich offensichtlich gegen das kleine Volk verschworen.

Štefánik erfuhr von den Unruhen in vielen Städten und Gemeinden. Auf Häusern flatterten rote Fahnen. Die Glocken läuteten. Die Leute trauerten und versammelten sich mit schwarzen Bändern an den Hemdkragen. Die Demonstrationszüge erinnerten an Trauermärsche. »Verflucht seien die Hände, die das unterschrieben haben«, hieß es. Protestlosungen wurden skandiert.

Die Bürger waren wütend auf die Ungarn, die Tschechen, die Franzosen, die Amerikaner, die Briten und immer mehr auch auf die Juden. Zu besonders verhassten Gestalten wurden Edvard Beneš und Miklós Horthy. Ein Teil der Menschen setzte Hoffnungen auf ein Bündnis mit der Sowjetunion, die sicherlich eingreifen und das Recht der Nation auf Selbstbestimmung doch noch garantieren würde. Man sah Plakate, auf denen eine Hand Telekis Rote Landkarte zerriss. Diese Gegenreaktionen konnten allerdings die Abfolge der kommenden Ereignisse nicht mehr umkehren. Štefánik registrierte mit großer Beunruhigung, dass in Budapest seit dem Waffenstillstand Regierungen mit sehr kurzer Lebensdauer kamen und gingen.

Horthy als neuer ungarischer Reichsverweser traf als Antwort auf die Proteste energische Entscheidungen. Er berief den Ministerrat ein und erläuterte, wie er im Land den Frieden wahren und für Ordnung sorgen werde. Er musste die zunehmend besser organisierten und bewaffneten Arbeiter schwächen und die unzufriedenen Minderheiten zum Schweigen bringen. Ihm war klar, dass er nicht ohne eine gehorsame Armee auskommen würde.

Die Westorientierung sei gescheitert, erklärte Horthy. Hauptbedingung für einen erfolgreichen ungarischen Kampf müsse die vollkommene Einheit des Volkes sein.

Der letzte Befehlshaber der kaiserlichen Kriegsmarine ergriff die Gelegenheit zur Macht. Gerne ritt der Admiral auf einem weißen Pferd aus, er trug schwere, mit Auszeichnungen behängte Uniformen und gepolsterte, dicht mit Zierfransen besetzte Schulterklappen. Er legte eiserne Entschlossenheit an den Tag, die auch bei eingefleischten Gegnern Respekt weckte. Wurde er gegrüßt, antwortete er mit außerordentlicher Selbstsicherheit, mit eisiger königlicher Ruhe.

Großungarn werde gegen Vaterlandsverräter und Störenfriede einen Kampf auf Leben und Tod führen, verkündete Horthy. Die Minderheiten seien zur Hauptbedrohung geworden, zum Quell von Unruhe und Instabilität. Unfähig, sich zu integrieren, würden sie die traditionellen Werte nicht teilen, die Regierung nicht anerkennen. Großungarn sei für sein Staatsvolk aufgebaut worden. Das gesamte Territorium von der Hohen Tatra bis nach Siebenbürgen müsse magyarisiert werden.

Nach Horthys Ansicht genügten Apponyis Schulgesetze nicht mehr, nach denen jeder Schüler in der vierten Klasse die einzige anerkannte Staatssprache sprechen und schreiben können musste. Für Ungarisch waren in den Schulen obligatorisch vierundzwanzig

Wochenstunden vorgesehen, also die gesamte Unterrichtszeit.

Ein geflügeltes Wort besagte, die Mittelschule sei wie eine große Apparatur, bei der an einem Ende Hunderte Slowaken hineinsteigen würden, die am anderen Ende als Ungarn wieder herauskämen.

Wir werden die Grenzen verstärken. Wir gebieten den Verbreitern falscher Nachrichten Einhalt. Wir bringen die Umstürzler und Kaffeehaushocker zum Schweigen. Wir vernichten die antinationalen Kräfte. Wir eliminieren die Parasiten. Die Journaille ist der größte Feind des Volkes. Großungarn lebt auf und rettet die Wahrheit.

Horthy ordnete das Verbot slowakischer und jüdischer kultureller Institutionen und Vereine an. Stoppte die Aufnahme von Minderheitenstudenten an Hochschulen. Löste dreihundert bürgerliche Vereinigungen und kirchliche Jugendgruppen auf. Seine Reden begleitete er mit ausdrucksvollen militärischen Gesten. In der absoluten Stille des Saals ertönte lediglich seine sonore Stimme. Hunderte Augen waren gebannt auf die wuchtige Gestalt gerichtet.

Im Eilverfahren verabschieden wir das Gesetz zum Schutz der Republik. Per Dekret gewähren wir den Behörden das Recht, das Eigentum von Vaterlandsverrätern zu konfiszieren.

Wir müssen jedes Individuum erfassen. Wir dringen bis ins Innere eines jeden Menschen vor. Jeder bekommt die Möglichkeit, sich uns anzuschließen. Alte und neue Ungarn werden wir zu einer starken Gemeinschaft des Karpatenkessels vereinen.

Ein Volk.
Eine Sprache.
Ein Führer.
Ein tausendjähriges Vaterland der Heiligen Stephanskrone.

Als Štefánik wieder in Pozsony eintraf, sah er bereits am Bahnhof einen langen Zug von Bewaffneten, die zur städtischen Markthalle marschierten. Vor ihrem Eingang blieb er wie betäubt stehen.

Die Soldaten prügelten blindlings auf die Menschen ein, brüllten patriotische Losungen und beleidigten Passanten mit anderer Nationalität. Sogar Kinder lachten sie für ihre Herkunft aus und schlugen sie, und niemand konnte den Opfern zur Seite springen, ohne ebenfalls attackiert zu werden.

Štefánik lief es kalt den Rücken hinunter. Jeglicher Gedanke, jegliches Wort schien angesichts dieser Situation unangemessen zu sein.

Die Okkupation des Oberlandes geschah blitzartig und brutal. Soldaten besetzten strategische Verkehrsknoten und Gebäude. Seit an Seit mit den Infanteristen marschierten Säuberungskommissionen und Fanatiker aus dem Geheimdienst. Unerbittlich hämmerten sie gegen Fenster und Türen und warfen Schaufenster ein. Sie entfernten slowakische und jüdische Namen von Geschäften und Gebäuden, rissen Aufschriften herunter, es kam zu Exzessen, sie provozierten und schlugen rücksichtslos auf alles ein. Es genügte, wenn sie hörten, wie jemand Slowakisch oder Jiddisch sprach.

Štefánik ging weiter in die Altstadt hinein. Auf Schritt und Tritt kamen ihm entsetzte, verwirrte Menschen entgegen.

Das Militär in Felduniform und mit Helm auf dem Kopf marschierte in Viererreihen, angetrieben vom rasanten Rhythmus der Trommeln und dem Gesang patriotischer Lieder. Das Wummern schallte von den Hauswänden als Echo zurück.

Die Soldaten trugen die unpersönliche und undurchdringliche Miene bewaffneter Kräfte zur Schau, aber aus dem Augenwinkel betrachteten sie neugierig die grauen Fassaden der Gebäude, an denen sie vorbeikamen oder in die sie eintraten.

Auf die erste Einheit folgte ein Offizier im Sattel, in einer Uniform mit einem großen Gürtel, die Hände in Lederhandschuhen, die Kleidung knarrte regelrecht an ihm. Es ertönte ein Schuss. Vögel erhoben sich von einem der Renaissancetürme.

Der Kommandeur hatte ein Dutzend gemischter Brigaden zur Verfügung, jede mit zwei Infanterieregimentern, dazu eine Reiterkompanie, die als berittene Polizeistreife getarnt war. Die Grenzschutzeinheiten agierten unter dem Decknamen »Zollverwaltung«.

Im okkupierten Territorium wurden ein Versammlungsverbot und eine nächtliche Ausgangssperre verhängt, Äußerungen in anderen als der ungarischen Sprache waren untersagt. Niemand durfte Schusswaffen besitzen und ausländische Zeitungen lesen.

Grüne Lastkraftwagen fuhren auf dem Hauptplatz vor und Männer in Uniformen stiegen aus. Ihre Pistolen, mit Bajonetten bestückten Karabiner und leichte

Maschinengewehre flößten den Menschen Angst ein. Ganz zum Schluss holperte dem Zug noch eine Feldküche hinterher.

Es gab auch solche, die die Soldaten mit offener oder heimlicher Sympathie als Befreier willkommen hießen. Die überraschten deutschen Einwohner von Pozsony waren auch eher der ungarischen Seite zugeneigt. Die *Pressburger Zeitung* schrieb in ihrem Leitartikel: Wir wollen und werden auch in Zukunft zu Ungarn gehören. Jetzt und für alle Zeiten. Der Sprache nach Deutsche, im Herzen aber Ungarn.

Entsetzt musste Štefánik mit ansehen, wie Gewalttätigkeiten zu alltäglichen Erscheinungen wurden. Auf die Straße zu gehen, stellte für ihn eine ernsthafte Bedrohung da. Längst waren auch Greise und Frauen zu ganz normalen Angriffszielen geworden.

Kaum hatte er eine weitere Einschränkung der Freiheit registriert, wusste er, dass der nächste Morgen etwas noch Schlimmeres bringen würde. Jeden Tag erlebte er zahlreiche neue Schrecken, sodass er sich den Vorabend zurückwünschte, als die Atmosphäre noch ein wenig erträglicher schien.

Die Zahl der Soldaten und ihre Kampfkraft wuchsen von Tag zu Tag. Dabei tat die Mehrzahl der Ungarn so, als würde nichts Außergewöhnliches passieren. Wenn jemandem das offizielle Vorgehen nicht passte, fürchtete er sich, Unterdrückten gegenüber Sympathie zu bekunden. Alles geschah auf Grundlage neuer Anordnungen und Gesetze, daher wurden die Maßnahmen nicht als unrechtmäßig angesehen.

Die ungarische Armee unterwarf ein Dorf nach dem anderen, eine Stadt nach der anderen. Unter den Bewohnern machte sich Angst breit, nicht selten wurden widersprüchliche Vermutungen in die Welt gesetzt. Verwirrende Gerüchte und Halbwahrheiten sorgten für Entsetzen und unerfüllbare Erwartungen.

Man bereitete sich auf das Schlimmste vor. Unter dem Einfluss einer unaufhörlichen Propagandaflut veränderten sich die Reaktionen von Menschen, denen zuvor etwas Derartiges nicht in den Sinn gekommen wäre. Auch die Anständigeren wurden rasch zu unhöflichen Zeitgenossen. Als wären normale zwischenmenschliche Beziehungen nach dem, was geschehen war, unmöglich geworden. Slowakenfreunde fürchteten, als Sympathisanten etikettiert zu werden, was bedeuten konnte, dass man sie als Staatsfeinde betrachtete.

Städte und Dörfer wurden vom Heulen der Sirenen gelähmt, militärische Befehle übertönten alles andere. Das Ausmaß an Repressalien entglitt jeglicher Kontrolle. Wenn es irgendwo in der Nähe krachte, rannten alle für einen Moment auseinander. Irgendjemand war liegengeblieben. Verwundete versorgte allerdings niemand, wenn sie in der falschen Sprache um Hilfe riefen. Durch die nächtlichen Straßen flogen Schreie. In der Öffentlichkeit hörte man in der verbotenen Sprache nur noch das Todesgestammel, das einem durch Mark und Bein ging.

Die zweite Welle der Aktion lief mit voller Kraft an. Im Oberland herrschte geschäftige Betriebsamkeit. Emsige Männer beseitigten mit festen Hammerschlägen Inschriften an Denkmälern und Grabsteinen. Von all dem Schrauben und Klopfen bekamen sie wunde Finger und Schwielen an den Händen. Es verschwanden die Namensschilder von slowakischen Patrioten, von Nationalbewegten, von Pfarrern.

Die Herrschenden schleppten Schachteln voller Trikoloren und Abzeichen an und verteilten sie händeweise an die Kinder. Rot. Weiß. Grün. In Klassenzimmern und Amtsstuben wurde ein Foto des Reichsverwesers aufgehängt, sein Porträt begleitete die Menschen auf Schritt und Tritt. Ergänzt wurde das Ganze durch Bilder von ruhmreichen Szenen aus der ungarischen Geschichte.

Die Gesellschaft befand sich in unerhörtem Fieber, in einem Rausch der Unzurechnungsfähigkeit. Die Atmosphäre war elektrisch aufgeladen. Überall wurde im Namen patriotischer Ideen fleißig gearbeitet. Mauern wurden frisch gestrichen. Alte Losungen weiß übermalt und neue hingeschrieben.

Jeder staatliche Angestellte musste einen Treueeid ablegen. Wenn sich jemand weigerte, wurde das verfolgt und bestraft. Alle Pfarrer wurden gezwungen, auf Ungarisch zu predigen. Lehrer wurden getadelt, wenn sie auch weiterhin in ihrer Muttersprache grüßten.

Wer in Ungarn bleiben wollte, musste die gemeinsame Sprache und Identität annehmen.

Entslowakisieren. Das Wort des Tages.

Magyarisieren, sprich Kultivieren. Kulturvoll machen. Wir bringen die Zivilisation. Wir werden euch ein neues Leben schenken. Wir sind hier, um euch zu helfen, euch auf ein höheres Niveau zu heben.

Die Okkupanten meißelten die Sprache bis auf ihr Skelett ab. Sie forderten die vollständige Verdrängung alles Slowakischen. Sie ließen nicht locker, bis sie ihr Ziel erreicht hatten. Tag für Tag, Woche für Woche, Monat für Monat immer weniger Wörter. Schon bald waren keine Begriffe mehr da, mit denen man Ablehnung ausdrücken konnte. Das »ô« verschwand sowohl als Laut als auch als Buchstabe.

Ins Oberland kamen zig neue Lehrerinnen und Priester. Kostenlose Sprachkurse wurden organisiert, zwar freiwillig, aber wer sich nicht anmeldete, dem drohten Probleme. Im Angebot war inzwischen auch Erziehung zum Patriotismus.

Als die ungarischen Einheiten in die Dörfer im Norden einmarschierten, sprach niemand der dort Lebenden Ungarisch. Das Dolmetschen übernahmen Großmütter, die ein wenig Deutsch konnten.

Dass das Gesetz über die Staatssprache auch eingehalten wurde, überwachte eine spezielle Polizeieinheit. Davon eingeschüchtert, änderten die Menschen vorsichtshalber ihre Nationalität und ihre Namen. Ján oder Hans wurden zu János, Katarína oder Kathrin zu Katalin, Juraj oder Georg zu György, und Štefan oder Stephan zu István. Aus Mlynár oder Müller wurde Molnár, aus Čierny oder Schwarz wurde Fekete, aus Malý oder Klein wurde Kiss.

Wenn sich jemand mit seinem slawischen Familiennamen keinen Rat wusste, dann half bereitwillig die Zentralgesellschaft zur Magyarisierung von Namen mit Sitz in Budapest.

Wer vorhatte, um staatliche Unterstützung, eine feste Anstellung oder gar eine höhere Position zu ersuchen, musste sich magyarisieren. Die Zahl der Anträge steigerte sich in einem derartigen Tempo, dass im Oberland drei Filialen entstanden, die es trotzdem kaum schafften, alle Interessenten zufriedenzustellen.

Ungarn benötigte dringend viel mehr begeisterte Anhänger. Das Regime bot jedem seine Chance. Es genügte, wenn man die Augen schloss, nickte und den Befehlen gehorchte.

Ein Kronen-Magyare zu werden, wie sie wegen der symbolischen Gebühr von einer Krone genannt wurden, ging einfach und schnell.

Die Konvertiten zeigten besonders großen Eifer, um sich die Zugehörigkeit zu diesem Volk auch zu verdienen. Sie verstanden weder Texte noch Losungen, sangen und brüllten aber noch lauter als die anderen, um sowohl die höheren Chargen als auch sich selbst zu überzeugen.

Ihretwegen brannten Bücher in rauen Mengen. Überall im Land loderten die Scheiterhaufen. Unpassende Bände fanden sich in jeder Gemeinde. Die Pflicht, problematische Titel abzuliefern, galt sowohl für Behörden als auch für Privathaushalte. Spähkommandos durchsuchten die Wohnungen von Verdächtigen, konfiszierten Drucksachen und schlossen Buchhandlungen. »Beim Machtantritt werden Bücher verbrannt, beim Abtritt die Archive«, dachte Štefánik.

Der Personalaustausch im Staatsapparat ging blitzschnell über die Bühne. Politische Opponenten wurden massenhaft entlassen und ihre Posten mit loyalen Individuen neu besetzt. Auch bei der Post und bei der Bahn fanden Säuberungen statt. Die Okkupanten machten den Slowaken das Leben unerträglich und isolierten sie immer stärker von der Mehrheitsgesellschaft.

Mit der Zeit wurden außerdem die Termine von Feiertagen geändert und Straßen umbenannt.

Zu den meisten Veränderungen kam es in den Lehrbüchern für Literatur, Geschichte und den Sprachunterricht. Weil die meisten Kinder nichts verstanden, wurden sie in Hilfsschulen versetzt, von wo aus sie sich nicht einmal mehr zu einer vollwertigen Berufsausbildung hocharbeiten konnten.

Die Absichten des Reichsverwesers wurden von der Presse, die ihn in den Himmel lobte, lang und breit erklärt. Štefánik beobachtete mit großer Besorgnis, wie die Zahl der Slowaken immer weiter abnahm. Sie mussten zusehen, wie sie ihr nacktes Überleben sichern konnten. Wenn sie in der Lage dazu waren, brachten sie ihren Kindern heimlich ihre Muttersprache bei und hielten die Erinnerung an Traditionen und Bräuche lebendig. Doch mit der Zeit wurde ihr Leben in dieser Unterdrückung immer schlichter. Schritt um Schritt wichen sie zurück, legten mehr Wert darauf, sich zu retten, als den Konflikt weiter zuzuspitzen. Sie waren im Oberland zu Fremden geworden.

Extra verstärkte Teams von Beamten im Innenministerium erstellten Listen verdächtiger und unzuverlässiger Personen. Strafbataillone führten Razzien durch. Aus den Kasernen stürmten bewaffnete und nicht selten vom Alkohol bestärkte Fanatiker auf die Straßen. Nie wusste man, in welcher Nacht sie wen abholen würden. Die Rollkommandos überraschten die Slowaken in ihren Häusern und Verstecken meist im Morgengrauen. Die Menschen zogen sich zur Nacht schon gar nicht mehr um, sie schliefen – falls sie überhaupt ein Auge zumachen konnten – lieber gleich in voller Montur, fluchtbereit, den Notkoffer gepackt, in höchster Panik.

Die Agenten drangen in die Wohnungen ein und kehrten das Unterste zuoberst. Die Glasscheiben vibrierten. Das Geschirr im Küchenschrank schepperte. Die bestialischen Kerle schossen aufs Geratewohl auf Fenster, Menschen und Tiere. Sie schauten in jede Ritze und jeden Schrank, durchforsteten das Souterrain und den Dachboden. Knallten mit Türen und schmissen Kleidungsstücke auf den Boden. Sie waren auf der Suche nach Oppositionellen, Wehrpflichtigen, Regimekritikern und Deserteuren. Mit Gewalt zerrten sie die Leute aus den Betten, stießen sie mit Gewehrkolben herum und zwangen sie, auf die Straße zu gehen.

Auch Štefánik spitzte bei sich zu Hause im Zwielicht die Ohren, ob Schritte zu hören waren, Motorenlärm vorm Haus, Waffengeklirr, das Zuschlagen des Haustors, zackige Befehle, Peitschenknallen und die bekannten dumpfen Schläge gegen die Wohnungstür.

Horthys Handlanger inhaftierten, folterten und ermordeten Hunderte, offenbar sogar Tausende Stadtbürger, Bauern und Arbeiter. Die genaue Zahl der Opfer konnte man nur schätzen, es gab keine Verzeichnisse.

Regimegegner wurden zur Abschreckung auf öffentlichen Plätzen aufgehängt. Die Gendarmen trieben die Leute mit Absicht an den Galgen vorüber, damit möglichst viele die noch im Wind baumelnden Körper sahen.

Fast jede Familie verlor ein Mitglied. Es kursierten grauenvolle und regelrecht unglaubliche Erklärungen, was eigentlich mit den Festgenommenen passierte. Wenn jemand mitgenommen wurde, ahnte niemand, ob er zurückkäme. Man munkelte von überfüllten Gefängnissen, von unterirdischen Verschlägen.

Die Ereignisse waren nicht mehr aufzuhalten, der nächste Einschnitt folgte sogleich. Ein amtlicher Aufruf zur Auswanderung tauchte auf. Plakate mit der Anordnung zur Ausreise hingen an jeder Ecke.

Štefániks schlimmste Vorahnungen hatten sich erfüllt. Durch Städte und Gemeinden fuhren Lautsprecherwagen und verkündeten die Nachricht von der Umsiedlung der Slowaken, wie die Aktion offiziell hieß.

Auf den Straßen entstanden spontane Auswanderungsbüros. Männer diktierten Namenslisten, Frauen protokollierten. Überall hörte man Schreibmaschinen klappern. Ein Geraune aus schlechten Nachrichten legte sich übers Land, aufgeregtes Herumgerenne beherrschte den Alltag. Die Menschen verhielten sich immer herdenmäßiger, einer brauchte den anderen, sie verspürten das Bedürfnis, zusammenzuhalten. Überall wurden die neuesten Gerüchte diskutiert und Vermutungen geäußert. Vor den Zeitungskiosken drängten sich die Leute. Sie rammten sich die Ellbogen in die Seite, nur um an ein Exemplar heranzukommen.

»Was ist zu tun? Wie kann man die Entwicklung umkehren?«, überlegte Štefánik.

Mitten im allgemeinen Aufruhr breitete sich eine duckmäuserische Atmosphäre von Misstrauen und Furcht aus. Die Menschen berauschten sich an trügerischen Hoffnungen, wie Ertrinkende versuchten sie sich an jedem noch so dünnen Strohhalm festzuhalten.

Dieses Unheil, das auf so viele andere Katastrophen folgte, raubte ihnen die Urteilskraft. Angeblich würden die Franzosen helfen, die Amerikaner, oder der neue Völkerbund, das sei doch genau seine Aufgabe. Eine internationale Eingreiftruppe werde bereits aufgestellt. Wilson bereite einen Schiedsspruch vor oder irgendetwas in dieser Richtung ...

Štefánik machte sich keinerlei Illusionen. Die Herrscher des Osmanischen Reichs hatten eine Million Armenier ausgerottet und die Welt hatte schändlich geschwiegen. Im zaristischen Russland waren massenhaft Juden deportiert worden. Auch in Griechenland und der Türkei war es zu einem gewaltsamen Austausch der Bevölkerung gekommen. Aus Anatolien hatte man die Italiener vertrieben. Fast eine halbe Million Deutsche hatte das Territorium des neuen polnischen Staats verlassen müssen, hundertzwanzigtausend Elsass-Lothringen. Von der Ägäisküste in Thrakien waren hunderttausend Bulgaren vor ethnischen Säuberungen geflohen. Im Frühling 1904 hatten ungarische Gendarmen in Aleșd dreiunddreißig rumänische Bauern erschossen und mehr als hundert verwundet. Štefánik dachte an das Schicksal der Slawen an der Elbe und im Baltikum, die dem unbarmherzigen Druck nicht standgehalten und sich assimiliert hatten und damit als Völker praktisch untergegangen waren.

Die Magyarisierung hatte er am eigenen Leib erfahren, Ungarns nationalistische Politik kannte er seit der ersten Grundschulklasse. Aber das war nur ein schwacher Abklatsch der jetzigen Situation gewesen.

Der General schloss sich der geheimen nationalen Rettungsbewegung an. Er besuchte konspirative Treffen, bei denen die Anwesenden weiterhin ganz leise Slowakisch sprachen. Sie verfassten Flugblätter, publizierten illegale Periodika, die im Untergrund an Interessenten verteilt wurden. Man borgte sich gegenseitig verbotene Bücher. Die Treffen verließ man mit einem am Grund der Tasche versteckten Exemplar, das in einer Nacht durchgelesen werden musste, damit man es an den nächsten Anwärter weiterreichen konnte. Es wurde zum Widerstand und zur Sabotage des Staatsapparats aufgerufen.

Štefánik arbeitete wie in Trance. Er schlief wenig, denn diese Tätigkeit nahm ihn vollkommen in Beschlag. Jeder, der helfen konnte, wurde kontaktiert. Er koordinierte mehrere geheime Zellen und stellte eine nach Dringlichkeit sortierte Liste von unaufschiebbaren Pflichtaufgaben zusammen. Drucksachen schmuggelte er im Saum seines Wintermantels.

Anfangs schlug er sich überraschend wacker. Mit den anderen verband ihn die politische Überzeugung und die große Entschlossenheit. Er klopfte die Methoden des gewaltlosen Widerstands ab, taktierte, grübelte über die passende Strategie, suchte nach Verbündeten im In- und Ausland.

Die Bewegung stellte für Aktivisten in Not gefälschte Dokumente her und baute übers ganze Land verteilt ein relativ dichtes Netzwerk auf. Viele benötigten aus dem einen oder anderen Grund neue Papiere. Nach wie vor fanden sich in zivilen und kirchlichen Behörden, in Krankenhäusern und Kasernen genügend Mutige, die die Dokumente bereitwillig mit einem Stempel versahen.

Widerstand zu leisten bedeutete, sich einer enormen Gefahr auszusetzen. Manch einer war Zigaretten holen gegangen und wurde nie wieder gesehen. Die Menschen verschwanden spurlos.

Der Zusammenhalt in Štefániks Gruppe war eine Sicherheitsgarantie, ein fester Halt, eine Stärke, auf die er sich verlassen konnte. Er spürte, dass sie recht hatten, denn sie wussten, dass sie an einem Strang zogen. Sie schufen für sich ein Wörterbuch der Eingeweihten, eine gemeinsame Sprache und gemeinsame Gesten.

Aber ihre Welt pfiff aus dem letzten Loch, er wollte es sich nur nicht eingestehen. Freundschaften rissen ab. Štefánik war schockiert, wie viele seiner Mitbürger sich assimiliert und angepasst hatten oder unter dem Druck der Umstände sogar kollaborierten. Eine Denunziation genügte, um die eigene finanzielle Situation aufzubessern. Karrieristen fanden nur allzu gut einen Platz in der neuen, strengen Hierarchie und verschmolzen mit der Welt, in die sie eingetreten waren.

Irgendwer verriet die Zelle. Die Verhaftungen geschahen so schnell und koordiniert, dass jeder Festgenommene aus der Geheimorganisation dachte, die anderen seien noch in Freiheit.

Der Trupp von Gendarmen, der Štefánik holen kam, wurde von einem Bengel angeführt, einem kleinen Kerl mit sehnigem Körper und vernarbtem Gesicht, das mit dunkelroten Punkten übersät war. Er zerrte den General aus dem Haus. Mit dem Griff seiner Pistole schlug er ihm zweimal gegen das Kinn und in den Unterleib. Er beschimpfte ihn, aber mit grammatischen Fehlern, er konnte kaum Ungarisch, nicht einmal die Schimpfwörter hatte er gelernt. *A kurva anyad!*

Sie verbanden Štefánik die Augen und verfrachteten ihn in ein Auto. Mit dem Gesicht auf dem Boden liegend wurde er eine halbe Stunde lang irgendwohin gebracht. Dann saß er lange gefesselt in einer Einzelzelle. Zu essen oder zu trinken bekam er nichts. Sie schlugen ihn, befahlen ihm, alles zuzugeben, was er wisse. Sie baten ihn und drohten ihm. Attackierten ihn und versuchten, ihn zu überreden. Sie wussten viel über ihn. Er erfuhr von ihnen nicht, wen sie bereits erwischt hatten. Sie zeigten ihm einen Stapel Dokumente, Abschriften von Geständnissen mehrerer Mitglieder, er ging davon aus, dass sie erzwungen waren.

Die Beschuldigten wurden in einem Schnellverfahren abgeurteilt, sie wurden der Verschwörung gegen den Staat für schuldig befunden. Verteidiger wurden ihnen keine zugeteilt. Auf Hochverrat standen drakonische Strafen. Zwei seiner Mitstreiter wurden öffentlich hingerichtet, Dutzende landeten mit hohen Haftstrafen im Gefängnis. Der Richter wiederholte immer wieder dieselben Phrasen. Sie hätten sich verschworen, um dem Vaterland Schaden zuzufügen.

Štefánik wurde degradiert. Die Generalsuniform musste er gegen ein paar Lumpen eintauschen. Ihn zu töten oder für längere Zeit einzusperren, hatten sie sich offensichtlich nicht gewagt, dazu erfreute er sich allzu großer Beliebtheit, und sie hatten Angst davor, ihn zu einem Märtyrer zu machen.

Vor seinem Haus wurde er aus dem Auto geworfen. Als er sich aufgerappelt hatte und mit beiden Beinen wieder auf dem Gehweg stand, wäre er fast hingefallen. Ihm war schwindelig, er schwankte zum Haustor und weiter ins Treppenhaus, hielt sich am Geländer fest und presste sich die andere Hand gegen die Brust.

Seine Knie waren weich. Die Kehle wie in einen Schraubstock eingespannt, die Hände zitterig. In seinem leeren Kopf nur das Gefühl von Entsetzen. Er stolperte, und als er mit Mühe die letzten Stufen absolviert hatte, war er völlig außer Atem und der Schweiß tropfte ihm von der Stirn. Er befürchtete, das Gleichgewicht nicht halten zu können.

Als er in der Wohnung war, streckte er sich auf dem Fußboden aus und wartete. Er wusste nicht, wie lange er liegen geblieben war in diesem Zustand absoluter Erschöpfung, der fast schon an den Tod erinnerte.

Trotz alledem verspürte er den zwanghaften Wunsch, um jeden Preis zu leben. Sein Geist klarte allmählich wieder auf. Noch vor kurzer Zeit hatte er in Paris mit den höchsten Vertretern aus aller Welt verhandelt, und nun trieb er sich in seiner Heimat herum wie ein Gejagter. Ein Fremder im eigenen Land.

Auch der Schlaf brachte ihm keine Erleichterung. Im Schatten der halb geschlossenen Lider kamen durch eine öde Landschaft abgerissene, bleiche, schweigsame Gestalten auf ihn zugekrochen. Sie stürzten in Gräben, deren Enden sich in unsichtbarer Ferne verloren. Die Erntezeit des Todes war noch nicht vorbei.

Štefánik war aufgebracht, dass sich das Ausland fast gar nicht für die Tragödie interessierte.

Miklós Horthy verfolgte aufmerksam, wie die europäische Öffentlichkeit reagierte. Er hatte Schlimmeres erwartet. Natürlich hatte die ungarische Propaganda alle in die Irre geführt. Die internationale Presse wusste nur wenig.

Zudem kämpfte jeder Staat mit seinen eigenen Problemen. Niemand war scharf darauf, sich in die inneren Angelegenheiten eines fremden Landes einzumischen, und schon gar nicht, erneut zu kämpfen. Niemand hatte Zeit oder Lust, sich mit dem Leid einer Nation zu befassen, die er weder kannte noch auf der Landkarte finden würde.

Probleme müssen dort gelöst werden, wo sie entstanden sind, hieß es. Doch wenn sie sich nun gerade dort nur noch verschlimmerten, weil im Ausland die falschen Entscheidungen gefällt worden waren?

Tschechien mischte sich nicht ein, um Ungarn bloß nicht zum Überschreiten der Grenze nach Mähren zu provozieren. Italien schlug sich mit einer galoppierenden Inflation und einer hohen Arbeitslosigkeit herum, mit Streiks unzufriedener Arbeiter und Protesten frustrierter Kriegsveteranen. In Deutschland war ein Bürgerkrieg ausgebrochen. Frankreich wurde von einer entsetzlichen Wirtschaftskrise, einem historischen Währungsverfall und einer Auswanderungswelle heimgesucht.

Trotz der strengen Zensur gelangten die Berichte über die Bestialitäten sporadisch in die Städte und drangen sogar bis ins Ausland vor. Man vernahm Stimmen, dass in Paris eine ungerechte Entscheidung über das Schicksal der Slowaken getroffen worden sei. Denn jetzt wurden sie sogar aus dem Land getrieben.

Ungarn protestierte – die Slowaken hätten ihre Heimat verraten! Die Propaganda veröffentlichte anrührende Geschichten von Kollaborateuren, die sich assimiliert hatten und zur Belohnung eine atemberaubende Karriere gemacht hatten.

Zur Aufbesserung ihres Ansehens organisierte die Armee in den Städten des Oberlandes Zeremonien, Volksbelustigungen und Militärparaden mit Musik. Zusammen mit den Streitkräften kam ein paarmal auch ein Lastauto voller Brotlaibe oder Kartoffeln. Die Lebensmittel wurden an die Hungernden verteilt und das Ereignis auf Fotografien festgehalten, die an die Agentur Reuters geschickt wurden. Die Lebensmittel wurden oft direkt nach dem Schnappschuss konfisziert.

Diszipliniert Motor- und Pferdekonvois waren jetzt auf den Provinzstraßen unterwegs und boten einen anderen, eindrucksvolleren Anblick als zuvor. Die Offiziere saßen in Restaurants und auf Kaffeehausterrassen herum, salutierten in Richtung der Passanten und genossen die besten Speisen. Sie sangen und lachten mit Frauen. Ihre glückliche Miene und der fanatische Siegestaumel, gute Laune gemischt mit Arroganz – als ob sie selbst ihrem Aufstieg und den Abenteuern kaum glauben konnten.

Jugendagitatoren füllten die Plätze. Sie klebten Plakate, die die entsetzliche tschechische Fremdherrschaft und die abscheuliche Tyrannei der Juden zeigten und das ungarische Paradies in allen Farben ausmalten: Das Oberland kehrt nach Hause zurück! Der gütige Reichsverweser grüßt das dankbare Volk.

Die Presse bemühte sich, für Begeisterung zu sorgen. Die Artikel standen in keinem Zusammenhang damit, was in Wirklichkeit vor sich ging.

Jede Kritik an Großungarn wurde als jüdisch-bolschewistische und slowakische Lügenpropaganda abgetan.

Schüler und Studenten marschierten mit Fahnen, Transparenten und Losungen auf, die das Volk und den Reichsverweser feierten, aber trotz aller Mühe, die sie sich gaben, sahen sie verängstigt, gebrochen und müde aus.

Štefánik war enttäuscht darüber, wie stark auch die Kirche bei der Propaganda mitmischte. Pompöse Messen wurden zelebriert. Der Metropolitan-Erzbischof übergab den Ungarn aus dem Oberland ein Reliquiar mit der Hand des heiligen Stephanus. Er versprach den Gepeinigten die Glückseligkeit des Paradieses und forderte alle auf, sich in Demut zu üben, ihre Bedrängnisse und alles Unrecht Gott gegenüber vorzubringen und nicht gegen den Weggang zu protestieren. Die Würdenträger sahen mit zufriedenen Blicken, wie die Kinder ein Foto des Reichsverwesers in der Hand hielten und auswendig in einer ihnen unbekannten Sprache beteten.

Štefánik grübelte über die Katastrophe nach, die über sie hereingebrochen war, über ihre Ursachen und vor allem über die Zukunft. Was konnte man tun? Wohin sollte man gehen?

Weder die USA noch Kanada, Brasilien oder Argentinien nahmen noch jemanden aus Mitteleuropa auf. Ein aufdringlicher Gedanke spukte in seinem Kopf herum. Möglicherweise die letzte Hoffnung. Er knüpfte Kontakt zum französischen Konsul in Pozsony. Sie trafen sich vor der Stadt, am Fuß der Kleinen Karpaten und diskutierten lange über die Zukunft des slowakischen Volkes. Was war besser, die ungarische Tyrannei oder ein ungewisses und gefährliches Exil?

Štefánik tendierte immer stärker zur zweiten Variante.

Er musste oft an Tahiti denken.

Französisch-Polynesien. Die mehr als einhundert Inseln über dem Winde und die Atolle im Stillen Ozean auf einer Fläche von vier Millionen Quadratkilometern. Fünf Inselgruppen zwischen dem Äquator und dem Wendekreis des Steinbocks.

Abgesehen von der Antarktis hatte er alle Erdteile besucht, aber dort gefiel es ihm am allerbesten. Es gab keine Arbeitslosigkeit, keine Hungersnot drohte, es herrschte Frieden. Niemals würde es Nachtfrost geben. Genügend Platz auch für viel größere Völker. Ein paar angekaufte Parzellen dienten als Ausgangsbasis, um die herum sich ausgedehnte Plantagen für seine Landsleute ausbreiten würden.

Seine Fantasie arbeitete auf Hochtouren. Mutmaßungen nahmen konkrete Formen an. Er würde seine Tahitianerin wiedersehen!

Zwei Tage später traf die Antwort ein. Frankreich werde ihnen keine Hindernisse in den Weg legen. Offizielle Hilfe und Unterstützung wolle es allerdings nicht anbieten. Ungarn als stabiler Partner in der Region sei ein wichtiges Bollwerk gegen den Bolschewismus, man dürfe also das Land nicht verärgern. Die Umstände würden maximale Diskretion erfordern. Tahiti nehme zwar noch Flüchtlinge auf, ob es sie allerdings auch willkommen heiße, sei schwer zu sagen. Die Inseln waren beinahe menschenleer. Die Einwohnerzahl war in den letzten hundert Jahren stark gesunken. Der Diplomat verheimlichte als guter Taktiker natürlich die Gründe dafür.

Der Elan packte Štefánik. Gemeinsam würden sie aus Europa weggehen. Schluss machen mit der alten Welt.

Er dachte daran zurück, wie er auf Tahiti Druckstöcke von Grafiken Paul Gauguin entdeckt hatte, auch

Fragmente von Plastiken und Originalmatrizen, seine kostbarsten Artefakte. Er bewunderte den Künstler, seit er 1906 seine Pariser Ausstellung gesehen hatte.

Erinnerungen an Polynesien und an seine Tahitianerin stiegen in ihm auf. Oft betrachtete er das Foto von ihr. Regelmäßig sah er sie in seinen Träumen, das Gesicht und das Haar, das ihr bei jedem Schritt in schwarzen Blitzen gegen Rücken und Schultern schlug. So viele Jahre waren seitdem vergangen! Die Welt hatte sich nach dem Krieg grundlegend verändert.

Die Slowaken hatten noch niemals ihr Schicksal in den eigenen Händen gehabt. Nun war die Zeit gekommen, das zu ändern. Endlich ein eigenes Territorium zu bekommen und höchstwahrscheinlich auch einen Staat.

Er hatte die Hilflosigkeit, die ihn schon so lange verfolgte, mittlerweile satt. Er würde sich aus dem Teufelskreis lösen. Man konnte das Mögliche nicht erreichen, wenn man in der Welt nicht nach dem Unmöglichen griff!

Er berechnete die Entfernungen, erwog die besten Verbindungen. Tahiti hatte er bisher zweimal besucht. Vor ihm waren dort viele bedeutsame Forscher tätig gewesen: James Cook, Samuel Wallis, William Bligh, George Vancouver, auch Louis Antoine de Bougainville, der die Insel »das neue Kythera« genannt hatte, nach dem Geburtsort der Aphrodite.

Beim ersten Mal hatte Štefánik vorgehabt, den Halleyschen Kometen zu beobachten, aber das war am schlechten Wetter gescheitert. Ein Jahr später wollte er von Vava'u aus eine Sonnenfinsternis verfolgen, aber erneut machte ihm ein bedeckter Himmel einen Strich durch die Rechnung. Als es aufgeklart war, hatte er dann wenigstens den Mond betrachtet, deutlich sah er auf dem Antlitz der Sichel alle Zeichnungen, die dunklen Flecken, die Spalten und die Krater.

Sein Plan war es gewesen, eine Station für drahtlose Telegraphie und eine Sternwarte zu gründen, das erste französische Observatorium auf der Südhalbkugel, doch er hatte sich verschuldet und konnte das Projekt letzten Endes nicht im gewünschten Umfang realisieren. Die Kuppel sollte lediglich acht Meter groß sein, dennoch schleppten sich die Bauvorbereitungen schrecklich dahin. Auch die Kommunikation mit dem Investor lief nur stockend.

Während seines ersten Aufenthalts hatte Štefánik fast ein Jahr dort verbracht. In der Südsee gab es zwischen den Europäern keine Geheimnisse, alle kannten sich gegenseitig, und ein Blick genügte, um zu wissen, wie bei wem die Aktien standen. Alles wurde zum Ereignis, Misserfolge besonders. Wenn ein Projekt scheiterte, herrschte eine stickige, angespannte Atmosphäre, ein Druck, der auf einem lastete wie Gewitterstimmung.

Als er die Pariser Akademie um weitere Finanzmittel bat, hob er in seinem Antrag hervor, wie vorteilhaft das Vorhaben für die Klimaforschung und die Ozeanografie sei, aber auch für die Wasserverhältnisse auf den Inseln. Er erläuterte, welche Bedeutung der Zeitdienst und die Präzisierung der geografischen Koordinaten auf der vorbereiteten Trasse aus dem chilenischen Valparaíso bis nach Japan hatten. Das alles sollte zur Senkung von Not und Rückständigkeit und zum Aufschwung des menschlichen Erfindergeists führen.

Der Ausbruch des Großen Krieges hatte seine Pläne vereitelt. Als französischer Staatsbürger war er zur Armee eingezogen worden.

Er erinnerte sich noch, wie er dem tahitianischen Häuptling verkündete, dass die Sonne verschwinden würde. Der schüttelte nur ungläubig den Kopf. Nachdem das astronomische Phänomen tatsächlich eingetreten war, hielten die Einwohner Štefánik für ein überirdisches Wesen, verneigten sich vor ihm, brachten ihm Blumen und beteten ihn an. Als er den Eingeborenen Nägel schenkte, schlugen sie sie in die Erde und hofften, dass daraus weitere wachsen würden. Die Tahitianer dachten, er sei vom Himmel zu ihnen gekommen und sein gewaltiges Schiff eine Insel, ein Motu, dass sich von den Sternen losgerissen hatte. Als sie ihn zum ersten Mal in Socken sahen, bekamen sie einen Schreck, weil sie dachten, dass er keine Zehen habe.

Einige bezeichneten ihn als Geist. Nicht in der Hauptstadt Papeete, aber in entlegenen ländlichen Gegenden lernte er Menschen kennen, die es noch überraschte, dass die Weißen beim Rudern dem Bug ihren Rücken zuwandten und eine Möwe von Weitem per Blitzschlag töten konnten. Sein Segelboot hielten sie für einen großen zahmen Vogel.

Er hatte eine gute Meinung von ihnen mitgenommen und befunden, sie seien schwer vom Schicksal geprüfte, tapfere und kämpferische Menschen. Wie sie wohl reagieren würden, wenn er samt seinem Volk in ihr Inselreich zurückkehren würde?

Fieberhafte Tage brachen an. Štefánik lebte in irgendwelchen Rattenlöchern am Stadtrand, wo schwarzes Wasser aus den Hähnen rann, wenn überhaupt. Starrsinnig verfolgte er seine Pläne. Im Pariser Außenministerium kannte er mehrere hochgestellte Konservative, auf die er einwirken konnte. Es gab Dutzende einflussreiche Journalisten. Er verfügte über Beziehungen zu einigen Vorstandsmitgliedern der Banque de France. Vor geraumer Zeit hatte er eine Kooperationsvereinbarung mit dem Anführer des republikanischen Blocks geschlossen.

Sein Gedächtnis lieferte ihm eine Unmenge von Namen, Kontakten, Adressen und Zahlen. Die anspruchsvolle Unternehmung erforderte konkrete Schritte, verbindliche Zusagen, sich in der Zukunft zu einigen. Stimmen in der Nationalversammlung. Finanzielle und diplomatische Garantien, Urkunden, Empfehlungen. D'accord! Die Bruchstücke fügten sich langsam zu einem Gesamtbild zusammen. Alle Teile rückten an ihren Platz und ergänzten sich. Er arbeitete nur auf ein Ziel hin.

Überall im Oberland verbreitete sich auf illegalen Wegen und mit Blitzgeschwindigkeit der Aufruf zur Auswanderung nach Polynesien. In Geschäften und auf dem Markt, in Kirchen und Behausungen, in allen Hütten sprach niemand mehr von etwas anderem. Die Aufregung erinnerte an eine Flutwelle. Von Hand zu Hand wurden die Flugblätter weitergereicht.

Wollt Ihr Bürger eines slowakischen Staates auf einer Insel werden? Habt Ihr den Wunsch nach eigenem Grund und Boden und gut bezahlter Plantagenarbeit? Euch, Slowaken, werden wir umsiedeln, und wir werden für ein viel besseres wirtschaftliches, kulturelles und soziales Umfeld sorgen als das, in dem Ihr bisher gelebt habt. Die slowakische Bauernschaft wird fruchtbare Erde bewirtschaften, Handwerker und Gewerbetreibende in slowakischen Betrieben arbeiten und die Intelligenz in slowakischen Behörden. Gemeinsam werden wir es schaffen.
Laßt uns etwas Besseres finden als unsere Väter und Großväter. Laßt uns von hier weggehen. Wir haben nichts zu verlieren. Noch schlimmer kann es gewiß nicht werden. Wir haben endgültig genug vom Terror!

Štefánik koordinierte die Evakuierung und hatte alle Hände voll zu tun. Ganze Dörfer setzten sich in Bewegung. Hunderte, Tausende von Slowaken aus allen Regionen brachen zu einem Marsch auf. Der Strom von Menschen überflutete Straßen und Wege.

Jeder blickte auf sein Haus oder seine Wohnung und sein Herz verkrampfte sich bei dem Gedanken, dass ihm all dies schon morgen nicht mehr gehören würde. Rasch das Wertvollste schnappen und weg! Rette sich, wer kann. Nur das nackte Leben war noch von Bedeutung. Manch einer rannte einfach davon, ein anderer stand lange da und schaute, denn er wusste, dass er das alles vielleicht zum letzten Mal sah.

Die Panik unterdrückte alles außer den Instinkt. Die Frau oder das Kind fest in den Arm nehmen, nichts sonst zählte mehr. Sollten alles andere ruhig die Okkupanten kriegen.

Die Bürger schrieben in ihren Haushalten noch detaillierte Listen von Tellern und Besteck, von Bettlaken und Tischtüchern. Sie gedachten, alles mitzunehmen.

Geschäftsinhaber ließen die eisernen Rollläden herunter, in der Stille ringsum ertönte ihr metallisches Rattern, das in bedrohten Städten immer unruhige Zeiten begleitete.

Den gebirgigen Landstrichen galt der Appell: Auf die Flöße und dann flussabwärts! Und tatsächlich nahmen viele den Weg gen Süden über Váh und Hron (die jetzt Vág und Garam hießen) auf sich, mit dem einfachsten aller Schiffstypen, ohne Rumpf und Seitenwände, nur aus Holzstämmen konstruiert.

Die Landwirte leerten Ställe und Scheunen. Alte Frauen räumten Häuser und Wohnungen leer, doch das meiste bekamen sie nicht vom Fleck. Möbelpacker schleppten Federbetten, Lampen und Bänke nach draußen. Überall türmten sich kreuz und quer Einrichtungsgegenstände auf, Tische mit Spiegeln, Truhen.

Die Gendarmen konfiszierten umgehend die frei gewordenen Immobilien, in die bereits die neuen Eigentümer hineindrängten. In die leeren Bauten zogen umgesiedelte Ungarn aus dem Süden.

Hunderte von Gaunern mit rot-weiß-grüner Trikolore am Ärmel verhalfen sich bei passender Gelegenheit zu einem Kissen, einem Überzug oder einem Federbett, zu Besteck, zu Schuhen, zu allem, was sie ergattern konnten. Wertgegenstände steckten sie einfach ein.

Es kam zu tätlichen Auseinandersetzungen. Kriminelle Banden plünderten am helllichten Tage. Möbel und Einrichtungen wurden eilig auf Wagen geladen, sie rissen sogar Parkettböden und Elektroleitungen heraus. Unangetastet ließen sie lediglich die Bücher in den Regalen.

Die Neureichen veranstalteten nicht selten noch direkt vor den Augen der ehemaligen Besitzer Festmahle: Sie grillten überm offenen Feuer das Fleisch, das sie den Opfern gestohlen hatten, und tranken Wein aus fremden Fässern. Sie ließen sich sogar unter Gewaltandrohung von den Leuten bedienen, die sie beraubt hatten.

Funktionäre suchten sich verlassene Villen aus. Handlanger des Regimes, noch gestern arme Schlucker, stiegen jetzt gebohnerte Stufen hinauf und betraten Zimmer mit geschlossenen Fensterläden. Unter Schutzbezügen aus weißem Leinen standen alte Möbel. Sie öffneten drei Meter breite Schränke voller Bettwäschestapel, mit Lavendel parfümiert. Auf den Dachböden entdeckten sie ungeahnte Schätze. In den Kellergewölben erwarteten sie Fässer mit Bier sowie mit Öl und Honig gefüllte Krüge. An den Haken hatten gestern noch geräucherte Schinken und Speckschwarten gehangen. In einer Ecke war eine Korbflasche mit Sliwowitz zurückgeblieben, die sie schon bald trinken würden. Sie irrten durch stille Arbeitszimmer, Kohlebunker,

Vorratskammern für Obst und Gemüse. Durch Stallungen, Scheunen, Werkstätten und Schuppen.

Die stolzen früheren Besitzer konnten sich vor lauter Verzweiflung kaum noch auf den Beinen halten, ließen sich aber nach außen hin nichts anmerken und wahrten ihre Würde. Auf die Barbaren achteten sie nicht, als würden die für sie gar nicht existieren. Sie gingen erhobenen Hauptes und stützten noch die Älteren, falls die nicht mehr gut zu Fuß waren. Im Vergleich zu ihren Bezwingern wirkten sie armselig, aber sie sahen nicht wie Besiegte aus.

Die Landstraßen waren übervoll mit Flüchtlingen, die auf Wiesen oder in Gräben übernachteten. Auf dem Rücken und auf Wagen transportierten sie ihre Ladung, kamen miteinander ins Gespräch, jammerten und fluchten, verängstigt und misstrauisch.

Arme und unrasierte Bauern in Leinenhemden, die ihnen bis zu den Knien reichten und mit einem Flachsstrick geschnürt waren, an den Füßen traditionelle Bundschuhe. Kinder, deren Kleidung drei Nummern zu groß war. Greisinnen in Tracht und Holzschuhen. Mütter mit Wollstolas waren starr vor Kälte und Angst und hatten Säuglinge in schneeweißen Wickelkissen auf dem Arm. Landleute schleppten sich in Schafsfelljacken dahin.

Die Erde bebte regelrecht unter so vielen Füßen, die Brücken vibrierten. Ein Netz aus Hilfskräften wurde organisiert. Die Familien waren in höchster Eile und überwiegend in der Nacht von zu Hause aufgebrochen. Sie schleppten Teppiche mit, Vieh, Petroleumlampen, Käfige mit Hühnern und Kaninchen, sogar Schränke oder Babywiegen, die gehäuft voll mit Gerätschaften waren. Die alten Frauen hatten auch Kruzifixe, Jesus- und Marienfiguren oder Ikonen mit eingepackt. Schon bald begriffen sie, dass sie so nicht weit kommen würden.

Gendarmen und Zöllner beschlagnahmten noch im letzten Moment viele Dinge. Sie requirierten Wagen, stellten Kühe, Schafe oder Pferde sicher. Nicht wenigen nahmen sie sogar die Krücken weg. Die Invaliden krochen auf Händen weiter, bis sie jemand auf einen Wagen lud.

Gerüchte über Plünderungen breiteten sich in den Tälern aus. Viele Bauern brachten ihr Vieh lieber um, als es dem Feind zurückzulassen. An den Wegesrändern häuften sich die Tierkadaver, sie stanken, liefen grün und blau an, und in ihren Wunden wimmelten die Maden.

Als die Regierung den Schwund von Nutztieren registrierte, verhängte sie ein strenges Tötungsverbot.

Falls es jemand trotz alledem ablehnte, zu gehen, wurde er von Soldaten mit Gewalt vertrieben. In den verlassenen Gemeinden verstummten die üblichen Dorfgeräusche wie Holzhacken, Schubkarrenquietschen, Hühnergackern oder Töpfeklappern. Es läuteten keine Glocken mehr. Straßen und Höfe waren menschenleer. Hin und wieder war das Tropfen von Wasser aus einem Fass oder das Kläffen von streunenden Hunden zu hören.

So mancher Landwirt war über den Auswanderungsbefehl dermaßen verzweifelt und wurde von solcher Wut gepackt, dass er sich eine Axt schnappte, die Möbel zerhackte und die Fenster einschlug, damit im Haus nichts Wertvolles zurückblieb.

Kein Staubkorn ließe man den Eindringlingen zurück. Die Plünderer würden nichts mehr vorfinden.

Imker ließen ihre Bienen frei, Fischer die Teiche ab. Viele stolze Hausbesitzer legten lieber mit eigener Hand Feuer, obwohl es ihnen das Herz brach. Die Flammen schlugen aus den offenen Fenstern heraus, krochen über die abgewetzten Teppiche, verschlangen die Möbel und die Holzvertäfelungen der Wände, bis alle Räume lichterloh brannten. Die Hitze ließ das Glas schmelzen und das Gras ringsum braun werden. Die Fenster waren nur noch schwarze Löcher, aus denen die Mäuse heraussprangen, wobei viele im Flug Feuer fingen. Mit ohrenbetäubendem Krachen stürzte der Dachstuhl ein, auf einen Schlag verbrannte das gesamte Heu und eine Funkenwolke stieg zum Himmel auf.

Von den Slowaken sollte im Oberland rein gar nichts zurückbleiben. Die weniger attraktiven Anwesen wurden absichtlich von Soldaten zerstört, um den ursprünglichen Bewohnern jede Möglichkeit zur Rückkehr zu nehmen. Die Erbauer der Häuser und Straßen verloren ihre Heimat zum zweiten Mal, auch ihre letzten Spuren wurden eliminiert.

Pozsony war von Flüchtlingen und Pferdegespannen überflutet. Der Exodus nahm Tempo auf, er erinnerte an ein Unwetter, das alles mit sich riss, was ihm in den Weg kam.

Die Kolonnen wollten kein Ende nehmen. Auf den Schwellen standen Gruppen von verspäteten Frauen, Greisen und Kindern herum, die zuerst ruhig, dann fieberhaft und schließlich in wahnsinniger Panik versuchten, sich mit auf irgendeins der Gefährte hinaufzudrängeln.

Štefánik sah, wie sich der Ansturm am Martinsdom vorbei und entlang der Stadtbefestigung Richtung Grenze wälzte. Schüsse waren zu hören, zerbrochenes Glas klirrte und Metall schepperte. Er warf sich zu Boden. Für einen Moment erstarrten alle, dann brach ein Tohuwabohu aus. Die Frauen schützten die Kinder mit ihren Leibern.

Die Tiere wieherten, schnauften, waren störrisch, stampften auf der Stelle, am liebsten wären sie in alle Richtungen davongerannt, aber sie wussten nicht, wie und wohin. Die Männer zerrten an den Zügeln, um das Vieh und die Pferde im Zaum zu halten. Ein Stier rannte blindlings auf und davon.

Als das Geknalle vorbei war, gab es in der Menge große Lücken. Dann stiegen alle wieder auf die entlang der Fahrbahn abgestellten Wagen oder gingen zu Fuß weiter.

Am Straßenrand lag ein totes Pferd.

Auch normalerweise reservierte und ruhige Menschen konnten sich eines unbestimmten tödlichen Grauens nicht erwehren. Mütter beteten den Rosenkranz und baten um Erbarmen. Irgendjemand behauptete felsenfest, die Garden hätten den Befehl bekommen, Nachzügler zu erschießen.

Die Pferdegespanne quietschten dahin. In den Vorstädten fiel aus den Fenstern Zivilkleidung in die Arme der Flüchtlinge.

Bei kaum jemandem kontrollierten die Zöllner die Papiere, auch mit ihren Fernstechern schauten sie in die entgegengesetzte Richtung. Die französische Regierung hatte Druck auf Ungarn ausgeübt. Auch Woodrow Wilson forderte eine andere Einstellung gegenüber der slowakischen Minderheit. Die Vertreibung wurde mit Verspätung nun auch vom Völkerbund kritisiert. Bischöfe wiesen ebenfalls auf das gewaltsame Vorgehen hin, denn auch Priester und Nonnen mussten das Oberland unfreiwillig verlassen.

Horthy wehrte sich, spielte die Probleme herunter und verkündete: »Als wir, verantwortungsvolle ungarische Funktionäre, zur Kenntnis nehmen mussten, dass die Slowaken in Massen desertieren und Landesverrat begehen, haben wir beschlossen, den Wunsch der gesamten Bevölkerung zu erfüllen. Wir haben Großes für den Frieden in der Zukunft und für das einvernehmliche Zusammenleben der Völker geleistet. Wir hoffen, dass die Großmächte Verständnis für unser Bemühen haben werden, die innerstaatlichen Verhältnisse ein für allemal so zu gestalten, dass damit Zufriedenheit und internationale Sicherheit erreicht werden. Wir betonen den Begriff ›ein für allemal‹, denn jede andere Art von Lösung wäre ungesund – mit eiserner Logik würde sie zu Unruhen und überflüssigen Konflikten führen. Der einzige Ausweg ist und bleibt, dass diejenigen gehen, die sich nicht anpassen wollen.«

Horthy versprach, den Slowaken eine sichere Ausreise zu gewährleisten und ausländische Beobachter ins Land zu lassen. Er wollte Sanktionen verhindern und ließ ein paar politische Gefangene frei.

Der Völkerbund forderte, die Umsiedlung auf friedliche und humane Weise durchzuführen. Entlang der Grenzen patrouillierten Wagen des Roten Kreuzes.

In seiner letzten Nacht in Pozsony ging Štefánik im Zimmer auf und ab und versuchte, eine Entscheidung zu treffen, ob er auf Risiko gehen und noch einen Tag länger bleiben sollte. So viele brauchten noch Hilfe, so vieles musste noch erledigt werden!

Seine Verwandten waren angesichts der chaotischen Umstände mit der Elektrischen nach Wien gefahren und dann nach Frankreich weitergereist.

Nach wie vor hielten sich in der alten Krönungsstadt an der Donau Unentschlossene, Behinderte, Kranke oder Wagemutige auf, die ihre Abreise immer weiter verschoben, die sich nicht entscheiden konnten, die auf ein Wunder hofften, auf eine ausländische Intervention oder auf Geheimverhandlungen. Der Druck auf sie wurde immer größer, besonders, wenn sie an lukrativen Orten wohnten. Interessenten an ihren Immobilien standen im wahrsten Sinne des Wortes bereits auf der Türschwelle.

Štefániks Gesundheitszustand war schlechter geworden. Die Müdigkeit hatte sichtbare Spuren hinterlassen. Seinem eingefallen Gesicht sah man die Erschöpfung an.

Er legte einen leichten, stabilen Reisekoffer aufs Bett.

Auf seine Dokumente stapelte er ein bisschen Leibwäsche, Hygienebedarf, Medikamente, ein Paar Stiefel, Wintersocken, zwei Armeehemden zum Wechseln und die leichtere Uniform. Vergeblich bemühte er sich, den Koffer zuzumachen. Erst als er sich mit dem Knie darauf lehnte, presste und am Schloss rüttelte, gelang es endlich.

In der Nähe ertönte eine Explosion. Jemand schrie flehentlich. Unter seinem Fenster flüchteten zwei alte Frauen Hals über Kopf.

Er schnappte sich seinen Koffer und stürzte davon, nahm nur jede dritte Treppenstufe, verließ das Haus zum Hintereingang und rannte zwischen den Sträuchern durch den Garten. Erst zwei Straßen weiter blieb er stehen, hier hatte er zuletzt geparkt.

Er nahm das Auto.

Jede Straße erinnerte ihn an jemanden, der weggegangen war, jedes Haus, jede Parkbank, jedes Geschäft rief in seinem Gedächtnis Gesichter und Ereignisse hervor. Hier gab es früher jeden Sonntag volle Kirchen. Kaffeehäuser. Kneipen. Überall, wo zuvor Slowaken gelebt hatten, war nun alles gähnend leer.

Endlich war er über die Brücke und über die weiße Linie!

Die Landstraße entlang wälzte sich schleppend ein langer Strom gen Westen.

Die reichsten Bürger waren in ihren Autos unterwegs und hupten vergeblich. Zahlreiche Frauen hatten sich den Besitzern hingegeben – ein Tauschgeschäft, denn sie hofften, dass sie im Gegenzug eine Mitfahrgelegenheit und Schutz geboten bekämen.

Spekulanten handelten mit Zugfahrkarten und freien Beifahrerplätzen in den Wagen. Es wurden Wartelisten für die Sitze erstellt. Geizige hatten ihre Abreise bis zum letzten Moment hinausgezögert, weil sie geglaubt hatten, Geld sparen und sich eine günstigere Ausgangsposition verschaffen zu können.

In der Menschenmenge überwogen arme Schlucker, die nichts besaßen und ihr einziges Paar Schuhe lieber in der Hand hielten, um es nicht gleich kaputtzumachen. Auch viele Kinder trugen Rucksäcke auf den Schultern, die Finger noch schmutzig vom gestrigen Spielen auf dem Hof oder von der Tintenfeder. Die Eltern hatten Leinentornister mit Bindfäden verschnürt.

Ein Fuhrwerk nach dem anderen rumpelte geräuschvoll vorbei, schwer beladen mit Gepäck und Mobiliar erinnerten die Gefährte an instabile Pyramiden. Die Räder knirschten, die Wagen holperten und hüpften, denn die meisten Überlandwege waren weder asphaltiert noch gepflastert. Das Wummern der Erde ähnelte dem Schlagen eines Herzens.

Štefánik musterte die Gesichter um sich herum. Jeden betrachtete er so intensiv, als wolle er sich die Züge einprägen. Er wurde sich seiner Verantwortung bewusst. Eine derart enthusiastische und breite Unterstützung für sein Vorhaben hatte er nicht erwartet. Mit vielen Leuten kam er ins Gespräch, bedankte sich bei ihnen, dass sie sich angeschlossen hatten, wünschte ihnen viel Kraft und motivierte sie, so gut er konnte. Es hatte sich eine Gelegenheit geboten, wie es sie nur ein einziges Mal gab. Er hörte verschiedene Dialekte, flehentliche Bitten, Beschwerden, Gebete und Gratulationen.

Die Situation wirkte schrecklich verworren, gleichzeitig durchdrang ihn der Eindruck, dass sie sich endlich aufklärte. Nirgendwo anders hatte er erlebt, dass Menschen auf einmal so viel Hoffnung und Furcht gespürt hätten. Die Menge durchdrang ein Energieschub. Fast jeder, mit dem er sich unterhielt, sprach in einem Atemzug von Optimismus, Angst und schlimmen Vorahnungen.

Ein- oder zweimal hatte er flüchtig nach oben zur spätherbstlichen Sonne geschaut. Štefánik befürchtete einen frühen Wintereinbruch. In der kräftigen grauen Flussströmung trieben Baumstämme, zerbrochene Äste, Grasbüschel, sie war stark verwirbelt.

Die Männer aus dem Norden mit schweren Knochen und gewaltigen Muskeln lenkten ihre Herden mit wilder Vitalität und ruckartigen Bewegungen, als hätten sie eine besondere Macht über sie. Auch ihre Pferde ritten sie mit bemerkenswerter Leichtigkeit, sie verständigten sich mit ihnen ohne sichtbare Kommandos. Die Herdentiere meckerten und muhten, eingehüllt in eine Staubwolke. Die Hütehunde zogen ihre Kreise. Die Ziegenböcke senkten die gebogenen Hörner. Die Hufen der Stiere und Pferde donnerten über die harte Erde, sodass sie dumpf dröhnte.

Einige stimmten Lieder an, aber andere brachten sie wieder zum Schweigen, sie mögen nicht zu früh feiern.

Ganz vorn gingen die Aufklärer, weitgereiste und gebildete junge Männer, die sich sowohl auf Deutsch als auch auf Ungarisch verständigen konnten, die Erfahrungen in den Stahlwerken von Chicago und den Eisenhütten von Cleveland gesammelt hatten, die mit Verwandten in Brasilien oder Kanada aufwarten konnten. Tüchtige Ordner bereiteten sich an ihren jeweiligen Standorten in der Menge auf ihre Pflichten vor und lernten, ihre Aufgaben zu erfüllen.

Štefánik hatte drei Mütter mit kleinen Kindern zu sich ins Auto gebeten. Gute Menschen passten überall und in großer Zahl hinein. Mit einem geschickten Manöver befreite er seinen Wagen aus dem Durcheinander.

Das Tal füllte sich wie ein Fluss bei Hochwasser.

An den ersten Tagen herrschten überraschendes Mitgefühl und Wohltätigkeit, wie Menschenmassen sie im Zustand von Angst und Not Gleichgestellten gegenüber erweisen.

Einige versuchten auch, schon während der Fahrt ein Nickerchen zu machen, ihre Füße hingen über die Wagenränder, mit dem Rücken lehnten sie sich an und schlossen zumindest für einen Moment die Augen, um durchzuatmen und sich die Langeweile zu vertreiben. Dabei nahmen sie gelegentlich einen Schluck aus der Flasche, die sie in der Tasche hatten.

Die Menge wogte sanft, sie franste aus und vereinigte sich wieder, um im Schneckentempo weiterzuziehen.

Štefánik kam es so vor, als genüge es, einfach nur zu gehen, und schon das Gehen allein sei ein Glück. In den Verschnaufpausen konzentrierte er sich mit seinen

Gehilfen auf die Planung und Inventur der Lebensmittel. Speck, Kartoffeln, Hühner, Kürbisse, Bohnen, Mais, Zucker, Fünf-Kilo-Säcke Salz ... Jedes Stück eine Kostbarkeit. Nahrung wurde gerecht und bescheiden ausgeteilt.

Österreich war vom Hunger geplagt. Straßen, Wiesen und Felder wimmelten von Deserteuren und selbsternannten Freikorpsführern. Gelegentlich hörte man in der Ferne Schüsse. Štefánik wusste, dass der Große Krieg nach wie vor andauerte, in den Nächten zumal, er hatte sich nur in lokale Konflikte verwandelt. Es wurden keine Straßen mehr hermetisch abgeriegelt, aber Gefahr lauerte überall. Zudem drohte der Kolonne jederzeit, gestoppt und zurück nach Ungarn geschickt zu werden.

Plakate an allen Ecken riefen zur Rückkehr Österreichs ins große germanische Vaterland auf. Die junge Republik musste sich schon bei ihrer Entstehung mit den Schulden aus der Zeit der Monarchie herumschlagen. Die Arbeitslosigkeit hatte beängstigende Ausmaße angenommen. Die Kriegsreparationen belasteten den Staatshaushalt. Fast niemand hielt den neuen Staat für lebensfähig.

Die Soldaten im besiegten Österreich verließen ihre Einheiten samt den Waffen, die sie zu Plünderungen und Gewalttaten nutzten. Die dichten Wälder boten den Geächteten ein bewährtes Versteck. Man munkelte von Bestialitäten, die an Frauen verübt wurden.

Die Wagen ratterten wie wild, die Räder rupften Sträucher und Kräuter aus. Zu beiden Seiten standen eng zusammengedrängt Hütten mit tief überhängenden Strohdächern und kleinen Fenstern. Über Scheunen verfügten nur wenige Bauern, in der Regel waren sie direkt an das Häuschen angebaut, damit sie unter demselben Dachstuhl Platz fanden. Die Hunde jaulten und zerrten an den Ketten, mit denen sie an den Zäunen festgebunden waren. Die Bewohner traten auf die Schwelle und starrten den Ankömmlingen entgegen. Sie betrachteten sie voller Entsetzen und entschiedenem Widerwillen. Aus den Toren schauten Hausfrauen in Tracht heraus. An ihnen nagte der Verdacht, dass diese Leute nur noch mehr Probleme bringen würden. Sie befürchteten, dass sie ihnen schon bald Lebensmittel abluchsen würden, dass sie alles mitnehmen könnten, wonach ihnen der Sinn stünde, und ihnen selbst nichts mehr bleiben würde.

Eine Gruppe rottete sich zusammen, die sich im Dialekt verständigte. Die misstrauischen Blicke und Gesten waren beängstigend. Einer ging mit einer Harke auf die Slowaken los, ein anderer bedrohte sie mit einer spitzen Forke. Die Menge brüllte. Sie wurden als hergelaufene Tschuschen tituliert.

Vor Kurzem waren die Bauernhöfe mehrmals von Banden geplündert worden, sie hatten Vieh geraubt, hatten weggeschleppt, was sie zu beißen gefunden hatten, und zum Abschied hatten sie auch noch den Speicher angezündet. Sie würden nicht zulassen, dass sich das wiederholte!

»Und überhaupt, was sind das da eigentlich für Flüchtlinge? Die haben doch alles! Und wie sie angezogen sind! Die sehen doch gar nicht so schlecht aus. Dahingegen haben wir nicht mal ein Stück Brotrinde.

Schon seit Tagen haben wir nichts gegessen und unsere Rabauken auch nicht, und von denen haben wir elf unter unserem Dach.

Wovon sollen wir denen also was abgeben?

Sicher schleppen die gefährliche Epidemien ein. Der Osten ist dafür berüchtigt. Dort gibt es noch Krankheiten, die wir in unserem Teil der Welt längst ausgerottet haben.«

Dabei stammten die meisten Flüchtlinge aus einem Gebiet, das kaum einen Steinwurf entfernt war. Als sie das hasserfüllte Gerede hörten, fühlten sie sich wie vor den Kopf gestoßen.

Einige der Anwohner weigerten sich, den Flüchtlingen auch nur ein Glas Wasser zu geben. Andere verkauften ihnen Eier zum Preis von Gold. Die Kutscher sagten zu den Kindern, die zu Fuß gingen und kaum noch ein Bein vors andere setzen konnten: »Wir können euch nicht mitnehmen, wir haben keinen Platz frei.« Dann setzten sie sich auf den leeren Wagen und rumpelten davon.

Während der ersten Nächte unter freiem Himmel wurde den Flüchtlingen ihre Situation in vollem Umfang bewusst. Bei all ihrer Entschlossenheit begriffen sie langsam doch, was es hieß, ohne ein Zuhause zu sein. Sie trauerten allem hinterher, was sie verloren hatten. Eine Zukunft konnten sie sich nicht vorstellen und bekamen Angst. Sie spürten den dumpfen, sauren Hass von Menschen, die gemeinsam eine düpierende Niederlage erlitten hatten.

Ihnen wurde klar, dass die Vertreibung einen Bruch bedeutete, einen Riss, einen regelrecht unüberwindlichen Graben, der ihre Leben in zwei Teile spaltete. Sie dachten an die Welt von früher und die nicht genutzten Möglichkeiten.

Man dürfe die Flinte nicht ins Korn werfen, betonte Štefánik. Sie waren gerade erst am Anfang.

Auf Anweisung des erfahrenen Diplomaten kam an jedem zweiten Abend der Ältestenrat zusammen, dessen Mitglieder ein gewichtigeres Wort als die anderen hatten und auf die Einhaltung der Regeln achteten. Nach althergebrachter Sitte konnte jeder, den es interessierte, zuhören kommen oder sich mit ihnen beratschlagen. Doch Zutritt hatten nur Männer. Zahlreiche Frauen waren aufgebracht, dass sie außen vor bleiben mussten, sich nicht in das Gerede der Kerle einmischen durften. Mit Unruhe in den Augen und gereckten Hälsen durften sie ihnen immerhin von Weitem zuhören und zusehen.

Vermögendere konnten sich auch ein Nachtlager unter einem festen Dach leisten. Trost suchten sie bei all der Hoffnungslosigkeit wenigstens im Schlaf. In den Pensionen blieb, falls ausländische Gäste überhaupt eingelassen wurden, kein Zimmer frei. Für eine Nacht forderten die Inhaber das Dreifache des regulären Preises.

Die anderen lagen auf den Wagen, am Boden im benachbarten Park oder in improvisierten Zelten in einem nahen Wald, auf Moos, auf Stroh, auf Zeitungspapier. Sie molken die Ziegen und tranken warme Milch. Dann rollten sie sich in Decken ein und wickelten sie auch um

Kopf und Schultern, von ihren Mündern stieg Dampf auf. Zum Schluss deckten sie sich mit Schaffellen zu.

Einige Leute vom Land rochen unangenehm, weil sie immer in denselben Kleidern schliefen, das ganze Jahr über, sie hielten das sogar für den besten Schutz vor Krankheiten. Ihre langen, ungekämmten Haare waren zu dicken Büscheln verfilzt. An den Abenden gingen sie in ihren verlausten Mänteln auf Insektenjagd.

Die letzten Tagesgeräusche verklangen, das Klimpern der mitgetriebenen Herde. Die Lichtpunkte der Fenster in der Ferne zwischen den Bäumen sahen aus wie Leuchtkäfer. Die Erwachsenen fuhren bei jedem unerwarteten Geräusch in die Höhe. Nur die Kinder schliefen wie die Steine, egal, wo sie hingelegt wurden. Aus der Dunkelheit hörte man leises Weinen und hysterisches Fluchen oder zufällige, unzusammenhängende Geräusche, die nicht einmal denen bewusst wurden, die sie erzeugten. So manche riefen die Namen ihrer Nächsten.

Alkohol hatten die Leute nur wenig dabei, sie konnten sich nicht wirklich betrinken. Der Schnaps machte sie nur nachdenklich und missmutig, denn er öffnete den Erinnerungen an die alte Heimat Tür und Tor und hinterließ eine unbändige Lust auf etwas, das sie nicht benennen konnten.

Štefánik ging von Gruppe zu Gruppe und betrachtete die zusammengerollten Körper der Schläfer. Er grüßte diejenigen, die beim Feuer wachten, von dem stickige Wärme und Qualm in alle Poren eindrangen. Sie boten ihm Lavendeltee an, dessen reine und alles zusammenziehende Wärme er in der Kehle fühlte.

Langsam streifte er durch das Labyrinth der kleinen Wagen- und Zeltstadt. Um Personen, die lesen konnten, hatten sich Zuhörer versammelt. Lehrreiche Geschichten und Predigten aus der Bibel waren zu hören, Passagen über Flucht und Verfolgung, über die Entfernung, die überwunden werden musste, und über festen Willen und Glauben.

Er schnappte die ersten Streitereien zwischen Stadtbürgern und Landleuten auf. Lauschte Märchen zur guten Nacht und dem Aberglauben der Greisinnen. Mehrere von ihnen hatten Gewitterkerzen angezündet, die eine Bestrafung abwenden sollten, und aßen geweihten Knoblauch. Ihre Augen hatten sich im Feuerschein zu schmalen Schlitzen verengt. Sie baten ihn, auf die Tiere aufzupassen, denn in der Nacht würden sie von Hexen verwünscht, die sich an den Rändern menschlicher Ansiedlungen versammelten. Die alten Frauen sagten Zaubersprüche auf, um ihre Familien vor bösen Mächten zu schützen. Zählten die Anzeichen für den bevorstehenden strengen Winter auf. Verboten den Kindern, mit dem Finger auf Sterne zu zeigen, und den Jungen, gegen den Mond zu urinieren. Am Abend durfte niemand Abfälle wegwerfen, um kein Unheil anzuziehen.

Den Schlafplatz auf dem Rücksitz seines Autos überließ Štefánik einer Mutter mit einem Säugling und legte sich selbst in ein Zelt. Die Gedanken wirbelten ihm im Kopf herum und ließen ihn lange keinen Schlaf finden. Zum Glück hatte er sich schon früh an die Unannehmlichkeiten langer Reisen und das unbequeme Leben als Soldat gewöhnt. Er schaute zu den Sternen, weit entfernt und allmächtig, doch mathematisch gehorsam und gefügig – das genaue Gegenteil der unberechenbaren Menschen.

Das Gerücht von der Horde Osteuropäer auf dem Weg quer durch Österreich verbreitete sich schnell und eilte ihnen schon einige Tage voraus. Štefánik fielen Artikel über diesen neuerlichen Massenexodus auf dem alten Kontinent ins Auge. Einige Zeitungen stellten seine Landsleute als Vergewaltiger, Diebe und Parasiten dar. Über den Dächern läuteten die Glocken. Die Ortsansässigen erwarteten die Dahergelaufenen bereits an der Gemarkungsgrenze, die Männer mit Forken, Spitzhacken und Äxten in der Hand, die Frauen zeigten mit Fingern auf die Flüchtlinge und erschreckten die Kinder. Die Hunde kläfften wie wild.

Wie festgenagelt blieben die Flüchtlinge schweigend stehen und starrten angsterfüllt und flehentlich vor sich auf den Boden. Sie wagten sich nicht einmal mehr, etwas zu fragen. Der Bürgermeister forderte Štefánik auf, sie mögen den Ort nicht betreten, da er für ihre Sicherheit nicht garantieren könne. Die Umstände erlaubten aber nicht immer ein sofortiges Weiterziehen.

In einigen Ansiedlungen sah es schon vor der Ankunft der ersten Wagen aus wie vor einem Orkan. Die Tore verrammelt, die Geschäfte geschlossen, die Gitter heruntergelassen, die Fensterläden vernagelt, die Türen zugeschlagen.

Alles schien an Ort und Stelle, die Jugend allerdings hatte sich bewaffnet und lauerte, die Alten hatten sich versteckt und die Töchter kauerten weggeschlossen in

Hinterzimmern, Kellerverschlägen oder Bodenkammern.

Die Slowaken sahen zu, dass sie wegkamen. Auf diese missgünstige Situation hatte sie niemand vorbereitet. Von fast überall wurden sie vertrieben, und so wurden sie immer verzweifelter. Die Lebensmittelvorräte gingen zur Neige. Müdigkeit und Hunger schwächten die Kräfte.

Ihre Freude wurde von Kleinmut und Trauer abgelöst. Die Atmosphäre wurde angespannter, die Gesichter wieder ernst. Darin spiegelte sich die Angst, kein Brot zu haben, eine Angst, die seit Alterszeiten in den Menschen steckte. An Nahrung hatte es in der Vergangenheit regelmäßig gemangelt, und die uralte Furcht im Bewusstsein war nicht verschwunden, die Erinnerungen an einstige Hungersnöte waren nach wie vor lebendig.

Sie gingen weiter und versuchten, keine unnötige Aufmerksamkeit auf sich zu ziehen. Štefánik beobachtete beunruhigt, wie auf dem Fluss die spitzzackige Sonne glitzerte. Der Wind brach dürre Äste ab, riss die letzten Blätter von den Bäumen und verstreute sie auf dem Boden. Lange Spinnwebfäden schwebten durch die Luft und blieben an Wimpern, Haaren und Kleidern hängen. Von den verblühenden Blumen erhoben sich die Bienen behäbig mit dem letzten Pollen.

Ab und zu stießen sie auf das rostige Skelett eines Armeefahrzeugs, auf Häuser, die von Granaten zerstört waren, auf niedergebrannte Höfe, zerschossene Fassaden oder Straßen mit Warnschildern, dass sie noch nicht entmint seien.

Die Frauen streiften kreuz und quer über die Felder wie Zugvögel, sammelten Eicheln, Wildäpfel, Pilze, alles Essbare, was sie fanden. Die Kinder suchten nach Körnern von der letzten Ernte und gruben in der Erde vergessene Kartoffeln aus.

Der Boden war durch die starken Regenfälle, die das Land heimsuchten, aufgeweicht. Wenn es ging, schliefen die Slowakinnen mit den Kindern heimlich im Trockenen, in Scheunen und auf Heuböden, beim ohrenbetäubenden Konzert der Mäuse. Der Regen trommelte auf die Dachschindeln über ihren Köpfen und erinnerte sie daran, wie hilfreich ein Dach und ein Ballen trockenes Stroh sein konnten.

Von unten hörten sie, wie die Pferde von einem Bein aufs andere traten und schnaubten und wie die Kühe schnieften. In die Geräusche mischte sich das gedämpfte Gemurmel der Nachtgäste. Im Dunkeln kam Wind auf und heulte durch den Dachstuhl.

Sorgen machte sich Štefánik um Mütter mit Kindern. Wenn er sie ansprach, antworteten sie schon gar nicht mehr, schauten sich nicht um, ließen sich nicht einmal anmerken, ob sie seine Stimme überhaupt gehört hatten. Mit glasigem Blick betrachteten sie Bilder, die nur sie sehen konnten.

Die Männer gingen unermüdlich jagen und fischen und kümmerten sich um Feuerholz. Aus den umliegenden Wäldern hörte man die dumpfen Axtschläge, wenn die scharfe Klinge mit einem Knall in den Stamm eindrang. Sie brachen Äste ab und schälten die Rinde von den Bäumen, gruben Torf und Moos aus. Sie trieben die müden Herden weiter, sorgten für Viehfutter und verabreichten es den Tieren. Sie passten auf die Kühe auf, damit sie nicht auf die angrenzenden Felder gingen.

Manchmal gab man ihnen für eine Nacht Quartier, hatte Mitleid mit ihnen, doch meistens wurden sie weggejagt. Hin und wieder stellte sich ein Priester zwischen die Slowaken und die Leute vor Ort und befriedete die Situation, rief zu Ruhe und Verständigung auf. Über der Straße breitete sich die Stille aus wie ein schwerer Mantel. Durch die Menge ging ein unruhiges Raunen, von beiden Seiten eilten viele dem Pfarrer die Hand küssen, um den Segen zu erhalten. Die Frauen flüsterten Gebete und zählten mit kalten Fingern die einzelnen Kügelchen am Rosenkranz ab. Aus zahnlosen Mündern kamen traurige Psalmen.

Štefánik fiel auf, dass sich das Elend in diesem Teil Europas nach dem Großen Krieg noch verschärft hatte. Einen erheblichen Teil der armseligen Ernte mussten die Bauern an die österreichische Armee abliefern. Die Garnisonen requirierten regelmäßig Tiere, Nahrungsmittel und handwerkliche Produkte, stellten den Landwirten die Häuser auf den Kopf und versuchten ungeschickt, Schweine und Hühner einzufangen.

Die Flüchtlinge wurden einander inzwischen immer ähnlicher, die gleiche zerknautschte Kleidung, müde Gesichter, belegte Stimmen, verschleimte Lungen.

Auffällig war, dass ohne Rücksicht auf ihr religiöses Bekenntnis alle durch den Aberglauben verbunden waren. Unablässig grummelten sie etwas, beteten oder sagten bizarre Zaubersprüche auf, um Krankheiten und den Tod zu vertreiben. Sie gestikulierten ähnlich, äußerten identisch flehentliche Bitten und stellten dieselben Fragen. Sie malten sich aus, wie es auf der Insel aussah.

»Wann werden wir endlich dort sein?

Was ist uns geblieben?

Hätten wir nicht doch lieber zu Hause bleiben sollen?

Oder Richtung Osten gehen?«

Nur die heranwachsenden Mädchen und die jungen Männer hatten, erregt von immer neuen Erlebnissen, ihre gute Laune noch nicht verloren, weder der Hunger noch die Kälte konnten ihnen Zügel anlegen.

Es gab auch glückliche Momente. Eine Neunzehnjährige bekam starke Wehen. Schnell fand man für sie eine Doula, sogar zwei. Die Gebärende wurde mit drei Leinenlaken vor den anderen abgeschirmt, die auf Abstand gingen und abwarteten. Verwandte brachten Münzen, damit der Familie nie das Geld ausgehen möge, und Zucker, falls es ein Mädchen werden sollte, damit sie den Jungen gefiele. Zutiefst verängstigt standen sie da und beteten laut.

Die Frau brachte gegen Morgen einen gesunden Säugling zur Welt, einen Jungen. Sie gab ihm den Namen Juraj. Die Doulas wuschen und wickelten ihn, und damit er niemals Hunger leiden müsste, steckten sie ein Stückchen Brot unter das weiße Federbett mit den

Schleifen. Sie packten ihn warm in einen Pelz ein und platzierten ihn stolz zusammen mit der Mutter auf einem Wagen.

Štefánik schnappte auf, wie Frauen tuschelten, dass der Junge eher ihm ähnele als dem Vater. Oft musste er Gerede darüber mit anhören, wie sich jemand selbst als Konservativen betrachten könne, der so viele uneheliche Kinder hatte.

Er freute sich über den ersten Nachwuchs während der Donaukarawane, wie diese Wallfahrt genannt wurde. Die Geburt sorgte für große Freude, sie weckte Solidarität und Hilfsbereitschaft. Alte Frauen kamen ans Kindbett, segneten die junge Mutter und ihren Sprössling, und betonten, dass das Leben stärker sei als die Todesgefahr. Sie gaben gut gemeinte Ratschläge und Warnungen, beschworen das Wetter und sagten immer wieder Zaubersprüche auf. Sie behaupteten, am Himmel sei nach der Geburt ein neuer Stern hinzugekommen, und zeigten sogar mit dem Finger auf ihn. Da sich bei der Niederkunft die Plazenta am Kopf des Knaben verfangen hatte, war er »mit Mütze« auf die Welt gekommen und würde im Leben Glück haben. Und die Härchen an den Armen verhießen angeblich, dass er es zu märchenhaftem Reichtum bringen würde.

Eine der Doulas half bei der rituellen Reinigung der Mutter, die trotz ihrer großen Müdigkeit schwach lächelte. Die Alte verhängte für die ganze Nacht und den ganzen Tag das Verbot, die Kühe zu melken, damit die Wöchnerin ihre Milch nicht verlöre.

Dann reichten sie das Kind dem Pfarrer, der es segnete.

»Ich nehme einen Heiden in Empfang und gebe einen Christen zurück.«

Endlich konnten alle anstoßen. Štefánik brachte einen Trinkspruch aus.

Am Schluss seiner Ansprache steckte er altes Tongeschirr in einen Sack und warf ihn mit Schwung auf den Boden. Er wünschte der Familie, sie möge sich vermehren, so wie die Scherben in dem Sack, und immer zusammenbleiben. Dasselbe wünschte er seinem Volk.

Die Tage und Wochen vergingen. Eine lange Schlechtwetterphase machte den Flüchtlingen zu schaffen. Zuerst verwüstete ein Sturm erbarmungslos das Unterholz, er riss ausgetrocknete braune Kletten ab und ließ sie durch die Luft wirbeln. Die Frauen mit den Kindern im Arm kämpften gegen den Wind an und hielten ihre Röcke fest, die ihnen unzüchtig bis über die Köpfe flogen. Danach gab es fast ununterbrochen Regen. Mindestens eine Woche sahen sie weder Sonne, Mond noch Sterne.

Von Norden her wälzte sich unaufhaltsam die Kälte heran. Der dunkle Himmel über den blattlosen Zweigen wand sich und sank immer tiefer herab.

In die Landschaft hatten sich ausgedehnte Moore und Sümpfe eingeschnitten. Štefánik sah endlose Baumreihen, die sich herabbeugten, die ihn lockten, immer tiefer zwischen sie hineinzugehen. Wege mit frischen Spuren von Bauerngefährten mied er. Von den hiesigen Dörfern wollte er sich so weit wie möglich fernhalten. Jede Ansammlung von Ortsansässigen, jede Bewegung der Hirten, jedes Anzeichen, dass irgendetwas im Busch war, lösten in ihm Furcht aus. Seine Seele fand nicht einen Moment Frieden.

Als er sich eines Morgens zwischen den Schlafenden hindurchzwängte, musste er an die Schützengräben zurückdenken. Nach einem nächtlichen Wolkenbruch war viel Wasser stehengeblieben. Verfroren und durchweicht standen die Männer schweigend auf.

Im Zickzack ging er in die zweite Reihe der Schläfer. Er sah, wie Frauen Flechten von den Baumstämmen kratzten und sie zusammen mit ihren Kindern verzehrten, die der Hunger plagte. Wenn sie sich ein klein wenig gesättigt hatten, knurrte ihnen schon eine halbe Stunde später wieder der Magen.

Die schlechten, zerfahrenen Feldwege, die weniger das Werk menschlicher Hände zu sein schienen als das von Rinderhufen, machten ihn wütend.

Die Menschen schritten schweigend dahin. Mit der sie umgebenden Welt verband sie nichts. Um sie herum war nur das Exil, das Unbekannte, die unwirtliche, frostige, graue Landschaft. Das Gefühl des Fremdseins wurde immer größer, fast erdrückte es sie.

Sie schmiedeten keine Pläne mehr, brannten nicht vor Ungeduld, warteten auf nichts mehr, nicht einmal mehr auf die Rückkehr nach Ungarn. Sie waren enteignet worden, ausgebürgert, sie gehörten jetzt nirgendwo mehr hin. Verbittert und wütend wegen einer Veränderung, mit der sie sich nicht abfinden konnten, wegen des Abschieds, der ihnen aufgezwungen worden war. Sie kamen sich vor wie Mondsüchtige.

Manche hatten derart zerschundene Beine, dass sie humpelten, ihre Füße waren von Blasen übersät und jede Bewegung von einem Stöhnen begleitet. Und dazu musste auch noch die Karre gezogen werden. Sie konnten nicht einmal mehr die Finger schließen und immer wieder rutschten sie mit den Händen von den Griffen ab.

Štefánik musste enttäuscht mit anhören, wie Familien sich stritten, sich aus dummen Gründen Vorwürfe machten und skeptische Reden führten, wonach die Verwandten erbost und grimmig auseinandergingen. Die Katholiken schimpften auf die Lutheraner, die die Beleidigungen in reichlichem Maß erwiderten. Auch die paar Roma und Juden, die sich dem Zug angeschlossen hatten, gingen nicht leer aus. Die Verpflichtung, so lange auf einem Haufen zu leben, knüpfte Netze aus Freundschaft und Feindschaft. Es herrschte Uneinigkeit. Längst bekannte, aber bisher geleugnete Unterschiede kamen zum Vorschein. Gehässige Blicke wurden geworfen, auch auf ihn, das Resultat war eine unerträgliche Angespanntheit und ein um nichts besseres Schweigen.

Die Situation entwickelte sich zu seinen Ungunsten. Vergeblich ging er von einem zornigen Familienvater zum anderen und bat sie, sich zu versöhnen. Er wies darauf hin, dass es auf der Welt schon genug Konflikte gebe und es nicht nötig sei, dass ausgerechnet zwischen ihnen ein weiterer ausbreche, erst recht in diesem schweren Moment. Er appellierte an die Priester, ihm zu helfen.

In Absprache mit Štefánik trat eines Abends eine

Laientheatergruppe mit einer improvisierten Vorstellung auf. Ihre Bühne bestand aus zwei zusammengeschobenen Wagen. Den Vorhang hatten sie aus sechs weißen Bettlaken hergestellt.

Die Schauspielerinnen und Schauspieler führten ihre bekanntesten komischen Sketche auf, ergänzt um aktuelle Parodien auf die Kronen-Magyaren und den verbissenen Unwillen, Notleidenden und Bedürftigen zu helfen. Auch ihre eigenen Leute schonten sie nicht, und aus Milan Rastislav Štefánik wurde für einen Moment der fanatische magyarisierte Milános Rásztő Istvánök. Ausrufe der Empörung begleiteten die Szene seiner Degradierung, riesige Zustimmung hingegen löste der Moment aus, als man ihm auf der Bühne und auch in Wirklichkeit die Generalsuniform zurückgab.

Die Theatertruppe verabschiedete sich mit berühmten Liedern, Kreistänzen und einem wilden Odzemok, einem Verwandten des Kasatschok. Vor so vielen Zuschauern waren sie in der Geschichte des Ensembles noch nie aufgetreten. Sie wollten ihren enttäuschten Landsleuten Kraft spenden, den Kollektivgeist stärken. Inzwischen brauchten alle Aufmunterung und Entlastung.

Als Zugabe erklang nach gewaltigem Applaus die Ballade von der verlorenen Heimat und dem dunklen Wald, in dem sich der Held verirrt hatte, und als er endlich wieder zu Hause war, erkannten ihn nicht einmal mehr die eigenen Verwandten. Nach dem Gedicht war es für lange Zeit sehr still.

Am nächsten Abend wiederholten sie das Stück. Allerdings spielten sie nicht fertig, die zweite Hälfte wurde vom Winter vereitelt. Sie schafften es nicht mehr, den ganzen Schnee von der Bühne zu schippen.

An den Alpen fielen in diesem Jahr die Temperaturen früher als üblich in den Minusbereich. Es war so eisig, dass das Atmen schmerzte. Štefániks Körper war von der Kälte eingekerkert. Auch die Gedanken froren ein.

In der Ferne ragten die schroffen weißen Gipfel auf. Die überraschten sturmgepeitschten Wanderer stopften sich Zeitungspapier unter die Kleider, um sich vor Erfrierungen zu schützen.

Der General nahm seine letzten Hoffnungsreste zusammen. Er hörte, wie hinter ihm seine Landsleute in einer Tour beteten und moserten. Bei jedem Ausatmen kam Dampf aus seinen Nasenlöchern. Wenigstens hatte er ordentliches Schuhwerk mitgenommen!

Kaum jemand sonst hatte aber Filzstiefel. Auf die Schnelle hatten die Menschen sich Fußlappen hergestellt, die sie sich bis zu den Waden hinauf wickelten. Die Sohlen hatten sie provisorisch mit Baumrinde, Stroh, Lumpen oder Filzfetzen verstärkt. Wo es ging, hatten sie sich in alte Kleidungsstücke, Kaninchenfellreste und Pferdeleder eingewickelt.

Der Sturm machte Wälder dem Erdboden gleich und überschüttete das Tal mit Schnee.

In der Nacht waren die Temperaturen noch weiter gefallen. Auch Štefánik ging der klirrende Frost durch Mark und Bein. Die Aufklärer entfachten zahlreiche Feuer, die sie eifrig unterhielten. Um sich zu schützen und die Nacht zu überstehen, standen die Familien in einer Reihe dicht hintereinander und einer schmiegte sich an den anderen. Es entstanden starre verflochtene Ketten, und bei Tagesanbruch waren sie dann vollkommen weiß eingeschneit. Jeder Windhauch raubte ihnen kostbare Wärme.

Die Wachhabenden saßen gemeinsam mit dem General am Feuer und starrten abwechselnd in die frostige Eintönigkeit der Landschaft und in die gelben Flammen, in die anscheinend für immer verlorene Wärme. Ihren Tabak rauchten sie in Pfeifen aus Maiskolben. Bevor sie sich schlafen legten, schoben sie die Asche auf einen Haufen, um sicherzugehen, dass die Glutreste bis zum nächsten Tag nicht verglommen.

Am Morgen schleppten sie sich weiter. Die stärkeren Männer trugen die Kinder. Gerne würden sie den halsbrecherischsten Abschnitt so schnell wie möglich hinter sich lassen. Ihre Schultern sanken langsam und unaufhaltsam Richtung Boden. Vor Hunger kauten sie auf Gürteln und den Lederapplikationen ihrer Hüte herum.

Sie unterhielten sich auch nicht mehr, schlurften nur vorsichtig dahin wie Blinde, die eine unbekannte verkehrsreiche Straße überqueren. Die Schritte gingen im unablässigen schwachen Gebimmel der Schellen am Zaumzeug der Pferde unter.

Štefánik entfachte mit seiner unermüdlichen Fürsorge einen schwachen Lebensfunken in seinen Landsleuten. Noch nie in seinem Leben hatte er so viel Energie aus sich selbst schöpfen können und würde auch nie wieder so viel haben.

Der Schneefall wurde dichter, die Flocken schlugen

den Leuten ins Gesicht wie Kieselsteine, bis ihre Wangen brannten, und blieben an Mänteln und Mützen kleben. Berge, Wälder und Felder waren verschwunden, übrig war nur das endlose Weiß, der graue Himmel und Eiszapfen am Wasser.

Die gut vorbereiteten Leute aus dem gebirgigen Norden trugen selbstgenähte Wintermäntel und leichte Schneeschuhe aus Holz, sodass sie den Aufklärern helfen konnten, die selbst bis zu den Knien im Schnee versanken. Sie übernahmen von ihnen die Fackeln, die mit schwacher Flamme brannten und die Luft flirren ließen.

Die Kinder wurden vor Kälte und Magenkrämpfen ohnmächtig und in ihren mit tiefen Schatten gesäumten Augenhöhlen loderte ein glasiger Blick. Die Hunde jaulten und knurrten, ihre Gedärme verdrehten sich und sie suchten vergeblich nach Nahrungsresten. Die Erwachsenen bemühten sich um jeden Preis, etwas Essbares zu finden.

Aus Verzweiflung boten sich mehrere Frauen in schäbigen Wirtshäusern am Weg, in Kneipen mit niedrigen Dächern im Tausch gegen Lebensmittel selbst feil. Wenn sie ihre armselige Existenz verlängern wollten, mussten sie zu den äußersten Mitteln greifen. Über ihre Arbeit wollten sie nichts verraten, auf Fragen antworteten sie nur ausweichend. Die einheimischen Männer nutzten ihre Situation aus und machten sie sich für eine Suppe, ein paar Kartoffeln oder ein Stück Schweinebraten gefügig. Halbwüchsige begrapschten im Dunkeln die Mädchen und zerrten sie in die Scheunen ins Heu. In den Nächten wurden junge Frauen sogar überfallen und entführt. Wenn es um ein bisschen Spaß ging, hatten die Ortsansässigen plötzlich nichts mehr an den Ausländerinnen auszusetzen, im Gegenteil, sie wurden zu sehnsüchtig begehrten Objekten. Aus Gebüschen und finsteren Winkeln in den Dörfern hörte man es keuchen, schluchzen und schreien. Torkelnde Männer zogen von einem Schatten zum nächsten.

Štefánik fiel auf, dass auch einige Slowaken ihre Lebensgefährtinnen zu diesem schmutzigen Handwerk verurteilten, sie mit bissigem Spott und Drohungen überschütteten und sich ihnen gegenüber wie Zuhälter benahmen. Von dem erbärmlichen Verdienst ließen sie ihnen einen Bruchteil, das meiste aber verfraßen und versoffen sie. Das war Anlass für zahlreiche Streitigkeiten.

Ein junges Mädchen kehrte im Morgengrauen mit ausgeschlagenen Zähnen und blauen Flecken im Gesicht zurück. Ihr bleiches Gesicht wurde von leeren, kalten Augen verfinstert. Neun Bauern hatten sich, einer nach dem anderen, an ihr vergangen. Versprochen hatten sie ihr einen Korb mit Äpfeln, aber den hatten sie ihr zum Schluss gar nicht gegeben. An ihren Brüsten hatte sie Blutergüsse. Der fragile Körper zitterte. Eine Doula musste die Verletzungen sogar nähen. Den Fall melden konnte man nirgendwo, man konnte sich auch bei niemandem beschweren.

Nächtelang brüllte sie unverständliche Wörter heraus. Drei Tage später stürzte sie sich mitten in der Nacht in den Fluss.

Wenn sie einmal nicht genug Holz gesammelt hatten, ordnete Štefánik an, sie mögen ihre eigenen Möbel zerhacken und ein Lagerfeuer machen. In einer Scheune auf einem verlassenen Gut fanden sie knochenharte weggeworfene Brotrindenstücke. Für die Kinder waren sie Gold wert, sie teilten sie untereinander auf und kauten darauf herum.

Auf den Löschwasserfässern hatte sich eine Eisschicht gebildet, die von einer Schicht aus toten Insekten eingefärbt war. Kurze Zeit später brodelte in einem schwarzen Kessel das Wasser und eine Dampfwolke stieg in die Luft. Zuerst kochten sie Tee und tranken ihn sogar mit den aufgeweichten Fliegen. Ins Feuer fiel Schnee, er zischte und seufzte.

An diesem Tag litt der General zum ersten Mal an Halluzinationen. Er hatte den Eindruck, eine Insel zu sehen, vor seinen Augen tauchten Speisen verschiedener Geschmäcker auf, und als die trügerischen Hoffnungen in sich zusammenbrachen, verfiel er einem noch größeren Trübsinn.

Er ordnete an, Tiere zu töten. Erfahrene Berghirten wählten geeignete weiße Zicklein und Lämmer aus. Einer der Männer ergriff die erste Ziege, zuerst streichelte er sie und kraulte sie an der Kehle. Sie streckte sich zu ihm hin und schmiegte sich an ihn. Der Mann griff mit der freien Hand in einen Beutel, zückte ein Messer und stach in einer Bewegung unterm Kiefergelenk zu. Das Tier riss die Augen auf, schlug eine Weile wild aus und schnappte nach Atem. Um seine Schnauze herum bildeten sich Luftbläschen und platzten.

Der Hirt schob blitzschnell eine Schüssel unter und

fing den Strom aus rotem Blut auf, dick und so warm, dass es dampfte. Das Zicklein zuckte noch, doch kurz danach blieb es liegen, zitterte nur, wenn er es zwischen den Augen streichelte, bis es erstarrte.

Auch das Lämmchen schlitzte er nach der Tötung vom Schlüsselbein bis zum Schwanz auf. Innereien und Blut fing er geschickt in einem Topf auf. Dann rüttelte er das Tier aus seinem Fell heraus, viertelte es, spießte es auf und salzte es kräftig ein.

Zwei Stunden später hingen diverse abgebrühte Tiere an den Ästen. Das Gekröse und die Flüssigkeiten dampften in Töpfen, die auf Steinen ruhten. Ein erfahrener Schlachter portionierte das Fleisch, der Schäfer verarbeitete die Wolle und sortierte die Innereien zum Verzehr und für die Beize aus.

Die Kinder standen um die Kessel über den Feuerstellen herum, streckten die Arme aus, wärmten sich und lachten. Für den allzu großen Hunger erwiesen sich die Portionen als allzu klein.

Am nächsten Morgen tauschte Štefánik bei einem reichen Bauern sein Auto gegen zehn Sack Kartoffeln, Zwiebeln und Speck ein.

Vier Tage später wurde es etwas milder. Die Wagen knarrten und holperten, die Räder rutschten in tiefe Gruben oder versanken im Morast. Die Dörfer in der Ferne sahen aus wie Fata Morganas.

Štefánik sah, dass einige Flüchtlinge schon im Gehen einschliefen. Sie gingen mit geschlossenen Augen, ließen sich an der Hand führen, nickten für einen Sekundenbruchteil weg, wenn sie einen Fuß in die Luft hoben, aber kaum berührte der wieder den Boden, wachten sie auf.

Die Kinder weinten oft, und wenn sie anderen Leuten begegneten, streckten sie automatisch ihre Ärmchen aus und bettelten.

Wenngleich sich die Flüchtlinge oft am Rande des Zusammenbruchs befanden, verloren sie doch irgendwie niemals so ganz das Bewusstsein. Sie wunderten sich regelrecht, wie viel ihre Körper bei dermaßen intensiver Überstrapazierung aushielten.

Wer es geschafft hatte, sein letztes Geld für eine Fahrkarte zusammenzukratzen und in irgendeinem Städtchen einen Zug zu besteigen, der vergaß augenblicklich die anderen und hielt krampfhaft seinen Rucksack fest wie ein Schiffbrüchiger einen Rettungsring.

Štefánik litt darunter, dass der Hunger unablässig über ihnen lag wie ein Schatten. Sie hatten den Begriff von der Entfernung verloren, die sie zurückgelegt hatten. Sie sehnten sich nach Essen, Wärme und Freundlichkeit. Sie betrachteten sich nicht mehr als Menschen, sondern nur noch als Leidensgestalten.

Die Menge verlor trotz seiner Bemühungen allmählich ihren Zusammenhalt. Die Gemeinschaft fiel auseinander. Der relativ durchdachte Plan wurde von allgemeinem Chaos abgelöst. Keiner akzeptierte mehr die ursprüngliche Rollenverteilung, mit den Vorräten wurde wenig sparsam hantiert.

Štefánik hatte nicht die Kraft, das zu beeinflussen. Seine Gedanken zerbröselten, zersplitterten in winzige

Stücke wie ein zerschlagenes Wasserglas. Die Leute benahmen sich nicht mehr rücksichtsvoll, sie beharkten einander, verfluchten den Marsch und alles, was ihnen in den Sinn kam. Sie gingen, denn irgendwo am Grunde ihres Hirns lag der Befehl, dass man zu gehen hatte. Außerdem wäre es kein bisschen leichter gewesen, zurückzukehren. Jedes Mal, wenn sie zum Stehen kamen, wären sie am liebsten für immer an Ort und Stelle geblieben.

Sporadisch fiel auch einmal jemand in Ohnmacht. Dann legte man ihn auf einen Wagen und versuchte, ihn wieder zu sich zu bringen. Sogar die jungen und kräftigen Bauern verloren langsam ihre frische Farbe, blass vor Hunger, mit struppigem Haar und entzündeten Augen über eingefallenen Wangen.

An Armen und Beinen bildeten sich viele Geschwüre. Die Kleider hingen nur noch lose an ihnen herab. Vergeblich versuchte Štefánik, ihnen Kraft und festen Willen zu verleihen. Auch er selbst pfiff aus dem letzten Loch. Die gesamte obere Hälfte seines Körpers schmerzte. Er wurde von Unterleibskrämpfen geschüttelt, hatte regelrecht Panik, ein wichtiges inneres Organ zu erbrechen. Als er nach oben zu den Sternen schaute, ergab ihre Anordnung für ihn keinen Sinn mehr. Sie kamen ihm vor wie flackernde Punkte, ohne jedes System in der endlosen Finsternis verstreut.

Er hatte Angst, ausgerechnet in der schlimmsten Zeit klein beigeben zu müssen. Er durfte sich nichts anmerken lassen. Die ganze Zeit betonte er: »Trotz alledem sind wir endlich weg aus der Hölle. Wir sind auf dem Weg ins Paradies.«

Vierzig Tage quer durch Europa. Sie hatten ein ordentliches Stück Weg zurückgelegt, was sie aufmunterte. Einige sahen optimistisch auf das Resultat der Expedition.

Wenn jemand fragte, wohin sie unterwegs waren, antworteten die Flüchtlinge: nach Tahiti. Die Reaktion darauf war immer schallendes Gelächter.

In einer Vorstadt von München bereiteten deutsche religiöse Organisationen und ein Verein von Landsleuten den Slowaken einen freundlichen Empfang samt Imbiss. Štefánik traute seinen Augen kaum. Er sank auf die Knie, viele andere taten es ihm gleich.

Die Menge kam allmählich inmitten eines alten Platzes zum Stehen, auf dem eine kleine Kirche mit bunten Glasfenstern aufragte. Bayerische Pfadfinder gaben Essen aus. Die Kinder bekamen frische Milch, warmen Tee und Äpfel. Ein paar Jugendgruppen hatten ihre Mitglieder mobilisiert, die eine Kleidersammlung veranstaltet und Hilfswachen postiert hatten. Sie schenkten den Unterkühlten Socken, Hosen, Mäntel, Pullover, Mützen und Schals. Das Pfarrhaus und die Kirchenschule stellten für die Übernachtung zwei Turnhallen und zahlreiche Militärzelte zur Verfügung.

Štefánik fiel auf, wie schmutzig er unterwegs war, Stiefel und Hose waren bis zu den Waden schlammbespritzt, der Mantel eingerissen. Seine Wangen waren so eingefallen, dass sie sich in seinem leeren Mund fast berührten. Er kam sich vor wie ein Gespenst, eine

Vogelscheuche für ein Mohnfeld. Aber jetzt war er in Reichweite von Hilfe und Rettung angekommen.

Auch einige Journalisten waren eingetroffen, die der Anblick der Fremden schockierte. Gebrochene, ausgehungerte Menschen in Lumpen, mit erloschenen Augen, bis auf die Knochen abgemagert. Manche sahen aus wie lebende Leichen. Sie wirkten so fragil, als würden sich ihre Knochen ganz ohne Muskeln bewegen. Verweinte Kinder schauten stumm in die weißen Gesichter ihrer Eltern.

Die Freiwilligen registrierten die Slowaken behördlich und brachten sie zu einer medizinischen Untersuchung. Einige Ärzte schafften am nächsten Tag hundert Menschen, drei sogar einhundertvierzig. Krankenschwestern koordinierten die Ausgehungerten und versorgten sie mit Nahrung. Auf jeden Patienten kamen etwa fünf Minuten, mit Diagnose, Behandlung und Ausstellung eines Attests. Sie behandelten ein Kind mit beidseitiger Lungenentzündung und einen Säugling mit akutem Kehlkopfkatarrh. Sie nähten Schnittwunden, verbanden Schwellungen und zogen schmerzende Zähne.

Jedem Arzt stand eine Dolmetscherin zur Verfügung, die gut Deutsch konnte. Es wurde überprüft, ob die Ankömmlinge an ansteckenden Krankheiten litten, untersucht wurden Augen und Lunge, Rachen und Hände und schließlich der gesamte nackte Körper, Männer und Frauen gesondert, auch Kinder und Eltern getrennt.

Anschließend wurde der Kopf rasiert, gefolgt von einer Desinfektion und einer Dusche mit dem Feuerwehrschlauch. Den Waschraum verließen sie so sauber geschrubbt, dass man sie kaum wiedererkannte.

Es entstand ein weitläufiges improvisiertes Lager, in dem sich die Auswanderer selbst Zelte und einfache Betten bauten und beim Verteilen von Kleidung und Hygienebedarf halfen. Eine Abfolge von Zelten und Häusern, eine Welt aus Flicken und Lumpen, aus Brettern und Filz zusammengenagelt, mit Bindfäden zusammengeschnürt und mit rostigen Drähten befestigt. Über allem lag der Hauch eines nachlässigen Provisoriums, trotzdem konnte Štefánik aufatmen und freute sich enorm.

Die Landsleute hoben Latrinen aus, richteten einen Müllplatz ein, bauten einfache Viehverschläge und provisorische Futterraufen. Auch die Tiere hatten einiges durchgemacht, geschwächt lagen sie auf der Seite, atmeten schwer, waren aber am Leben geblieben. Kälber versuchten vergeblich, sich auf ihren dürren Beinchen an den Eutern ihrer Mütter zu halten.

Die Frauen wuschen im Bach Wäsche, klatschten Windeln und Kleider über die glatten Steine, spülten und wrangen und hängten dann alles an Sträuchern auf, damit die Stücke ein wenig trocknen konnten, ehe sie sie mit in ihre Zelte und zum Feuer nahmen. Ihre Röcke steckten sie sich zwischen die Knie und unter die Gürtel, damit sie nicht zerknautschten.

In einer Ecke spielten auf einer Freifläche die Kinder. Die Halbwüchsigen übten sich unbarmherzig und geschickt im Ringen, und eine Gruppe kleinerer Jungen in ausgestopften Jacken und Mützen fuchtelte mit Holzschwertern herum.

Am Morgen entbrannten zwar der Kampf um die Kleidung und der Streit, wer hundert Gramm gekochte Kartoffeln mehr bekommen hatte, aber ansonsten herrschte relative Ruhe.

An den Abenden traf sich eine Gruppe gebildeter Männer mit Štefánik, ehemalige Armeekommandeure, Priester, Beamte und Lehrer. Einmal kamen auch Vertreter von Städten und Stadtteilen dazu. Sie berieten das weitere Vorgehen und erwogen mögliche Strategien. Sie lasen Zeitung, knüpften Kontakte und telefonierten mehrfach mit der französischen Botschaft.

Wieder einmal zeigten sich in vollem Umfang seine Führungsfähigkeiten und organisatorischen Erfahrungen aus diversen Militärlagern. Er konnte das angeknackste Vertrauen zurückgewinnen.

Das Lager war natürlich nach Regionen unterteilt. Hauptinhalt der Arbeiten war die Verbesserung der provisorischen Zelte und die Vorbereitungen für die Abreise. Wer eher gekommen war, wies die Neulinge ein, die mit Verspätung eintrafen.

Mitten auf der Hauptfläche wurde eine improvisierte Kapelle errichtet und jeden Abend feierte ein Pfarrer eine katholische Messe. Anschließend hielten die Protestanten ihren Gottesdienst ab.

Auf dem provisorischen Schlachtplatz versammelten sich die Männer zum winterlichen Schweineschlachten. In der Luft hing ein gewaltiges Quieken und der Geruch nach frischem Blut. Frauen und Kinder schleppten Eimer mit heißem Wasser an. Die Tiere wurden rasiert, gewaschen und ausgenommen.

Eine junge Mutter begann bei der Arbeit mit hoher

Stimme zu singen. Der Gesang wurde von einer Stimme nach der anderen aufgenommen und breitete sich immer weiter aus. Es war das Lied von der verlorenen Heimat und dem Mädchen, das aus unglücklicher Liebe wahnsinnig wurde.

Die uneigennützige Hilfe munterte den dankbaren Štefánik auf, sie verzehnfachte seinen Enthusiasmus. Er wusste, dass Deutschland militärisch und wirtschaftlich am Boden lag. Das Land zahlte horrende Reparationen, die es in die Armut stürzten. Zudem war diese vor Kurzem in Paris verabschiedete Kriegsschuld in Höhe von einhundertfünfzig Milliarden Goldmark momentan in Papiermark weniger wert als ein Kilo Butter!

Der Staat wertete die Währung ab und die Bürger büßten ihre Ersparnisse ein. Auch am Rand der bayerischen Metropole zeigte sich die unruhige Atmosphäre, die seit der Unterzeichnung des Friedensvertrags in der Stadt und der Gegend herrschte. Es kam zu mehreren politischen Attentaten, Sabotageaktionen häuften sich.

Die Ankunft der Exilanten löste Konflikte und Scharmützel zwischen Rechts- und Linksradikalen aus. Beide Seiten bemühten sich, Oberhand zu gewinnen, und zu einem der Themen des Duells wurde das Flüchtlingslager. Es gab Schlägereien mit Verletzten. Die Stadt postierte Streifenpolizisten, die die Sicherheit überwachten. Auch die Flüchtlinge bestimmten Wachschützer aus ihren Reihen und arbeiteten mit der Polizei zusammen.

Es wurden Arbeitsgruppen aufgestellt. Die Männer gingen in einem etwa zwei Kilometer entfernten Geschäft einkaufen und verteilten dann die mitgebrachten Waren. Leider gähnten die Regale vor Leere, außerdem hatten die Banknoten unterwegs die Hälfte ihres Werts verloren. Es war ganz normal, mit Markscheinen zu heizen. Die Preise für Lebensmittel lagen im Milliarden- und Trillionenbereich. Die Slowaken wurden zum ersten Mal in der Geschichtsschreibung zu Millionären, blieben allerdings weiterhin arm wie die Kirchenmäuse.

Štefánik empfahl allen, sich auszuruhen, denn sie würden noch viel Kraft brauchen. Die Männer rasierten sich und bereiteten sich auf die Weiterreise vor. Die Patienten im Feldkrankenhaus schlummerten meist ermattet, murmelten im Schlaf und stöhnten vor Schmerzen. Ein paar Rekonvaleszenten spielten Karten oder blätterten in Gebetbüchern. Wer schreiben konnte, den bettelten und bestachen sie, um für sie eine kurze Nachricht an die Verwandtschaft zu formulieren. Auf den Briefumschlägen blieb kaum noch Platz für die Empfängeradresse, die Druckereien kamen kaum mit der Lieferung von Marken mit so vielen Nullen hinterher.

Die Arbeitgeber bezahlten ihre Angestellten in Naturalien. Ein Würfel Quark kostete sechs Billionen und drei Tage später bereits acht. Mit Zweihundert-Mark-Scheinen spielten die Kinder Kaufmannsladen. Löhne wurden in Wäschekörben voller Banknoten transportiert, die wegflogen, wenn der Wind wehte, aber keiner machte sich die Mühe, hinterherzulaufen, denn sie hatten kaum den Wert des Papiers, auf dem sie gedruckt waren.

◈

Štefánik erläuterte den Journalisten geduldig, dass er und seine Landsleute vor Verfolgung und Terror auf der Flucht seien, mit dem sie zu Hause konfrontiert gewesen waren. Nur um ein Haar wären sie der Gefahr eines Bürgerkriegs entronnen. Sie wollten nicht als Heimatlose leben, hätten nicht vor, jemandem zur Last zu fallen, würden weiterziehen, schon bald ein neues Leben im Exil beginnen und ihren eigenen Staat aufbauen. Er dankte der Stadt, sowohl den Repräsentanten als auch den Einwohnern.

Die Slovak League of America in Cleveland organisierte auf Štefániks Initiative eine Geldsammlung zur Rettung der Flüchtlinge. Die Organisation vereinte mehr als eine halbe Million Einwanderer in Kanada und den USA, die sich für die Politik Großungarns interessierten und die Situation in der alten Heimat verfolgten. Sie hatten sogar ein Memorandum verfasst, in dem sie für die Slowaken das Recht auf Selbstbestimmung und einen eigenen Staat gefordert hatten, waren aber ohne Erfolg geblieben. Nun hatten sie beschlossen, den Flüchtlingen Sonderzüge von München bis zum Hafen von Le Havre zu finanzieren.

Es freute den General, dass sich auch der britische Journalist und Historiker Robert Seton-Watson an der Unterstützung beteiligte, der den europäischen Regierungen und dem Völkerbund einen Bericht über die Tragödie der Slowaken übermittelt hatte. Sein unerwartet scharfer Artikel weckte die Anführer mehrerer Staaten aus ihrer Ignoranz und regte sie an, Stellung zu beziehen. Es folgten zwei heftige Polemiken in ungarischen Exilkreisen, die zu einem noch größeren Interesse der

Öffentlichkeit führten. Auch dank dessen gelang es, den Exodus in zahlreichen Zeitungen unterzubringen und die Welt auf ihn aufmerksam zu machen. Die slowakische Frage sei eine der Bedingungen für die Freiheit der Welt, schrieb *Le Figaro*. Die *New York Times* bezeichnete die Situation als humanitäre Krise und forderte die Großmächte auf, schleunigst aktiv zu werden.

Ungarn dementierte die Berichte, versandte Protestnoten und drohte mit Vergeltungssanktionen. Horthy wiederholte, durch die ungarische Propaganda unterstützt, seine Version vom illegalen Weggang von Kriminellen, Deserteuren und Vaterlandsverrätern.

Doch der Rettungsplan der amerikanischen Slowaken war nicht mehr aufzuhalten. Drei Tage später wurde der erste Zug für zweihundert Passagiere bereitgestellt. Auf dem Vorstadtbahnhof brach hektisches Treiben aus. Am Bahnsteig wurden aus Polizisten und Soldaten zusammengesetzte Wachen postiert.

Auf Lastwagen trafen mit Getöse zornige und angetrunkene Freikorpsangehörige ein. Sie agitierten gegen die Flüchtlinge, sie wüteten, warfen Steine und schlugen mit Holzstöcken um sich. Ihnen schlossen sich Braunhemden an, am Ärmel das schwarze Hakenkreuzsymbol auf rot gesäumtem weißem Grund. Die Kerle spuckten in Richtung der Slowaken aus und einige besonders Rücksichtslose machten sich auf unappetitliche Weise über sie lustig.

Das Gedränge wuchs sich stellenweise zu kleinen Scharmützeln aus. Gegen die Ausländer gerichtete Sprüche wurden skandiert und Hurrarufe auf Großdeutschland ertönten. Die Demonstranten umzingelten den Bahnhof und hielten beleidigende Transparente in die Luft. Die Radikalen bauten Barrikaden und drohten, das Lager dem Erdboden gleichzumachen. Mit Kalk schmierten sie widerwärtige Losungen an die Mauern.

»Jetzt kriegt ihr die Wut unseres Volkes am eigenen Leib zu spüren!«, schrien sie. »Wir sind hier zu Hause! Macht die Grenzen dicht! Wir halten die Donaukarawane auf! Weg mit dem slowakischen Geschmeiß!«

Von der gegenüberliegenden Seite wälzten sich in Marschformation Dutzende linker Spartakisten mit roten Fahnen heran, die den Flüchtlingen gegenüber ihre Solidarität zum Ausdruck brachten und die Gegenspieler wüst beschimpften. Dann tauchte noch ein Häuflein mit Stöcken und Schaufeln auf. Andere sprangen um sie herum, sahen dem Theater zu und wieherten vor Lachen.

Die Waggons standen bereits auf den Gleisen und die verschreckten Reisenden stiegen hastig ein. Der Maschinist schaufelte Kohle in den Tender. Viele Slowaken waren noch nie mit einem Zug gefahren, die qualmende Lokomotive jagte ihnen nicht weniger Panik ein als die kreischende Menge. Die Soldaten richteten ihre Bajonettgewehre auf die Demonstranten.

»Die slawischen Völker sind nicht zur Selbstständigkeit vorherbestimmt«, referierte der Anführer der Rechten mit österreichischem Akzent. Er ruderte mit den Armen, bellte Befehle und schrie herum. Seit Štefánik ihn erblickt hatte, konnte er den Blick nicht wieder von ihm losreißen.

»Sie wissen das, und wir werden ihnen nicht das Gegenteil einreden«, sprach der Mann mit dem kleinen

Rechteck aus schwarzen Barthaaren unter der Nase weiter. Jede seiner Bewegungen schien von einer überwältigenden inneren Kraft angetrieben zu werden. Der ehrgeizige Hetzer hatte sich eine grüne deutsche Uniform mit blankpolierten Knöpfen angezogen.

»Die Slawen sind die geborene unterwürfige Masse, die verzweifelt nach ihrem Herrn ruft, und Deutschland wird schon bald dieser Herr sein. Es naht die Zeit der Vergeltung!«, brüllte er und setzte beharrlich die schwer verständliche Ansprache fort. Seine Anhänger strömten nur so in seine Richtung. Er wurde von seinen Handlangern gepriesen, sie versprachen ihm Kampfestreue bis zum siegreichen Ende. Die Spartakisten wiederum riefen dem Redner höhnisch zu, er möge zuerst einmal Deutsch lernen, was ihn unglaublich in Rage brachte, er wurde knallrot im Gesicht und quiekte regelrecht vor Wut.

Die Waggons füllten sich bis zum letzten Platz mit Passagieren und Gepäck. Ein Schaffner in blauer Uniform tauchte auf. Das Zugpersonal stieg ein. Endlich erschien auch der Bahnhofsvorsteher mit der roten Mütze auf dem Kopf und der Taschenlampe in der Hand, den Blick auf die Zeiger der Uhr geheftet, und als er sich ein Bild von der Situation gemacht und die Gleise kontrolliert hatte, nickte er.

Štefánik verabschiedete sich von seinen Landsleuten, wünschte allen eine gute Reise und versicherte, dass man sich schon bald wiedersehen werde, dann würden sie bereits die halbe Strecke hinter sich haben. Er selbst werde auch bald abreisen. Die Türen knirschten und fielen zu.

Er winkte auf dem Bahnsteig und hoffte, dass es gelingen würde, den Plan einzuhalten und alle vier Stunden einen weiteren Zug abzufertigen. Er war unfähig sich vorzustellen, dass sie länger an diesem explosiven Ort bleiben könnten. Er hielt es für Wahnsinn, in einer Stadt auszuharren, der ein Bürgerkrieg drohte.

Die Lokomotive stieß eine Dampfwolke aus, pfiff ein paarmal und der lange Zug setzte sich in Bewegung.

Vom Reedereigebäude aus erstreckte sich eine unendliche Avenue, grau vom Staub, eine Palmenallee, gesäumt von schlichten, symmetrischen einstöckigen Gebäuden.

Vom langen Sitzen auf der unbequemen Holzbank tat Štefánik der Rücken weh. Am Morgen hatte er zu tun gehabt, seine Gliedmaßen zu recken. Seine Wirbel hatten geknackt und er hatte ein paar Freiübungen gemacht, damit seine erstarrte Muskulatur wieder durchblutet wurde.

Er ließ seinen Blick über das Hafengelände schweifen. Die flache Bucht streckte sich weich zu beiden Seiten aus, wie ausgeschnitten aus funkelndem Wasser. Der steinige Strand wirkte frisch und verlockend. Der Atlantik hatte riesigen Seetang angespült, dunkelbraun und wahrscheinlich vier Meter lang. Ein paar hundert Meter vor der Küste rasteten Möwen mit ausgebreiteten Flügeln über dem Meer, sie schrien sich lauthals etwas zu und tauchten in regelmäßigen Abständen ins Wasser ein. An den Molen lagen Jachten vor Anker.

Trupps von Scheuermännern verluden die Vorräte und die Offiziere hatten ein Auge auf ihre Arbeit. Der Kapitän unterhielt sich mit dem Lotsen, sie diskutierten eventuelle Änderungen in der Tiefenmessung der mit Bojen gekennzeichneten Fahrrinnen und der Einfahrten zu den Docks. Danach regelte er den unangenehmen Konflikt zwischen einer großen Gruppe slowakischer Passagiere und dem Schiffsbuchhalter. Die Reederei lehnte es ab, die Forderungen der Emigranten in dem Umfang zu erfüllen, wie es die Regierung verlangte und es mit dem Sponsor aus Cleveland vereinbart war. Einige mussten wochenlang auf ihre Ozeanüberquerung warten, denn die Schifffahrtsgesellschaften wurden des Ansturms nicht Herr.

Die Grenzbeamten widmeten sich den Passagieren, aufmerksam untersuchten sie ihre Dokumente und informierten sie, wo an der Landestelle sie ihr Gepäck in Empfang nehmen müssten. Der Direktor der Einwanderungsbehörde verdiente königlich an ihnen. Das Geld gab dem Gastland die Gewissheit, dass die Ankömmlinge den Staatshaushalt nicht strapazieren würden. Der Marktwert von Einreisevisa schoss steil nach oben.

Frankreich erinnerte den aufgebrachten Štefánik unablässig daran, er möge das Problem und den zugegeben hohen Preis in den größeren Zusammenhängen der europäischen Situation betrachten.

Der General verschickte aus dem Hafen häufig Telegramme, Antworten allerdings kamen nur selten. Er hielt in seinem zähen Bemühen nicht inne. Pflegte seine Beziehungen zu den höchsten Pariser Kreisen.

Fand einen geeigneten Vermittler und knüpfte Kontakt mit dem Gouverneur von Polynesien. Erläuterte Militärs und Politikern die Gründe für die Befreiungsaktion. Eine Woche zuvor hatte ihn der Außenminister in seiner privaten Residenz empfangen und ihm ein gemeinsames Vorgehen vorgeschlagen. Die Dinge bewegten sich Schritt für Schritt in die richtige Richtung. Doch nach wie vor mussten noch viel zu viele Fragen gelöst werden und zahlreiche Knoten platzen.

Am Vormittag überwachte er die Vorbereitungen. Vergeblich bemühte er sich um eine Verbindung mit dem Botschafter. In der Bank stritt er sich um einen Transfer aus Chicago, der sich auf rätselhafte Weise verspätet hatte, sodass man ihm um nichts in der Welt Bargeld herausgeben wollte. Er wartete auf Berichte über die Ergebnisse der Verhandlungen, die immer abwechselnd auf Ebene des Premierministers, des Gouverneurs, der Reederei, der Hilfsorganisation, des Schiffskapitäns und der amerikanischen Rechtsanwälte aus Pittsburgh liefen. Die Entscheidung wurde aus sehr unterschiedlichen Blickwinkeln beurteilt: finanzieller Effekt, gesundheitliche Risiken, Nationalstolz, politische Ambitionen, öffentliche Meinung.

Das Leben der Flüchtlinge im Hafen wurde komplizierter. Viele von ihnen hatten kein Dach über dem Kopf gefunden, von einer vorübergehenden Arbeit ganz zu schweigen.

Štefánik schuf mit Landsleuten ein Komitee, das dank der Reederei seine Drahtnachrichten kostenlos kabeln konnte. Mit der Bitte um Intervention ging er auf weitere Persönlichkeiten in Europa und Übersee zu. Er wandte sich an politische und religiöse Repräsentanten. Die schwache Resonanz enttäuschte ihn jedoch, ihm fiel fast niemand mehr ein, dem er noch hätte schreiben können.

Die Matrosen schrubbten das Deck. Die Offiziere nahmen Verzeichnisse und internationale Bestätigungen entgegen, Paketlisten, Polizei-, Zoll- und Einwanderungsformulare, Pässe und Fahrscheine sowie die Aufstellungen von Besatzungsmitgliedern und zu verzollenden Waren.

Allmählich waren alle Vorräte verladen, alle Stauluken geschlossen, alle Planen verzurrt und alle Ladeausleger eingeklappt.

Štefánik ging auf die Brücke, wohin ihn zwei Matrosen begleiteten. Er machte sich mit dem Kapitän bekannt, der ihm seinen Arbeitsplatz zeigte. Das Schiffstagebuch an Bord wurde auf Englisch geführt, aber die Besatzung verständigte sich hauptsächlich auf Französisch, was ihm entgegenkam.

Er sah Seekarten und Wettermeldungen, den neuesten Chronometer und einen Sextanten – die Nutzung der Technik setzte ein genaues Abschätzen von Zeit und Entfernung voraus. Die Reaktion auf Instruktionen von der Brücke dauerte lange, das große Schiff brauchte einige Minuten, ehe es auf einen neuen Kurs eingeschwenkt war, und die Strecke, die es in der Zwischenzeit absolviert hatte und um die es dann abwich, konnte fast zwei Kilometer betragen.

Der Kapitän zeigte ihm einen Kreiselkompass und erläuterte, dass sie nicht die augenscheinlich kürzeste Strecke nehmen würden. Beim Navigieren wurde konsequent Rücksicht auf die Erdkrümmung und auf die Bewegungen von Meer und Wind genommen.

Gemeinsam stiegen sie die ausgetretenen, vom Öl unangenehm rutschigen Stufen hinab und fanden sich in einer derartigen Hitze wieder, als seien sie in eine Flüssigkeit eingetaucht. Sie durchquerten die alte Werkstatt voller Hobel, Schraubzwingen, Ersatzventile und -hähne und gingen dann in einem Chaos aus Kesseln, Röhren, Generatoren, Ventilen, Rohrleitungen und Gerätschaften am Maschinenraum entlang.

Štefánik betrachtete Öldruckprüfer im Kesselraum backbord, Ziffernscheiben und Messgeräte, die mit Sinn für Zweckmäßigkeit und Ansehnlichkeit angeordnet waren, sowie eine Unmenge an Kästchen und Kupferschildern mit Rasten und Zeigern, mit denen die Wand bestückt war, an der der diensthabende Offizier stand.

Schon das dritte Schiff voll mit Landsleuten. Sie würden noch viele weitere benötigen. Für die Fahrscheine hatte er seine letzten Ersparnisse geopfert.

Die Passagiere gingen an Bord. Frauen, Männer und Kinder waren dankbar, dass sie es geschafft hatten, bis hierher zu kommen, und hofften inbrünstig auf eine sichere Überfahrt. An den Brücken bildeten sich Schlangen.

Die Stunde des Ablegens nahte. Die Sirene heulte dreimal gedehnt und so laut, dass sie in der ganzen Stadt zu hören war. Der Himmel über dem Hafen war schwarz geworden.

Viele Landsleute waren an Land zurückgeblieben. Immer kleiner und niedergeschlagener winkten sie mit Kopf- und Taschentüchern. Sie konnten es kaum noch erwarten, selber abzureisen.

Mit Bugsierschleppern wurde das Schiff aufs offene Wasser gezogen. Von hier aus machte es sich aus eigener Kraft auf die Reise übers Meer. Die Silhouette des Hafens wurde allmählich von der Krümmung des Ozeans verschluckt. Die alte europäische Welt verschwand.

Štefánik spürte fast keine Bewegung, nicht einmal, als die Geschwindigkeit nach den Wendemanövern auf das Doppelte erhöht wurde. Das Liniendampfschiff erinnerte an eine komplette Stadt mit Straßen, Bars, Cafés, einer Bibliothek und Salons, mit Begegnungen und Liebespaaren, mit Ehen und sogar mit Verstorbenen.

Statt der vorgeschriebenen fünfhundert Passagiere befanden sich im Unterdeck fast tausend. Chaotisch drängten sich dort Reisende unterschiedlichster Nationalitäten, Religionen und Sprachen, die sich untereinander kaum verständigen konnten, Frauen, Männer und Kinder bunt gemischt, nur die Waschräume und Toiletten waren separat – und sahen schon nach kürzester Zeit schrecklich aus.

Um Geld zu sparen, schliefen zwanzig Slowaken in einer schlecht beleuchteten Kabine mit niedriger Decke. Rasch wurden sie seekrank, sie hatten keine Medikamente, spülten den Schmerz mit miserablem Alkohol herunter, dösten und stöhnten. In den Kajüten lagen sie zu beiden Seiten in langen Reihen, einige auf Pritschen, viele auf dem Boden, fast reglos, fiebernd, geschwächt und hilflos.

Dem beißenden Gestank konnte man nicht entrinnen. Die Männer wechselten sich am Fenster ab, wo sie frische Luft schnappen konnten. Sie versuchten, Schlaf zu finden, doch in dem Wirrwarr wurden sie immer wieder wach und wälzten sich herum.

Die ungemütlichen Gemeinschaftsräume unter Deck wurden von einem einzigen Bullauge erleuchtet. An den Wänden und unter der Decke entlang zogen sich lange weiße Träger. Der elektrische Ventilator machte mehr Lärm, als dass er die Luft in Bewegung versetzt hätte, und rotierte langsam über den Köpfen der Leute wie ein verwirrter silberner Vogel mit langen Flügeln. Auf den Eisenstufen donnerten die Schritte von Passagieren und weckten die Schläfer.

Als die Sonne aufging, deren Strahlen auf eine ruhige See fielen, hielt ein slowakischer Priester am Oberdeck eine kurze Messe ab. Der Ozean war manchmal so still und die Atmosphäre so rein und köstlich, dass es aussah, als würden sie sich gar nicht vorwärtsbewegen. In solchen Momenten öffnete sich fast das komplette Schiff sperrangelweit, die Salons, die Verbindungsflure und die Fenster. Die Passagiere entflohen ihren aufgeheizten Kabinen und lagen auf dem Oberdeck herum.

Auf dem Promenadendeck herrschte selten Ruhe. Dort wimmelte es von Leuten, die mit der typischen Nervosität von Seereisenden, die zum Nichtstun verurteilt waren, hin und her rasten. Kaum waren sie unter Deck hervorgekommen, berauschten sie sich am lauen Lüftchen, das über die Wellen strich. Tage der blauen Leere brachen an, während derer man das Wetter hundert Kilometer im Voraus erkennen konnte und das Wasser sich bis zum Horizont erstreckte. Nur beim Sonnenuntergang gerieten wie aus heiterem Himmel alle Farben durcheinander.

Über lange Strecken hinweg sahen sie überraschend wenige Vögel in der Luft. Sie hofften, zum Zeitvertreib Wale beobachten zu können. Als das Schiff von einer Delfinschule umkreist wurde, drängten sich die Passagiere an der Reling und staunten über die Fähigkeiten der Tiere, wie sie kreisten, sprangen, tauchten und noch andere Kunststückchen vollführten. Hinterm Heck sprudelte das Wasser als dichter grauer Schaum. Štefánik ging nachts gelegentlich dorthin, wenn der Bug in die Schwärze hineinraste und zu beiden Seiten seiner Schneide das Mondlicht davonstob.

Das Schiff stöhnte, als würden auf seinen Schultern eine noch schwerere Bürde und noch größere Sorgen lasten als auf denen des Generals.

An Bord schrieb er einen Brief an den französischen Historiker Paul Rafael: »Sobald das Leben auf der Insel ordentlich organisiert sein wird, verlange ich nur eine einzige Sache: eine neue Sternwarte. Die Generalssterne werde ich nur zu gern für die wirkliche Welt der Astronomie opfern.«

Vier Tage später musste auch er sich niederlegen. Regelmäßig dröhnte in seinem Hirn die Schiffsglocke, harte, volle Schläge, die vibrierend in den metallenen Innereien der Maschine nachhallten und die Stunden zählten. In dem heißen Raum flackerte die Kerzenflamme und beleuchtete den schmutzigen Fußboden und die kalkweißen Wände. Dem Bett gegenüber hing ein Kreuz.

Den Rest der Überfahrt verbrachte er im Wahn. Als hätte sich ein Nagelbohrer in seine Gehörgänge hineingeschraubt. Die Schmerzen verlagerten sich aus dem Kopf in den brettharten Bauch. In seinen Gedärmen brannte es. Die Lunge wurde von Husten gebeutelt. Jeder Versuch, etwas zu essen, löste Brechreiz aus. Seine Gedanken rutschten ihm weg wie glitschige Fische.

Ununterbrochen hörte er die Maschinen, die den Schiffsrumpf schnaufend in eine unabsehbare Ferne vorantrieben.

Die kleine, von der Mittagssonne erstrahlte Kabine heizte sich immer mehr auf und schwankte vor seinen Augen hin und her.

Seine Kleidung stank nach Mottenkugeln, seine Achseln nach Schweiß. Ihm fehlten seine Medikamente. Irgendwer neben ihm flüsterte medizinische Ausdrücke. Unbekannte tasteten nach seinem Puls, ließen sich die Zunge zeigen, versuchten vergeblich, ihn zum Sprechen zu bewegen. Sie verordneten ihm weiße Tabletten, die nicht wirkten, sowie Bettruhe und versprachen, in ein paar Stunden wieder nach ihm zu schauen. Mit offenen Augen versank er in einen halluzinatorischen Schlaf.

Er näherte sich der Front über seitliche Zugangswege. Sprang über Granattrichter. Die flache Gegend unter dem tristen Himmel wurde von Artilleriedetonationen erhellt. Er lief weiter durch einen Verbindungsgraben, wo nach einem morgendlichen Wolkenbruch das Wasser einen Viertelmeter hoch stand und in dem bis auf den letzten Faden durchnässte Männer lagen. Ein im Zickzack verlaufender tiefer liegender Gang führte ihn in die zweite Reihe, wo er von feindlichem Feuer überrascht wurde. In gefährlicher Nähe bohrte sich ein Querschläger in den Boden. Der ohrenbetäubende Lärm wurde noch stärker, wenn die Minenwerfer losfeuerten. Er schrie den Offizieren etwas zu, aber er wusste nicht, ob sie ihn gehört hatten. Die Linien erwiderten das Feuer. Die Infanterie rückte quer über eine mit Stacheldraht übersäte Ebene vor. Jeder zweite Mann fiel. Aus einer Geschützmündung schlug eine fünf Meter lange Flamme heraus. Die Reifen und die Verstrebungen der Lafette erbebten durch den Rückstoß. Die Feinde hatten den vorderen Wall übersprungen und näherten sich. Wild schoss er drauflos, bis er dem Angriff Einhalt geboten hatte.

Komplett durchgeschwitzt wachte er auf. Eine tropische Sonne blendete ihn. Er starrte die grauen Wände an und den schrägen Streifen, in dem die Strahlen durchs Fenster kamen. Er fühlte sich viel besser.

Auch in der Seefahrt unerfahrene Menschen bemerkten, dass das Wasser weiter im Süden seine Farbe veränderte. Die Passage dauerte mit einer längeren Pause zum Auffüllen der Vorräte und einem kurzen Aufenthalt in einer Quarantänestation achtunddreißig Tage.

Im Hafen stützte man Štefánik, als er die Stufen hinauf an Deck stieg. Obwohl ihn die Hitze überrollte, zitterte er vor Kälte.

Er rieb sich die Augen. Azurblaues Wasser, ein weitläufiger Sandstrand, Lavafelsen und winzige weiße Steine. In der Entfernung breitete sich Urwald aus, abgerundete Erhebungen, gewellte Höhenzüge und spitze Vulkangipfel. Überall wuchsen Palmen und Eukalyptusbäume. Von den kleinen Ansiedlungen aus Pfahlbauten schlängelten sich Trampelpfade ins Binnenland. Die Insel war von einem weißen Strahlen erleuchtet, das an das Fluoreszieren von Phosphor erinnerte, sich wie eine Nadel in die Pupillen bohrte und in seinem Gehirn orangefarbene Kreise zum Rotieren brachte.

Die ersten Flüchtlinge hatten sich am oberen Ende des Fallreeps versammelt und warteten auf das Boot, das sie ans Ufer bringen würde.

Übers Wasser näherten sich kleine Schwimmfahrzeuge mit Kokosnuss- und Bananenverkäufern, mit Zollbeamten, Hilfsmatrosen und chinesischen Perlenhändlern, denen die langen Zöpfe bis auf den Rücken hingen. Im Sand standen Einheimische, bekleidet lediglich mit einem Grasrock, der fast nichts verbarg. Sechs sonnengebräunte, wuchtige Eingeborene kamen in einem Kanu angerudert.

Der Wind wehte in Böen die Stimme des Meeres und feine Tröpfchen heran. Weiße Vögel stiegen vom Wasser auf, kreisten mit kräftigen Flügelschlägen am Himmel, glitten vor der Sonne vorbei und verschwanden im gleißend hellen Strahlen.

Auf diese Rückkehr hatte er viele Jahre gewartet.

Irgendwo dort in der Ferne stand vermutlich auch seine Tahitianerin. Die Vorstellung, dass sie ganz in seiner Nähe war, erweckte ihn wieder zum Leben. Ihm wurde schwindelig.

Tahiti.

Neu-Slowakien.

Vor langer, langer Zeit tauchte der Erstgeborene unter allen aus dem Wasser auf. Als das stinkende Meer aufwallte und Blasen schlug, entstieg er dem Ozean, der nach allen Seiten ausschlug. Am Geburtsort der Götter, der Erde und des Meers, der Dunkelheit, des Lichts und des Himmels war er zur Welt gekommen.

Noch existierte er nicht. Er hatte kein Gesicht, keine Nase, keine Ohren, keinen Mund, keinen Hals, keinen Rücken, keine Brust. Auch Hüfte und Bauch hatte er nicht, weder Schenkel noch Gesäß, weder Knie noch Füße.

Dann wurde ihm noch eine Frau hinzugesellt. Die beiden Wesen kamen zu den Göttern, zum Meer und zum Himmel und sagten laut, dass sie gerne Nachkommen zur Welt bringen würden. Der ungeheuerliche Wunsch brachte anfänglich das Wasser mit großen Wellen zum Toben und ließ Blitze durch die Lüfte zucken. Der erzürnte Himmel entledigte sich nach einem einzigen Donnerhall, der bis an den Horizont rollte, auf einen Schlag sämtlichen Wassers.

Die durchnässten Vorfahren versprachen Besserung. Die Götter erwogen ihren Wunsch noch einmal gründlich. Nach langer Beratung willigten sie schließlich ein, ihn zu erfüllen, und machten sich an die Arbeit. Sie nahmen die Rinde einer Kokospalme, eine Brotfrucht, Meeresschaum und Rochenleder, damit die Augen bis in die himmlische Ferne blicken konnten. Schließlich verwendeten sie auch Haifischknochen, durch die sie für außerordentliche Schönheit sorgten. Ihrem fertigen Werk legten sie einen Blütenkranz auf den Kopf.

Sie gaben ihm den Namen Tahi.

1924

An den dichtesten Stellen des Dschungels konnte es bis zu einer Stunde dauern, ehe sie hundert Meter zurückgelegt hatten. Der Urwald setzte sich zur Wehr, er erschien als unüberwindliche Barriere.

Das Grün wuchs sich zu sagenhaften Dimensionen aus. Die ineinander verflochtenen Pflanzen ragten höher auf als die Kirchen dereinst zu Hause. Ringsum tropfte es wie in einem unterirdischen Schacht. Sie stolperten über riesige Äste. An Zweigen und Dornen kratzten sie sich Gesichter und Arme blutig. Messerscharfe Blätter schlitzten ihnen die Wangen auf.

Sie hielten an und zögerten. Zu ihren Füßen stieg Dampf auf und umwaberte sie träge. Verzweifelt vermissten sie ihren Befehlshaber. Der Verlust des Generals schmerzte, sie spürten eine Leere. Die Tragödie war im unpassendsten Moment passiert, als das Volk einen Anführer brauchte. An seinen Platz drängte es viele, ein Machtkampf brach aus. Die einzelnen Fraktionen wetteiferten miteinander und missbrauchten sogar seinen Tod. Unglaubliche Mutmaßungen darüber, wer die Havarie verursacht hatte, breiteten sich aus und stießen auf ein großes Echo.

Die Siedler hackten aus Leibeskräften mit Macheten auf das Gewirr vor ihnen ein. Was sie konnten, traten sie mit den Füßen nieder. Manchmal drangen sie lediglich zentimeterweise durch den dichten Bambus voran. Schon nach kurzer Zeit rutschte ihnen das scharfe Werkzeug aus den verschwitzten, gefühllosen Fingern und fiel scheppernd zu Boden. Am Griff rieben sie sich die Handflächen wund und bekamen Blasen. Jeder Schritt verlangte der Vorhut außerordentliche Willenskraft ab.

Im Dschungel herrschte durchwegs graue Finsternis wie vor einem Sommergewitter. Kein Lüftchen regte sich. Alles sah feucht, aufgequollen und heiß aus. Oft scheuchten sie eine Wolke Moskitos auf, die um sie herumwogte und sich mit winzigen Stichen in ihre Körper bohrte.

Sie blieben regelmäßig stehen, um Atem zu holen. Wenn es ging, setzten sie sich beim Verschnaufen für einen Moment. Sie sammelten neue Kräfte und mühten sich anschließend weiter den Uferhang hinauf.

In der schwülwarmen Tiefe des Urwalds wurde es nie ganz still. Die Tiere schienen auf sie einzureden. Als würde die Natur versuchen, die Eindringlinge von ihrem Vorhaben abzubringen. Vögel krächzten und kreischten, Mäuse fiepten, Schlangen raschelten, Fliegen summten, Affen kratzten sich an den Beinen und brüllten und Hornissen flogen in ganzen Schwärmen herum. Wildhunde witterten sie und fingen an zu kläffen.

Wenn die Siedler an ihnen vorbeikamen, verstummten die Tiere, doch kurze Zeit später versandten sie an die restlichen Lebewesen schon wieder Warnsignale über die Störenfriede.

Die unablässig wachsende Vegetation rauschte sanft. An jeder freien Stelle rangen Lianen und Farne, wilde Bananenstauden und Palmen, bunte Blüten und undurchdringliches Unterholz um Luft, dicht gedrängt reckten sie sich nach Licht und Wasser. Die Sonnenstrahlen drangen nur mit Mühe durch das dichte Geflecht, wo sie die Farbe des Dschungels aufsogen und grün funkelten. Wurzeln ragten aus dem Boden wie schwarze Fangarme. Spinnen wurden so groß wie eine Menschenhand.

Wenn es ging, wichen sie den dichtesten Bereichen aus, suchten sich ihren Weg lieber durch junges Unterholz, doch auch dort konnten sie nicht weiter voraussehen als dreißig Meter. Mit dem schweren Nationalemblem aus Metall kamen sie nur mühsam voran, wie Ameisen, die eine große Last in ihren Haufen bugsierten. Sie bemerkten, dass jemand ihnen zusah, spürten eindringliche Blicke. Schließlich war es soweit: Auf dem ersten tahitianischen Berg prangte das slowakische Doppelkreuz.

Frankreich protestierte, verwies darauf, dass es ein säkularer Staat sei, aber ohne Erfolg, und so ließ es auf allen Amtsgebäuden und Schulen seine eigene Losung anbringen: *Liberté, Égalité, Fraternité.*

Während der ersten Monate auf den Inseln konnten sich die Slowaken nicht vorstellen, wie man hier leben und arbeiten sollte. Die Urwälder fanden sie schrecklich und die Natur abstoßend üppig. Das unbeständige tropische Klima erschien ihnen ungesund und malariagetränkt. Ihre Gesichter konnten sich nicht an so viel Sonne gewöhnen, sie wurden knallrot und an Stirn und Nase schälte sich die Haut ab. Vom Gehen im Sand verbogen sich ihre Fußknöchel. Die Augen brannten, denn die Sonne schlug an den spitzen Felsen Funken, flüchtige kurze Lichtblitze, als wären überall Spiegel verteilt.

Sie waren perplex über die Hügel, ja regelrecht Gebirgsgipfel, die so ganz anders aussahen als in der Hohen Tatra, viel kantiger und intensiv grün. Das Grün betäubte sie mit seinem Strahlen und erstreckte sich bis an die Strände hinab. Die Kokospalmen schienen direkt im Wasser zu wachsen.

Um die Einheimischen machten sie anfangs einen großen Bogen wie der Teufel ums Kruzifix. Die slowakischen Missionare hielten lediglich jene Eingeborenen für vollwertige Menschen, die bereits das Christentum und eine europäische Lebensweise angenommen hatten, und dann führten sie sie gerne als Beispiele für eine natürliche Frömmigkeit vor und gaben sie auch ihren atheistischen Landsleuten zum Vorbild. Die übrigen Tahitianer bezeichneten sie als Untermenschen, als Wilde, die es zu zivilisieren galt, wobei sie nicht zögerten, dabei auch die brutalsten Überzeugungs- und Zwangsmethoden anzuwenden.

Die Neuankömmlinge gewöhnten sich Schritt für Schritt an die schweren Lebensbedingungen. In der generellen Armut und Rückständigkeit auf der Insel stach ihre eigene Armseligkeit und Not nicht so hervor wie während ihres Auszugs aus Ungarn. Trotz alledem übte die unerforschte Gegend eine starke Anziehungskraft auf sie aus. Dieses Stückchen Erde würde eines Tages ihnen gehören! Sie glaubten fest daran, dass ihr Traum von der eigenen Scholle, den bereits Generationen ihrer Vorfahren geträumt hatten, schon bald wahr würde. Wenn sie sich umblickten, erfüllte sie das mit stiller Zufriedenheit, denn der Boden sah außerordentlich fruchtbar aus.

Das Bergmassiv um den Mont Orohena nannten sie die Südsee-Karpaten, den Pazifik das Neusiedler-Meer. Sie aßen Wasserbrotwurzeln. Rollten den Teig für Po'e zu Kugeln. Lernten kleine und große Bananensorten zu schätzen. Halušky mit Kokosmilch – der Brimsen für das slowakische Nationalgericht fehlte ihnen – waren allerdings ungenießbar.

Sie kamen darauf, dass ihnen die Akklimatisierung leichter fallen könnte, wenn sie sich mit den Tahitianern anfreunden würden. Die Einheimischen schienen die Hitze überhaupt nicht zu spüren. Ihre Fähigkeiten faszinierten die Einwanderer. Die geübten Körper arbeiteten wie perfekt justierte Maschinen und genossen das Klima und das berauschende Gefühl der Weitläufigkeit. Der Nachthimmel diente ihnen zur leichten Orientierung auf dem Meer. Beim Navigieren der Schiffe folgten sie einem ausgewählten Stern, den sie Aveia nannten, Göttin der Richtung. Zum Mars sagten sie Rotstern und nahmen auch seine Position zu Hilfe.

Während sternenloser Nächte richteten sich die Eingeborenen auf dem Ozean nur nach den Bewegungen der Meeresströmung. Sie unterschieden sechzehn Arten von Wind. Die Fischer erkannten zweihundert

Sterne aus dem Kopf und angelten im Dunkeln mit einer Lampe am Bug. Die fliegenden Fische täuschten sie mit dem Licht, sodass sie ihnen direkt ins Boot sprangen, oder die jungen Männer fingen sie geschickt über dem Wasser.

Auch am Festland überzeugten die Tahitianer als unermüdliche Läufer, hervorragende Sprinter und erfindungsreiche Kletterer. Das hier war ihre Welt. Sie konnten, ohne zu pausieren, bis zu dreißig Kilometer gehen, sodass die Slowaken sie als Führer zu Erkundungstouren auf der Suche nach Grund und Boden mitnahmen. Sie gingen und rannten schnell, blieben nur für einen kurzen Moment stehen, mit klopfendem Herzen, gerecktem Hals, starrem Blick, sodass die Slowaken sie baten, langsamer zu gehen, sich zu zügeln, an die Mitreisenden zu denken.

Die Neuankömmlinge wagten sich immer tiefer in den Urwald hinein. Sie suchten nach einer geeigneten, gut sichtbaren und einfach zu erreichenden Stelle für das geplante Štefánik-Grabmal. Früh am Morgen brachen sie auf, wenn noch Tau auf dem hohen Gras lag und die Sonne Steine und Sand noch nicht aufgeheizt hatte.

Bei ihren Streifzügen entdeckten sie Felsenhöhlen, wo Schwärme von Motten lebten, und Gestrüpp, in dem die Nester von bunten Vögeln verborgen waren. Sporadisch trafen sie auf vergessene Stämme im Landesinnern, auf isolierte Ethnien oder orthodoxe Kommunen von Konvertiten, die von Kopf bis Fuß verschleiert waren. Sie fanden verlassene kleine Tempel untergegangener Religionen, leere Höhlen mit Spuren einstiger

Besiedlung, Knochen an längst verloschenen Feuerstellen und verblasste Tiermalereien an Felswänden. Sie stießen auf Dörfer, die nach der letzten Tuberkuloseepidemie aufgegeben worden waren, und auf Missionsstationen, wo radikale Sekten die Regeln des Lebens bestimmten. Per Schiff machten sie sich zu immer entlegeneren Inseln auf den Weg und gründeten weit verstreute neue Ansiedlungen.

Der mannigfaltige Nachwuchs spielte gern zusammen und brachte auch die Erwachsenen einander näher. Die Kinder sprachen nicht dieselbe Sprache, aber schon bald verstanden sie sich prächtig. Die Insel kam ihnen grenzenlos vor und die Zeit ebenfalls. Hier und da rauften sie miteinander und schrien herum.

Die slowakischen Jungen lernten, wie man den Uo steigen ließ, einen aus Palmblättern hergestellten Drachen. Auf ihren Liptauer Pfeifchen spielten sie gerne an glasklaren Bächen und warteten, bis ein neugieriger Aal seinen Kopf aus dem Wasser streckte, den sie dann geschickt mit den Händen fingen, so wie die Einheimischen.

Auf Tahiti wurde man früh erwachsen. Waisen gab es in Hülle und Fülle, sie wussten schon seit frühester Jugend für sich zu sorgen. Sobald die Kinder auf einen Baum klettern, schwimmen und im Sand eine Sternenkarte zeichnen konnten, hielt man sie für alt genug, um eigenständig leben zu können. Auch die slowakischen Kinder waren es gewohnt, zu arbeiten, sobald sie konnten, deshalb hüteten sie auf der Insel auch die Tiere und halfen im und um das Haus.

Die Jugendlichen beobachteten die Gewohnheiten ihrer Altersgenossen. Schon bald wagten sie sich auch selbst mit Holzbohlen zwischen die schäumenden Wellen, und später, weiter vom Ufer entfernt, stellten sie sich sogar auf die Bretter hinauf und stießen sich mit Paddeln ab. Die Slowaken bereicherten das Faheei-Spiel um einen Wettkampf – sie benutzten Ruder mit gebogenen Blättern, mit denen sie gegen getrocknete Kokosnüsse schlugen. Für ein Match bauten sie improvisierte Tore auf und versuchten, die braunen Früchte hinter die gegnerische Linie zu befördern.

Die nackten tahitianischen Kleinkinder lachten und schnatterten mit belegter Stimme, während sie mit den Händen herumwedelten, um Wolken von Heuschrecken und Moskitos zu verjagen. Ihre Gesichter waren kupferrot, Haare und Augen schwarz.

Von überall waren Insekten zu hören, ein unablässiges Geknarre und Gezirpe. Die Jungen schlichen leise mit Schleudern durch den hohen Bewuchs und schossen auf Papageien und kleine Uuairo-Schwäne. Fast hörten sie auf zu atmen, das Blut pochte in ihren Schläfen. Um sie herum erhoben sich aufgestörte Libellen in die Luft und Frösche quakten erschreckt.

An den Ufern machten die jungen Burschen während der Ebbe Jagd auf irritierte Krabben und banden ihnen die Scheren zusammen. In Höhlen zündeten sie Fackeln an und beobachteten fette Kröten, die herumkrochen und vom Licht verwirrte Insekten fingen.

Sie lernten den Gesang der Stare und das Gurren der

Dolchstichtauben zu erkennen und bestimmten die Windstärke anhand des scharfen Knackens der Lianen. Sie bliesen in Lockpfeifen und warteten, welches Wesen auftauchen würde.

Die getöteten Tiere wurden seziert und die einzelnen Bestandteile des Gerippes weiterverarbeitet. Mit angehaltenem Atem lauschten die jungen Leute, wie die Tahitianer sich einst nach Siegen ihrer unterlegenen Gegner bemächtigt hatten. Sie hatten ihre Körper in kleine Teile zerlegt, die Knochen herausgelöst und aus ihnen Angelhaken, Axtschäfte oder lange Lanzen hergestellt. Sie glaubten daran, dass die Skelette der größten Männer über außergewöhnliche Kraft verfügten, die in die Organismen und in die Gegenstände überginge, die man daraus herstellte.

Sie bezogen auch Musikinstrumente in ihr Spiel ein, Ratschen, Koncovkas aus Holunderholz, Sechs-Loch-Fujaras oder einfache Flöten.

Die etwas längeren tahitianischen Pfeifen sahen anders aus, sie erzeugten ein kreischendes Jaulen, bei dem die einzelnen Töne gleitend anstiegen und absanken. Die Mädchen stampften zu der Musik mit den Beinen, mit Füßen und Fersen, als würden sie auf einer Trommel spielen.

Die Kinder lernten das weite Land detailliert kennen, Geräusche und versteckte Winkel, Pflanzen und Strände, Obst und Speisen, und ihre Entdeckungen vermittelten sie an ihre Eltern weiter. Ihre Haut wurde dunkler, die Körper fester. Sie lagen mit ausgetrockneter Kehle und geschwollenen Gesichtern herum, und müde von Glanz und Trockenheit hielten sie drei Stunden Mittagsschlaf. Manchmal erwachten sie von neuer Unruhe durchdrungen und der Kreislauf der Spiele begann von vorn.

Am 1. November 1924 gründeten die Siedler die erste Agrargenossenschaft der Slowaken in der Südsee, die Association des Slovaques d'Océanie. Über zweitausend Landsleute nahmen das vorteilhafte Angebot des Gouverneurs in Anspruch und pachteten Plantagen mit Tausenden von Kokospalmen.

Die Slowaken bewirtschafteten auch weitere Ländereien im Tal unter dem jahrhundertealten Vulkan. Auf sie wartete viel Arbeit, der Dschungel musste gerodet und Behausungen gebaut werden, dazu Lager zum Trocknen von Kopra, dem dichten weißen Fruchtfleisch der Kokosnüsse, das dann zu kostbarem Öl weiterverarbeitet wurde. Hinzu kamen der anspruchsvolle Anbau von Kaffee und Vanille, das Setzen junger Palmen und die Betreuung der Tiere. Sie siedelten in Gebieten, wo unablässig eine Ansteckung mit Lepra oder Elephantiasis drohte.

Tagsüber herrschte reges Treiben. In der Umgebung entstanden wichtige Wegverbindungen, an deren Bau Hunderte von Enthusiasten mitarbeiteten. Mit Kies von der Küste befestigten sie einen älteren Fußpfad, mit Asphalt verbreiterten sie ihn. Sie riefen sich gegenseitig Anweisungen zu. Nach einer Woche waren auf der Baustelle fast tausend Männer im Einsatz. Unaufhörlich bauten sie etwas Neues. Sie waren in der Lage, ausdauernd zu schuften, und sahen die Ergebnisse.

Die Frauen arbeiteten auf den Plantagen und kümmerten sich um die Familien. Furchen aus roter und schwarzer Erde zeugten von frisch gepflügten Feldern. In den Tieflagen wuchsen Alleen empor, die für eine spätere Verwertung gepflanzt worden waren und die Landschaft mit Vertikalen schmückten. Neben den Farmen ragten Zypressen auf. Undurchdringliches Dickicht verwandelte sich in fruchtbare Wiesen und bescheidene Landgüter. Das Gras wuchs so schnell, dass es bis zu zweimal im Monat gemäht werden musste.

Die Bäuerinnen teilten sich in Gruppen auf, wobei jede von einer erfahrenen Landwirtin angeleitet wurde. Die Mütter brachten ihren größeren Kindern bei, die Nutzpflanzen auseinanderzuhalten: die Kokospalmen mit der größten wirtschaftlichen Bedeutung, aber auch die dicht von Rankenpflanzen überwucherten Feigenbäume, Akazien, Oleander und Magnolien.

Das Tal nannten sie Tatra Toovii, aber die Eingeborenen sagten dazu Vallée des Slovaques. Die zauberhafte Natur des Küstenstreifens ging eine Verbindung mit dem unbarmherzigen, bis vor Kurzem von menschlichen Eingriffen unberührten Dschungel des Binnenlandes ein. Auf einer Seite erstreckte sich durch ein enges Tal bis zum entfernten Urwald ein Stoppelfeld, von dem die Bauern mit dem Pflug einen immer breiteren schwarzen Streifen abschnitten.

Die Nordhänge waren nach Regenfällen mit Moos bewachsen. In der Nähe weidete in einer tropisch wuchernden Schonung weit verteilt eine Herde. Auf der Nachbarinsel Hiva Oa war Paul Gauguin beerdigt.

An den Hügeln in der Ferne spritzten Winzer die

Reihen eines Weingartens mit Kupfervitriol. Gebückt schritten sie durch die Backofenhitze, Hemd und Hose steif und mit blassblauen Flecken übersät. Auf dem Rücken trugen sie eiserne Flüssigkeitsbehälter und versprühten ihr azurblaues Wasser. An den Weinblättern hingen die Tropfen.

Die langsame Vervollkommnung von Wegen und Siedlung munterte die Slowaken auf. In schlichten Handwerksbetrieben wurde gewissenhaft gearbeitet. Durch den schläfrigen Nachmittag ertönten das Scheppern der Maschinen und das Klirren der Werkzeuge.

Die Gemeinde dehnte sich immer weiter aus. Nichts Weltbewegendes, ein etwa ein Kilometer breiter Streifen gerodeten Dschungels. Die Männer rissen Büsche zwischen den Bäumen aus und gruben neue Latrinen. Sie befreiten das Areal von Wurzeln und Gras, schotterten es und bauten einfache Pfahlhäuser. Wenn sie sie aufgerichtet und befestigt hatten, hoben sie Entwässerungsgräben aus. Schlingpflanzen baumelten über ihren Köpfen, krochen aber auch auf dem Boden entlang, sodass jedes achtlos abgelegte Stück Holz, jeder Gegenstand, der zu lange an einer Stelle verblieb, verschlungen wurde.

Gründlich lichteten die Siedler das Unterholz, bauten Vordächer und ebneten den Fußboden des Speisesaals, der durch die Verbindung der zwei größten Holzbauten entstanden war. Dort gab es genug Platz für zwanzig Tische, vierzig Bänke und eine schlichte Küche in einer Ecke.

Die Sonne brannte vom Himmel und im Innern war es dermaßen schwül, dass sogar die Fliegen kaum in der

Luft vorankamen. Die Arbeiter aßen bei dieser schrecklichen Hitze zu Mittag und der Schweiß tropfte ihnen von Händen und Gesicht direkt auf die Teller.

An der neuen Stelle ließ es sich bereits ganz anständig leben. Gleich hinter der letzten Behausung floss ein Bach, sodass sie zum Baden nicht allzu weit gehen mussten. Sie hatten ein weiteres Dorf errichtet!

Vielen stand allerdings nicht der Sinn nach schwerer Feldarbeit, sie hatten nicht genug Geduld, um auf die Ernte zu warten. Lieber nahmen sie sich, was sie brauchten, direkt aus der Natur, oder sie stahlen. Lediglich der Schnaps war in der Lage, ihre Zungen zu lösen. Angestrengt überlegten sie, wie sie in den Tropen an ein Getränk herankämen, das ihrem Wacholderschnaps, dem guten alten Borovička gleichkäme. Nach einem kräftigen Schluck aßen sie ein Stück Kokosnussfleisch.

Ihre Häuser statteten die slowakischen Familien bescheiden aus. Bambusbetten, eine Wiege, ein Esstisch, ein Stuhl im rechten Winkel zur Kleidertruhe. Einige Erinnerungsgegenstände an Ungarn, die sie hatten retten können. Spitze aus der Heimatregion, Porträts von Verwandten in Form naiver Miniaturmalerei. Schnallen von breiten Männergürteln, Goralen-Bergäxte, Hemdspangen, Holzlöffel oder Almgefäße. Auf der Schwelle spielten zerlumpte Kinder. Hühner pickten auf dem ausgedörrten Boden herum.

Im Dunkeln hatte es den Anschein, dass die Dörfer verstummten, sie sahen ermattet aus, und doch wirkte nichts in der Umgebung ruhig. Das Mondlicht versilberte die Lichtung. Die Dunkelheit brachte nach dem heißen Tag nicht die geringste Erleichterung. Die betörende Luft konnte nicht erfrischen. Der Dschungel schwitzte Feuchtigkeit aus.

Über ihren Köpfen breiteten sich die endlosen Himmelsweiten mit unbekannten Sternen aus. Der Polarstern und der Große Bär waren verschwunden. Stattdessen lernten sie, das Kreuz des Südens zu erkennen, jenes magische Sternbild, das rückwärts zu treiben schien, ebenso die Zwillinge und die große, weitläufige Milchstraße.

Abends nahmen die Siedler noch einen kleinen Imbiss, rauchten beim Licht der Petroleumlampen eine letzte Zigarette, diktierten Briefe oder tranken billigen Wein.

Bei Licht bewegten sie sich über die ausgetrampelten Pfade, blieben unter sich, aber in der Finsternis waren sie nicht wiederzuerkennen. Nach dem Dunkelwerden fanden sich junge Tahitianerinnen und Slowaken, Tahitianer und Slowakinnen heimlich paarweise zusammen. Das Gras wogte vor Körpern.

Die Frau wurde zur Schale des Mannes und der Mann zur Schale der Frau.

So verflossen das erste und unerwartet schnell auch das zweite Jahr im Exil. Auf Tahiti verging die Zeit irgendwie anders. Die Menschen waren noch gar nicht recht zu sich gekommen, und schon war der Tag vorbei und alles verflog wie eine Fata Morgana in der aufgeheizten Luft über der grünen Ebene. Die Wochen rasten dahin. Auch die Monate vergingen unbemerkt, jedenfalls kam es ihnen damals immer so vor, obwohl die alltägliche Aufregung und Anspannung für ein ganzes Leben gereicht hätten. Ihre Träume davon, wie sie sich ihre neue Heimat auf der Insel einrichten würden, waren bei Weitem noch nicht in dem Maß wahr geworden, wie sie es erwartet hätten.

Sie waren heimisch geworden, durchlebten allerdings eine chaotische und schwere Zeit. Die Zahl der Grabkreuze wuchs doppelt so schnell wie zu Hause. In dem unsichtbaren Treibhaus bekam letzten Endes jeder Fieber, mochte er auch noch so viel Chinin in sich hineinstopfen. Früher oder später hatte jeder irgendeinen Floh im Ohr, und ihn retteten dann nur noch der Suff oder Haschisch, und so manch einer wurde zum Tier.

In die nächstgelegene Stadt war man zu Fuß bis zu drei Tage unterwegs. Die Leute sammelten Gifte und Waffen der Eingeborenen, lernten unbekannte Rituale, befassten sich mit Hunderten von Kleinigkeiten, um sich in wachem und hellsichtigem Zustand zu halten.

Aber es kamen auch viele Kinder zur Welt, insbesondere Kreolen. Die ersten Tahitianerinnen mit Namen wie Katka, Zuzka oder Betka.

Die Slowaken hatten schon zahlreiche Erfahrungen gesammelt und trugen helle Farben und leichte Flanellhemden, die den Körper ein wenig kühl hielten. Die Brotfrüchte wickelten sie normalerweise in Bananenblätter ein und buken sie goldgelb. Was würden sie für einen Klecks Brimsen als geschmacklichen Kontrapunkt geben!

Fast alle slowakischen Intellektuellen waren mit nach Tahiti gekommen. Knapp zweihundert Fachleute aus unterschiedlichen Gebieten. Mit so einer Zahl ließ sich allerdings keine Administrative aufbauen. Neu-Slowakien standen nicht genug einsatzbereite und der nationalen Sache gewogene Funktionäre zur Verfügung, nicht einmal für die höchsten Stellen, ganz zu schweigen von Oberstufenlehrern, Richtern, Eisenbahnern, Postbeamten oder Polizisten. Ein Vaterland ließ sich hier im Exil entweder mit Franzosen aufbauen oder mit Eingeborenen.

Schließlich setzte sich ein Vorschlag des Gouverneurs durch, der Bevollmächtigter für die Verwaltung von Neu-Slowakien und Referent für Schulfragen war. Die Neuankömmlinge baten also Frankreich um dringende Hilfe.

Auf Tahiti trafen bereits drei Monate später die ersten Gymnasialprofessoren aus Paris, Lyon und Marseille ein. Kurz darauf kamen auch zahlreiche Aushilfskräfte für die Behörden dazu.

Paris erklärte den Kampf gegen den Analphabetismus zur höchsten Priorität. Innerhalb eines Jahres gelang es, für die neuen Einwohner eine grundlegende staatliche Verwaltung aufzubauen. Auch das weiterführende Schulwesen wurde gestärkt, das es bei den Slowaken nicht mehr gegeben hatte, seit ihnen fünfzig Jahre zuvor in Ungarn die Gymnasien verboten worden waren.

Schnell zeigte sich bei den jungen Neuankömmlingen eine hohe Nachfrage nach Bildung. Die neuen Methoden und der demokratische Geist trugen zu einem ungekannten Aufschwung des slowakischen Bildungsbürgertums bei.

Die französischen Lehrkräfte lebten auf Tahiti in

schlechteren Bedingungen als zu Hause. Sie plagte der Mangel an Häusern und Wohnungen, die viel zu große Schülerzahl in den Klassen, die miserable Ausstattung der Schulen und die Sprachbarriere. Dazu kam noch die ablehnende Haltung der konservativen Bevölkerung, die befürchtete, dass sich die Slowaken assimilieren und mit liberalen westlichen Werten anstecken könnten. Die französische Regierung musste ihren Pädagogen finanzielle Anreize bieten, damit sie trotz der Schwierigkeiten in Neu-Slowakien blieben. Die unterschiedliche Behandlung durch die Vorgesetzten empörte allerdings die Minderheit der slowakischen Lehrer. Die vergiftete Atmosphäre an den Schulen führte zu einer Verschlechterung der Beziehungen zwischen den beiden Völkern.

Die französischen Lehrer arbeiteten trotz alledem mit Verve und voller Überzeugung. Zusätzlich zum Unterricht organisierten sie regelmäßig Ausflüge und Exkursionen, Freizeitzirkel, Schultheatervorstellungen und kulturelle Aufführungen. Viel Arbeit investierten sie auch in Kulturvereine oder Sportgruppen. Sie organisierten Vorträge und Kurse. Und sie widmeten sich der politischen Bildung, um den Flüchtlingen die Grundlagen der Demokratie einzuimpfen und sie im Bereich der Menschenrechte weiterzubilden.

Mit der Zeit stellte sich heraus, dass die Republik Frankreich nicht vorhatte, den Slowaken zu einem eigenen Staat zu verhelfen, vorläufig nicht einmal zur Autonomie. Beamte und Professoren hielten sich an den Gedanken der Einheit von Staat und Kolonien. Sie glaubten fest daran, dass die Slowaken schon bald kollektiv zu französischen Staatsbürgern würden.

Es verbreiteten sich verleumderische Gerüchte, vor allem aus radikalen katholischen Kreisen, dass Štefánik die Flüchtlinge betrogen und belogen hatte. Doch die Ansichten gingen auseinander, ob das absichtlich oder aus Unwissenheit geschehen war, oder ob ursprünglich sogar gute Absichten dahinter gesteckt hatten.

Der große Zustrom von Arbeitskräften, vor allem für die Führungsposten, machte aus den Franzosen nach und nach Unerwünschte, die den Slowaken lediglich lukrative Arbeitsplätze wegnahmen.

Dass Papeete und Paris sich gegenseitig Probleme zuschoben, statt sie zu regeln, verkomplizierte die Situation zusätzlich.

Die Franzosen kannten weder die slowakische Mentalität noch die Traditionen der Neubewohner, und das Schlimmste daran war, dass sie offensichtlich auch nicht darauf erpicht waren, sie kennenzulernen. Ungewollt, aber auch mit Absicht äußerten sie sich häufig beleidigend in Bezug auf das religiöse Empfinden. Viele Pädagogen tolerierten es nicht, wenn Schüler während des Unterrichts beteten. Sie entfernten Marienfiguren, hängten Kreuze ab und sprachen sich offen gegen Obskurantismus und rückwärtsgewandte Priester aus.

Die Pariser Politik nahm keine besondere Rücksicht auf slowakische Ansichten und Usancen. Die Franzosen lehnten die Einrichtung von katholischen Grundschulen und Gymnasien ab, was in einem slowakischen Protestbrief an den Vatikan und der ersten Massendemonstration der Siedler auf Tahiti gipfelte. Die Religionsfrage führte zu offenen Konflikten. Zur Eskalation der Spannungen trug auch die Kirche selbst durch zahlreiche Eingriffe in die schulischen Verhältnisse bei.

Im Sommer 1925 entstand die paramilitärische Slowakische Landwehr. Ihre Mitglieder trugen Uniformen, schwarze kurzärmlige Hemden mit dem Emblem des Doppelkreuzes im Dornenkranz – wie die Dornenkrone Jesu. Zu ihrer Losung wurde: »Tahiti ist Slowakien!« Sie verstanden sich als nationale Elite. Mit ihren politischen Zielen sympathisierten viele junge Menschen, die mit der frankophonen Regierungsstrategie und der schlechten wirtschaftlichen Lage unzufrieden waren. Ihre vereinfachte Erklärung, dass das atheistische Paris die christliche slowakische Nation vernichten wolle, weckte in breiten Bevölkerungsschichten das Gefühl einer Bedrohungslage und mobilisierte sie zum Handeln.

Gleichzeitig entstand auf den Inseln eine radikale Jugendorganisation, die sich die Erziehung der Jugend im nationalen und katholischen Geist zum Ziel setzte. Die Aktivisten organisierten patriotische Vorträge, Andachten und Fackelzüge und wetterten gegen Entnationalisierung und Unglaube. Sie forderten ebenfalls, die Aufnahme weiterer Flüchtlinge, insbesondere Roma und Juden, einzustellen.

Auf mehreren Versammlungen musste die Polizei einschreiten, die allerdings in den Straßen von Papeete die Ordnung nicht aufrechterhalten konnte. Die aufgepeitschte Menge nutzte alles, was ihnen in die Hände fiel, um ihre Gegner zu attackieren, Steine, Ziegel, aber auch ein reichhaltiges Arsenal an Waffen wie Stöcken, Eisenstangen, Stich- oder sogar Schusswaffen.

Im September wurde die Organisation nach nur wenigen Monaten Tätigkeit in Paris per Regierungsdekret verboten. Der Konflikt zwischen Frankreich und dem noch immer nicht offiziell anerkannten Neu-Slowakien erfuhr eine weitere Eskalation. In Europa kamen die Faschisten an die Macht.

1926

Neu-Slowakien in seiner Insellage hatte sich nach der anfänglichen Krise wieder gefangen. Die Menschen machten sich mit Elan an die dringendsten Aufgaben. Die unverzichtbaren Dienstleistungen hatten sich verbessert, ein grundlegendes Gesundheitswesen war etabliert, das Bildungssystem war vielversprechend in Gang gekommen. Stark gefördert wurde das private Unternehmertum. Eine Bodenreform hatte eine neue Schicht von kleinen Grundbesitzern hervorgebracht.

Jedes Jahr allerdings plagte die Slowaken von November bis Februar die Regenzeit, Hia'ia. Die Vorzeichen für die bevorstehende Saison waren nicht mehr zu übersehen. Erneut war eine unerträgliche Hitze mit schwülen Nächten gekommen, mit jedem Tag wurde es heißer. Die Arbeiten beim Straßenbau und auf den Feldern waren jetzt noch mühsamer.

Der Himmel überzog sich dunkelgrau. Von Norden und Süden wälzten sich dicke Gewitterwolken heran. In der schweren und feuchten Atmosphäre schienen die Kokospalmen angeschwollen zu sein, die Blätter hingen schlaff herab.

Die Männer hoben ohne Verschnaufpause Entwässerungsgräben aus und fällten einen Baum nach dem anderen, wenn sie eine weitere bedrohte Fläche mit Balken befestigen mussten. An Ausruhen war gar nicht zu denken.

Endlich hatte das Warten ein Ende und es fing an zu regnen. Der Niederschlag kam anfangs sanft, trommelte nur leicht auf die Dächer. Schon bald wurde er dichter und ein paar Stunden später war es bereits ein durchdringendes Prasseln. Die Bäume rauschten und bogen sich vor dem blitzedurchzuckten Himmel. Der Wind trieb den Geruch von Meer und Erde vor sich her.

Das Wasser brachte zuerst Erleichterung. Die erhitzten Körper hießen die Tropfen willkommen. Die durchnässte Kleidung empfanden die Menschen für einen Moment als angenehm. Sie bedauerten lediglich, dass ihnen die Zigaretten im Mund aus dem Leim gingen, noch ehe sie sie anzünden konnten.

Es schüttete allerdings viel stärker als gewöhnlich. Der Boden weichte immer mehr auf und die Sachen klebten auf lästige Weise am Körper fest. Auf Schritt und Tritt, auch auf wohlbekannten Wegen, lauerten Gefahren. Die Füße rutschten im Schlamm weg und blieben bei jedem Schritt stecken. Die Nase war erfüllt von Verwesungsgeruch, der Duft der zerquetschten tropischen Blüten war regelrecht betäubend.

Riesige Schnecken tauchten auf und die Zahl von Eidechsen und Schlangen vervielfachte sich ebenfalls. Diese Invasion erinnerte an eine biblische Plage.

Die Wolkenberge stürmten am Himmel entlang und die Wassermassen wälzten sich donnernd aufs Festland. Von der überschwemmten Gegend stiegen Ausdünstungen auf, der Untergrund blubberte und Wurzeln wurden freigelegt. Der Sturm riss die Blätter von den Palmen wie eine gigantische Sense. Die orangebraune Erde zitterte wie im Schüttelfrost.

Das zu Boden gepresste Grün um die Dörfer herum sah aus, als hätte eine Herde wilder Tiere es niedergetrampelt. Der Regen peitschte das hilflose Gras und Gestrüpp. Auf dem Meer türmten sich die Wellen zu Bergen auf. Im Morgengrauen ertönte überall jammervolles Klagen, dem Himmel wurden unerfüllbare Versprechen gemacht und alle bereiteten sich auf das Schlimmste vor.

Die Frauen suchten Zuflucht für ihre Kinder und hielten die geweihten Gewitterkerzen fest in der Hand. Die Bauern betrachteten ängstlich die überwältigende Kraft der Natur. Es war unmöglich, das Wasser aufzuhalten, das durch jeden Spalt im Dach eindrang und sich in Behausungen und Lager ergoss wie unermüdliche Brandungswellen, dabei stand es auf den Plantagen bereits bis auf Kniehöhe in großen Pfützen, die sich immer weiter ausdehnten.

Das Gewitter hatte die schlimmsten Befürchtungen übertroffen, über dem Ozean war es zu einem vernichtenden Zyklon geworden. Der Boden im Dschungel hatte sich in goldenen Morast verwandelt, der zu leben schien. Die bedrohliche Wucht des Sturms zerstörte die Häuser. Balken brachen und Dächer stürzten ein. Die fragilen Bauten fielen in sich zusammen wie Kartenhäuser.

Es donnerte inzwischen nicht mehr, sondern es krachte. Die Blitze kamen unbarmherzig näher, sie fuhren im weißen Zickzack durch den schwarzen Himmel, Pfeile und Gekrakel, immer wieder leuchteten sie in eisig grellem Zucken auf. Direkt danach ertönte ein gewaltiger und nasser Knall. Hinter dem Regenvorhang war nichts klar zu erkennen, nur so etwas wie eine weißliche grobe Masse.

Zelte rissen sich durch die Böen von den Heringen los, obwohl die bis zu einem Meter tief in die Erde gerammt waren, und die Planen flogen davon wie flügelschlagende aufgescheuchte Vögel. Nur ein Fetzen des Gewebes war wie durch ein Wunder noch hängen geblieben und flatterte wild herum.

Die Straßen versanken hoffnungslos im Schlamm. Hier und da stapfte ein verirrter Mensch durch den Morast, stürzte in Gräben und Pfützen, taumelte unter den Windböen wie ein Betrunkener und klapperte mit den Zähnen.

Wer es schaffte, suchte irgendwo Zuflucht. Seinen Unterschlupf zu verlassen, konnte lebensgefährlich sein. Viele schliefen auch halbwegs im Windschatten in dem halbflüssigen Schlamm, zwischen Würmern. Ihre Augenlider waren geschwollen, als hätten sie ein Besäufnis hinter sich.

Egal, wo man sich hinbewegte, alles machte glucksende Geräusche. Wer sich irgendwohin wagte, um etwas von seinem Eigentum zu retten, landete zuerst einmal auf dem Allerwertesten und fluchte.

Der Zyklon 1926 gehörte zu den schlimmsten des Jahrhunderts. Die Slowaken fühlten sich vollkommen ausgeliefert. Unablässig dachten sie an die vernichtete Ernte. Im eingestürzten Zentrallager waren bereits die Säcke mit den verarbeiteten Kokosnüssen für den Verkauf gestapelt gewesen. Die Naturkatastrophe hatte alles unbrauchbar gemacht. In einer einzigen Nacht hatte sich die Arbeit mehrerer Jahre in nichts aufgelöst. Das Wasser war durch Löcher auch in die Fässer eingedrungen und hatte den Wein verdorben.

An dermaßen weitreichende Schäden konnten sich nicht einmal die ältesten Einheimischen erinnern. Der Sturm hatte allen den Boden unter den Füßen weggerissen. Die Genossenschaftler könnten erst in einigen Jahren mit einer weiteren Ernte rechnen.

Die Association des Slovaques d'Océanie war zerfallen und hatte große Schulden hinterlassen. Die ehemaligen Mitglieder mussten sich neue Einnahmequellen für ihren Lebensunterhalt suchen.

Wenn Tahitianerinnen trauerten, ritzten sie sich ihre Stirn rituell mit Messern aus Haifischzähnen. Das konnten sie ganz akkurat, zwar schmerzhaft, aber nicht zu sehr. Die Schnitte setzten sie auf den Millimeter genau. Sie verletzten sich in dem Maß, dass sie ihr Gleichgewicht wiederfanden, dass sie die Trauer in sich lösten und sie nach und nach überwanden. Die Wunde brannte und ihre Hitze überschwemmte dann den ganzen Körper, sie betäubte den Geist bis fast zur Ohnmacht. Es war ein riskantes, aber bewusstes und zielgerichtetes Handeln. Sie zweifelten an ihren Göttern, warfen ihnen Versagen und mangelnde Aufmerksamkeit vor. Die Schnitttiefe konnten sie ganz genau bestimmen, um nicht mehr Schaden als Nutzen zu bewirken. Einige extrem verzweifelte oder enttäuschte Frauen schnitten sich auch die Fingerkuppen ab. Ihre jahrhundertealten Techniken brachten sie den Neuankömmlingen bei.

Hunderte von Slowaken suchten in den folgenden Monaten aus Not Zuflucht auf Makatea im Tuamotu-Archipel. Die ausgemergelten Männer, die vor Unterernährung zitterten, schufteten für einen miserablen Lohn im Phosphatbergbau. Andere übten ein Handwerk aus, arbeiteten im Dienstleistungssektor, vor allem in Restaurants und Geschäften, oder verdingten sich auf dem Bau. Wieder andere halfen in Schreinerwerkstätten beim Bau von Holzschiffen oder machten sich als Hafenarbeiter nützlich.

Wenige Glückliche wurden für die Komparserie in romantischen französischen Filmen angeheuert. Tahiti wurde zu einer beliebten Kulisse für zeitgenössische Südsee-Liebeskomödien. Die Filmleute engagierten gern die billigen und dürren Weißen, wenn sie eine Horde von Insel-Outsidern benötigten.

Nach dem Zyklon breitete sich unter den Slowaken das Tätowieren aus. Die Tragödie brachte die Flüchtlinge den Einheimischen näher, die ihnen bereitwillig halfen, die Folgen des vernichtenden Sturms zu beseitigen. Sie sagten dazu »taio« – einen Fremden als Eigenen akzeptieren.

Den Kontakt erleichterte auch der Tanz, dank dem sie sich auch ohne gemeinsame Sprache verständigten. Nackte Eingeborenenfrauen tanzten mit Blüten behangen, um die Trauernden aufzuheitern. Mit ihren rhythmischen Arm- und Bauchbewegungen erzählten sie kurze Geschichten, drückten Mitgefühl und ihre eigene Haltung aus. Die Tänzerinnen schwangen geschmeidig die Hüften, ließen ihre Hände langsam kreisen und hoben anmutig ihre Beine.

Der Rhythmus beschleunigte sich allmählich. Sie rieben mit den Fußsohlen nach vorn und nach hinten über den Boden und stampften mit den Fersen auf. Mit ihren ausgestreckten Ellbogen beschrieben sie Kreise. Der Kopf auf dem hochgereckten Hals neigte sich im Takt von einer Seite zur anderen. Auch ihre Sprache klang rhythmisch, sie explodierte heftig und die Worte klangen wie Gesang.

Alles hatte sich elektrisiert. Sand und Grashalme knackten unter den Füßen. Funken sprangen von den Steinen weg. Schmerzhaft harter und stechender Staub wirbelte auf.

Die Frauen verführten ihre Partner auf die bezauberndste Weise, der Tanz ging gelegentlich fließend in den Liebesakt über, den die Tahitianerinnen anders erlebten und praktizierten. Sie kannten keine Scham, führten überraschende Positionen und gewagte Techniken vor. Die hiesigen Frauen inspirierten die Slowaken zu Dingen, die über Jahre verdrängt, unterdrückt und verborgen geblieben waren.

Wieder zu Sinnen brachte sie erst das Geschrei der Ehefrauen und Mütter, die sich mit Hacken und Sensen bewaffnet näherten. Die empörten Slowakinnen verboten solche Kontakte, aber komplett einschränken konnten sie sie nicht. Den Versuchungen ließ sich nicht widerstehen. Die Pfarrer verurteilten die Wollust als verblendende Gabe vom leibhaftigen Satan. Die tiefsinniger Veranlagten schrieben das Verhalten der hiesigen Frauen der Sonne des Südens zu, deren Macht angeblich natürliche und moralische Verpflichtungen abschwächte.

Mutter gegen Sohn, Mann gegen Frau, Bruder gegen Bruder. Als wären sie von einer unsichtbaren Kraft gespalten, die ihre Gehirne verwirrt hatte und Familien gegeneinander aufhetzte.

Die Priester legten Schwüre auf ihre Kreuze ab und schrien, die polynesischen Inseln würden die Menschen von den Altären wegtreiben, sie die Lehren ihrer Vorfahren vergessen lassen, sodass sich immer mehr Landsleute einem gottlosen Leben in Sünde hingäben und Gott sie unter Garantie in Salzsäulen verwandeln würde.

Der traditionelle Hura-Tanz erlangte unter den Flüchtlingen tatsächlich große Popularität. »Hurraaa!«, riefen die Slowaken, wenn sie ihn irgendwo sahen.

Die Ereignisse nach der Tragödie spalteten die schwer geprüfte slowakische Einwohnerschaft noch mehr. Die Katholiken gaben die Schuld an dem vernichtenden Zyklon und seinen Folgen der Abwendung des Volkes von Gott und den verderblichen französischen Einflüssen. Die Protestanten beschwerten sich über die konservative Beschränktheit, die jeden Fortschritt behindere. Die Demokraten verlangten eine stärkere Durchsetzung der Bürgerrechte und riefen zu erhöhtem politischen Druck gegenüber Paris auf.

Die Linken schlugen vor, die Krise für eine revolutionäre Entwicklung zu nutzen. Sie forderten für die Inseln eine utopische Gesellschaft ohne Geld und Privateigentum, mit freier Liebe, Nudismus und Vegetarismus. »Vor wie vielen Verbrechen, Kriegen, Morden, Hungersnöten und Grauen könnte die Menschheit verschont bleiben, würde endlich jemand die Zäune zwischen den Grundstücken niederreißen und seinen Genossen zurufen: Gehorcht den Ausbeutern nicht, weist die Betrüger zurück! Ihr seid verloren, wenn ihr vergesst, dass die Früchte und der Boden, auf dem sie wachsen, allen gehören! Wir sind im Paradies, daher sollten wir nun endlich zum natürlichen Zustand der Menschheit zurückkehren«, verkündeten sie.

Ein paar Avantgardisten liefen bereits ohne Kleidung herum wie die Einheimischen, sie ernährten sich lediglich von Früchten, die sie fanden, und gründeten Kommunen. Sie forderten, das Land auf den Inseln den Großgrundbesitzern wegzunehmen und es gerecht unter den Armen aufzuteilen, wie es einst zu Hause versprochen worden war. Mit Ausbeutung, Bestechung und Schikane durch die Behörden und die ungehobelten französischen Gendarmen sollte es endlich vorbei sein.

Die Slowaken waren anfangs zur Überzeugung gelangt, dass sie tatsächlich in ein neues Leben eingetreten waren, inmitten der letzten guten Wilden, die bisher noch unberührt von den Fehlern der westlichen Zivilisation waren. Auch die Behördenvertreter nahmen sie relativ freundlich in Empfang. Ihre Begeisterung war allerdings direkt proportional zu ihrer Unkenntnis der Verhältnisse und ihrer Naivität.

Es stellte sich heraus, dass Geld keineswegs überflüssig war, man hatte sogar den Eindruck, dass es eine noch wichtigere Rolle spielte als zu Hause. Die Beamten waren noch korrupter, und von einer besonderen Toleranz gegenüber Fremden konnte überhaupt nicht die Rede sein. Vor dem Hintergrund einer herrlichen Natur absolvierten die Slowaken Tag für Tag einen erschöpfenden Kampf.

Wohl auch deswegen zeigte sich die Leidenschaft fürs Tätowieren fast in allen Einwanderergruppen. Sie lösten sich immer mehr von ihren europäischen Bräuchen, und flüchteten sich umso bereitwilliger ins Leben vor Ort. Die Männer schmückten ihre Körper meist mit üppigeren, detailreicheren und dichteren Mustern als die Frauen. Der Tätowierer sang bei der Arbeit laut, in den Pausen bewegte er sich rhythmisch und wiederholte hypnotische Sätze. Jeden Tropfen Blut fing er mit einer speziell dafür gemachten Spitze auf, damit er nicht auf den Boden fiel und ihn verunreinigte.

Die traditionellen Tätowierer benutzten ein handgemachtes Pigment. Die dauerhafte schwarze Tinte stellten sie aus Palmasche und einer Mischung aus Kokos- und Mandelöl her und brachten sie mit einem spitzen Haifischzahn oder einem geschärften Stück Schildkrötenpanzer unter die Haut.

Auf den immer dunkler werdenden Körpern tauchten vor allem Motive aus der alten Heimat auf. Von Panoramaansichten der Hohen Tatra über volkstümliche Dekors bis hin zu den geometrischen Mustern des Nordens, den Pflanzenornamenten des Südens oder abstrakten Verzierungen. Quadrate, Dreiecke, Rechtecke,

Kreise und gekreuzte Linien, aber auch Tulpen, Nelken oder Äpfel.

Dazu kamen außerdem Herzen, Wellenlinien, Mäander, Spiralen, Fischschuppen, Drachenvierecke, Achten und Widderhörner. Das populäre Hahnenmotiv sollte vor bösen Mächten schützen und die männliche Zeugungsfähigkeit stärken.

Wenigstens auf diese Weise nahmen die Menschen Kontakt zu ihren Wurzeln auf.

Gebirgs- und Folkloreszenen verbanden sich stärker mit tahitianischen Motiven. Vor allem auf den Gesichtern tauchten hiesige Tiere und tropische Pflanzen auf, die die Künstler außerordentlich geschickt beherrschten. Niemand wollte auf Wange oder Stirn ein deformiertes Abbild des Kriváň mit seinem markant geneigten Bergkamm oder ein schlecht vorgezeichnetes Doppelkreuz riskieren.

Auch vielen Tahitianern gefielen die slowakischen Motive. Und so gab es auf der Insel große Männer, deren Schultern Schrauben- oder Kettenmuster zierten, und Tahitianerinnen, die von Neutraer Eidechsenrosen, Lochstickereimotiven oder Stängelstichlinien geschmückt waren. Ornamentreiche und bunte Tätowierungen waren vor allem etwas für jüngere Frauen, den älteren geziemte traditionell eine bescheidenere Ausschmückung. Die Auswahl unterstrich auch die Lebenslage, in der sich die jeweilige Trägerin gerade befand.

Die Slowaken und Slowakinnen brachten durchs Tätowieren ihre Herkunft zum Ausdruck, das Alter, den Familienstand oder die gesellschaftliche Position.

Für Zwölfjährige wurde es ein selbstverständliches Ritual, die Initiation in die Welt der Erwachsenen. Tätowierte Haut wurde nicht unnötig berührt, um die abgebildeten Tiere nicht zum Leben zu erwecken und keine bösen Geister herbeizurufen.

Slowakische Großmütter halfen tahitianischen Tätowierern, die authentischen Muster wiederzugeben, die sie bis in die kleinsten Details in ihrem Gedächtnis abgespeichert hatten, sie freuten sich, sie wenigstens in dieser ungewöhnlichen Form zu sehen. Ihr Handwerk hatten sie von Generation zu Generation weitergegeben.

Die Pfarrer sahen diesen Trend mit aufrichtigem Entsetzen und schrieben zu diesem Thema sogar einen Hirtenbrief, der jedoch nur auf ein schwaches Echo stieß.

Es dauerte jedoch nicht lange, bis es auch Priester gab, die unter ihrer Albe reich verzierte Muster und den Zauber detaillierter Ornamente verbargen. Einige ließen sich ihre Lieblingsgebote oder lateinische Bibelzitate auf die Schulter tätowieren.

Zum häufigsten Motiv wurde der Upoa. Jeder wollte ihn an einer sichtbaren Stelle haben, zumindest einen kleinen, obwohl man auch Abbildungen fand, die den gesamten Rücken einnahmen.

Der Upoa, Štefániks tahitianischer Lieblingsalbatros aus der Ordnung der Röhrennasen, ein ausdauernder Flieger, der einen Großteil seines Lebens weit vom heimischen Bau und dem Festland entfernt verbrachte. Auf den Inseln war er zum nationalen Erkennungszeichen geworden.

Der schwarze Vogel erinnerte mit seinem Schnabel an einen Papagei. Tagsüber verbarg er sich unter der Erde und kam nur in der Nacht heraus, um auf dem offenen Meer nach Nahrung zu suchen. Das Leckermaul wurde gelegentlich dermaßen von der Morgendämmerung überrascht, dass er es nicht schaffte, in seine Behausung zurückzukehren, bei Tageslicht allerdings konnte er nichts sehen. Mit seinem Gesang sah er den Tod voraus.

Wenn irgendwo in der Nähe jemand ans Bett gefesselt war und im Sterben lag, kam der Upoa zum Haus des Kranken geflogen und man hörte ihn vier oder fünf Nächte für ungefähr eine Stunde zwitschern. Danach verschwand er und der Patient hauchte schon bald sein Leben aus. War der Vogel auf dem offenen Meer zu hören, näherte sich vernichtender Seegang.

1976

Als ich im April 1976 zur Welt kam, sang der Upoa ununterbrochen. Über dem Ozean stieg ein gigantischer Pilz auf. Am Horizont wummerte eine Detonation mit einer Temperatur von fünf Millionen Kelvin und einem Überdruck von einer Million Bar.

Schon nach einer Sekunde hatte die Feuerkugel ihren maximalen Durchmesser erreicht, sie erstreckte sich über den gesamten Horizont, blieb einen Moment unverändert und wurde dann wieder kleiner. Der Rauch stieg senkrecht nach oben und wechselte an den Rändern seine Farbe in einem Orange-Spektrum. Man sah ihn auf vielen Inseln in Polynesien.

Die Palmblätter flatterten, verrückt geworden von den Sturmböen. Das Meer wurde so zornig, dass es einen Tsunami aussandte. Das Ufer verschwand unter zwei Metern heranbrausenden Wassers, das toste und sich in Wellen und Wirbeln aufbäumte. Der Wind wehte glühend heiß wie direkt aus einem Backofen.

Mein Vater hatte für die französische Armee gearbeitet. Militärpiloten hatten die Bombe aus einem Flugzeug abgeworfen, sodass sie in der Luft explodiert war. Wieder einmal war dieser entlegene Winkel des Planeten gelegen gekommen, die Welt hatte sich an ihn erinnert.

Die Amerikaner nutzten die Atolle von Bikini und Eniwetok. Auf Tahiti testeten die Franzosen ihre Vernichtungswaffen. Die NATO plante 1958 sogar eine Testzündung auf dem Mond, damit auch die Sowjets sie sehen könnten und sich endlich klarmachten, mit wem sie es zu tun hatten. Anschließend gab es ähnliche Bemühungen auch in der UdSSR. Die Planung einer Detonation im Weltall erwies sich als viel zu anspruchsvoll und teuer und beide verfeindeten Seiten ließen von ihren Vorhaben ab.

Polynesien erschien den Franzosen offenbar als Mond auf Erden. Insgesamt haben in meiner Heimat fast zweihundert Kernwaffentests stattgefunden.

Viele Male habe ich am Himmel die gleiche Szene gesehen, und trotzdem weckte sie bei mir immer wieder Entsetzen. Der Atompilz wuchs bis auf eine Höhe von siebzig Kilometern. Als würde in der Luft vulkanische Lava ausbrechen und kilometerweit aufsteigen. Die Wolke wurde immer größer und höher, bis sie für einen Moment den Großteil des Himmels verdeckte. Dann zerfiel der Gipfel und sank ein. Die Masse floss herab und breitete sich seitwärts aus. Die Form wandelte sich unablässig und die Farben wechselten ab wie in einem Kaleidoskop. Hier und da blitzten kleinere Explosionen auf.

Auch die ältesten Ureinwohner hatten noch nie so etwas gesehen. Sie dachten, Zeugen eines übernatürlichen Ereignisses zu sein, sie knieten nieder und betrachteten stumm das überwältigende Schauspiel. Der Luftdruck presste uns gemeinsam zu Boden. Ich hörte ein gespenstisches Knacken. Auf den Urwald gingen lange Lichtdreiecke nieder, stießen gegen die Baumstämme und stürzten in silbrigem Strom herab.

Später änderte sich der Ablauf, als die Franzosen mit Neutronenbombentests unter der Wasseroberfläche begannen.

Zu Hause aßen wir regelmäßig verseuchte Fische. Vater hatte jahrelang fünfzehn Kilometer vom Epizentrum der Explosion entfernt gestanden. Sein Kommandeur hatte ihm gesagt, es genüge, wenn er sich wegdrehe, dann würde ihm nichts passieren. Normalerweise arbeitet er nur in einem khakifarbenen T-Shirt und einer kurzen Hose. Er trug nicht einmal eine Sonnenbrille.

Zwei Tage nach der Detonation fiel Plutonium als unsichtbarer Regen vom Himmel und verstrahlte die Gegend. Der vor Leben strotzende Dschungel verwandelte sich in eine reglose Kulisse. Überall herrschte tiefe Stille. Kein sirrendes Wüten der Moskitos mehr. Kein heiseres Plappern der Affen, kein Schnattern der Papageien. Weder das scharfe, unzusammenhängende Bellen der Hunde noch das Brummen der aufdringlichen Fliegen. Erst nach und nach streckten die verängstigten Tiere allmählich wieder ihre Schnauzen hervor, sie tauchten auf, verschwanden aber auch gleich wieder.

Der radioaktive Fallout und die ionisierende Strahlung trafen auch Inseln, die Tausende Kilometer vom Epizentrum entfernt waren. Ich habe Bomben gesehen, die unvergleichlich stärker waren als »Little Boy«, die auf Hiroshima abgeworfen worden war.

Tahiti, das sind zig Millionen Jahre alte, durch unterirdische Eruptionen gebildete Atolle, vierhundert Meter breite Korallenriffe, Algen und Moostierchen auf Vulkankegeln. Urzeitliche Kalkskelette. Weichtiere, Stachelhäuter und Polypen, Schläfer und umtriebige Organismen, die mit unglaublicher Geduld schon seit Anbeginn des Lebens ihre architektonische Tätigkeit ausüben. Ihre gesamte Arbeit wurde in einer Mikrosekunde von den Soldaten hinweggefegt. Eine Million Kubikmeter Korallen wurde pulverisiert, noch ehe ich einmal mit den Augen blinzeln konnte.

Eine Wasserstoffbombe ohne Uran-238-Ummantelung absorbiert die Neutronen nicht und führt zu einer viel effektiveren Explosion. Entwickelt wurde sie von den Amerikanern für den Kampf mit dem Ostblock, auch mit dem kommunistischen Ungarn. Die US-Armee war zur Überzeugung gelangt, dass nur eine Neutronenbombe einen eventuellen Panzerangriff des Warschauer Vertrags auf Westeuropa aufhalten könne. Sie würde die Stahlpanzer durchschlagen, die Soldaten töten und ein Gebiet im Umkreis von mehreren Kilometern verstrahlen.

Den wirkungsvollsten Schutz boten einfache Unterstände aus Beton oder Erdreich. In Ungarn und der benachbarten Tschechischen Republik wurden während des Kalten Krieges ungefähr fünftausend davon errichtet. Auf Tahiti kein einziger.

Die Kernwaffentests veränderten Französisch-Polynesien. Das Strahlungsniveau auf den Inseln überstieg die erlaubten Grenzwerte um das Fünfhundertfache.

Slowaken und Tahitianer hatten für Frankreich im

Zweiten Weltkrieg gekämpft. Als Charles de Gaulle mit dem Vorschlag kam, einige Tests mit wichtigen neuen Bomben durchzuführen, protestierten nur ein paar Einzelstimmen. Meine Großmutter hängte sich stolz ein Foto der Detonation an den Kühlschrank, überzeugt davon, mit ihrem patriotischen Eifer die freie Welt im Kampf gegen den Kommunismus zu unterstützen.

Meinem Vater zufolge sollten sich die Tahitianer nicht mehr nach Regen sehnen, wie es seit Menschengedenken ihre Vorfahren getan hatten, denn mit den Tropfen fiel auch radioaktiver Staub auf die Erde. Wenn wir zu einem Ausflug aufbrachen, wurden wir auch bei Hitze gezwungen, Regenmäntel, Schildmützen und feste Schuhe zu tragen. Die Sonnenstrahlen verschlangen die unsichtbaren Teilchen aus den Explosionen, die in unermesslicher Zahl in der Stratosphäre verstreut waren.

Mein Vater ist an Leukämie gestorben, zwei Cousins und eine Cousine auch. Der Krebs hat ein Drittel meiner Mitschüler umgebracht. Papa hatte in den letzten beiden Jahren seines Lebens einen völlig schwarzen Mund, einen herabgesunkenen Unterkiefer, fingerbreit voneinander entfernte Zähne und blinde Augen unter den klebrigen geschwollenen Lidern. Schülern in den Bänken neben mir fielen Hautstücke ab, mehrere wurden ebenfalls blind oder taub. Kinder kamen körperlich und geistig behindert zur Welt.

In den Tiefen vor den Inseln liegen Tausende Tonnen von radioaktivem Abfall. Viele Atolle zerfallen seitdem, sie zerbröseln einem regelrecht unter den Füßen.

2020

Kurz nach Erscheinen des Romans lud mich die Ungarische Pál-Teleki-Akademie der Wissenschaften in Pozsony zu einer wissenschaftlichen Konferenz zur Geschichte des zwanzigsten Jahrhunderts in Mitteleuropa ein. Mir bot sich die Gelegenheit, zu reisen, und ich zögerte nicht. Zu einem unverschämten Kurs tauschte ich slowakische Francs gegen Forint.

Schon lange hatte ich mir gewünscht, Ungarn einmal zu besuchen. Nachdem der Staat die Europäische Union verlassen hatte, war es zwar komplizierter geworden, ein Visum zu bekommen, aber möglich war es nach wie vor, nur dauerte die Erledigung der Formalitäten länger und war erheblich teurer.

Brüssel bezeichnete Ungarns EU-Austritt als Ausschluss aufgrund von systematischer Verletzung rechtsstaatlicher Prinzipien, unverschämter Korruption und Nichteinhaltung demokratischer Verpflichtungen. Budapest wiederum sprach von der Befreiung aus der Tyrannei der Brüsseler Diktatur und einem großen Sieg der Ewigen Nation. George Soros würde nicht zuletzt lachen!

Die diplomatischen Beziehungen zwischen Ungarn und Tahiti waren auf Dauer angespannt. In Papeete hatte das Land auch nach hundert Jahren keine Botschaft, nur eine ständige Vertretung in der Rue Général de Gaulle. Man wartete darauf, ob der ewige Rivale die slowakische Autonomie endlich anerkennen würde, aber mit der jetzigen Führungsriege kam eine Veränderung der Haltung kaum in Frage.

Ungarn bestritt nach wie vor, die Slowaken aus dem Land getrieben zu haben. Die slowakische Seite sprach von einer ethnischen Säuberung und der letzten, brutalen Magyarisierungsphase, die ungarische von der illegalen Flucht von Kriminellen, Deserteuren und Vaterlandsverrätern.

Ich landete auf dem kleinen Lajos-Kossuth-Flughafen. Vor dem Gebäude waren Hunderte Menschen zusammengekommen, die gegen meinen Besuch protestierten. In der Haupthalle empfing mich ein riesiges Plakat mit einem scheußlichen, zehn Jahre alten Foto von mir. Neben mir prangte dort ein ungeschickt ins Bild kopierter Soros und der Schriftzug: *Das Lügen hat er ihr üppig bezahlt.*

Mir wurde schwarz vor Augen. Die Menge schrie, dass ich ins Gefängnis gehöre. Sie drohten mir mit den Fäusten. Auch zig uniformierte Landwehr-Mitglieder waren gekommen.

Ich hatte nicht übel Lust, auf dem Absatz kehrt zu machen und wieder nach Hause zu fliegen. Allerdings wollte ich die Organisatoren nicht enttäuschen und vor allem – ich wollte endlich die Heimat meiner Vorfahren zu Gesicht bekommen. Ich war ja wohl nicht um die halbe Erdkugel geflogen, um es mir am Ziel anders zu überlegen. Außerdem hatte ich nicht die Absicht, vor den Fanatikern klein beizugeben oder in ihnen gar das

Gefühl zu wecken, dass ich Angst hätte. Diese Freude würde ich ihnen nicht machen.

Zur Veranstaltung wurde ich von der Polizei gebracht. Beide Angehörigen der Sicherheitskräfte verfluchten mich während der Autofahrt mit Blicken und ich hatte den Eindruck, dass sie mit den Demonstranten sympathisierten. Offensichtlich hatten die staatlichen Medien zahlreiche Artikel über mich veröffentlicht, um die Öffentlichkeit gut auf die Ankunft dieser Autorin vorzubereiten.

Das imposante Akademiegebäude aus dem achtzehnten Jahrhundert sah aus, als würde es gleich zusammenstürzen. Vor dem Eingang marschierte eine paramilitärische Garde auf und ab. Auch hier forderte eine kleine Menschenmenge meine Inhaftierung wegen angeblicher Aufwiegelei und Hochverrat.

Am Veranstaltungsort genügten mir fünfzehn Minuten, um zu begreifen, dass in der Aula keine wissenschaftliche Konferenz stattfand, sondern eine Propagandaversammlung. Es ging zu wie bei einer Wahlkampfveranstaltung. Vorn hingen ungarische Fahnen. Am Eingang zum Saal lag auf einem Altar die ungarische Verfassung mit Trikolore und Ehrenpforte. In den Blumenschmuck war sichtlich mehr Zeit und Energie investiert worden als in die fachliche Vorbereitung.

Mir wurde klar, dass die Regierung auch öffentliche Institutionen mit in ihre großen Pläne einbezog. In Wissenschaft und Kultur kam es zu Säuberungen.

Mein Roman war offenbar auf ein großes Echo gestoßen, aber leider vor allem bei Menschen, die ihn gar nicht gelesen hatten. Es gab noch nicht einmal eine vollständige Übersetzung, nur ein paar aus dem Kontext gerissene Auszüge lagen auf Ungarisch vor.

Der Regierungschef hatte wegen des Buchs sogar eine außerordentliche Pressekonferenz einberufen. Er rührte für den Titel die Werbetrommel, aber niemand hätte es gewagt, ihn herauszubringen. Angeblich sei ich Mitglied in einer ausländischen organisierten Gruppe, gehöre zu Lobby- und Interessenverbänden und ersticke fast in Zuwendungen.

Die Beziehungen zwischen Tahiti und Ungarn hatten sich erneut zugespitzt, seitdem nach den letzten Wahlen eine radikale nationale Partei mitregierte. In den darauffolgenden Monaten hatten tahitianische und ungarische Politiker einander mehrfach verbal angegriffen.

Der Eröffnungsredner widmete seine Ansprache der Beweihräucherung der ethnischen Politik von Miklós Horthy und ging anschließend nahtlos in ein Lob auf den gegenwärtigen Premierminister über. Gleichzeitig rief er dazu auf, Feindseligkeiten, gegenseitige Hetze und Extremismus zu beenden und verderbliche Ideologien zurückzuweisen. Da hätte er gleich die ganze bizarre Versammlung beenden können ...

Er erntete gewaltigen Applaus.

Der zweite Redner wirkte bereits am Vormittag indisponiert, um es mit einem Euphemismus auszudrücken. Der dritte verkündete von der Tribüne aus eine wahnwitzige Version von Štefániks Tod. Mit Absicht sorgte er für Verwirrung und Wut.

Die weiteren Vorträge waren in einem ähnlichen Geist gehalten. Mit Wissenschaft hatte das nur sehr wenig zu tun. Dieses Festhalten an nationalen Mythen. Diese Geschichtsfälschung. Diese offensichtlichen Manipulationen. Dieser einseitige Blick auf die Vergangenheit. Diese Unterstützung für die Beseitigung von Denkmälern unbequemer historischer Persönlichkeiten. Es war nicht zum Aushalten.

Ich befürchtete, sie würden mich gar nicht zu Wort kommen lassen, ich solle hier nur den Watschenaugust für Propagandazwecke geben. Aber im Programm war mein Name aufgeführt, und am Nachmittag wurden mir fünfzehn Minuten für meinen Redebeitrag und weitere fünfzehn Minuten für die Diskussion gewährt.

Meinen Vortrag hatte ich zu Hause zwei Wochen lang gewissenhaft vorbereitet. Doch schließlich trat ich ohne mein Manuskript ans Rednerpult. Ich hatte mir nur ein paar Notizen, die von meinen Erlebnissen des ersten halben Tages inspiriert waren, auf einen Zettel gekliert, doch während meiner Ausführungen schaute ich fast gar nicht darauf.

Als ich nach vorn kam, konnte man die Anspannung im Saal mit Messern schneiden. Die Stille wirkte drückender als das tahitianische Klima. Im Handumdrehen war ich schweißgebadet. Mein Blick schweifte durch den holzvertäfelten Raum voller Rentner mit Trikoloren an den Sakkos und uniformierter Skinheads. Ich atmete tief durch.

Ich war eine Rauti. Wie meine Großmutter. Wie meine Mutter. Eine Geschichtenerzählerin. Ich musste an meinen Urgroßvater denken, an seine Reisen, seine endlosen Ortswechsel, seine unbezwingbare Energie.

Ich begann zu erzählen, was ich noch nie jemandem

gesagt hatte, worüber ich aber schon seit Jahren nachdachte.

Ich räumte ein, die Geschichtsschreibung für das gefährlichste Produkt aus den chemischen Laboratorien des menschlichen Verstandes zu halten. Der Blick zurück stachele zu unsinnigen Wünschen und Träumen an, berausche Völker, wecke falsche Erinnerungen, verstärke Reflexe, reiße Wunden auf, bringe einen um die Ruhe und stürze ganze Staaten in die Megalomanie. Genau deswegen erscheine mir die Erforschung des Gewesenen so unermesslich notwendig, zumal in den heutigen Zeiten.

Ich schlug vor, endlich gemeinsame Geschichtslehrbücher zu schreiben. Warum nicht eine gemischte tahitianisch-ungarische Fachkommission gründen und mit dem gemeinsamen Forschen beginnen? Auf ähnliche Weise hätten es Deutsche und Franzosen geschafft, sich anzunähern, obwohl sie in zwei brutalen Weltkriegen gegeneinander gekämpft hatten. Wir sollten Leitfäden für Lehrer entwickeln. Eine Konferenz organisieren. Zusammen eine Zeitschrift herausgeben. Gemeinsame Projekte angehen. Eine App programmieren, Videos drehen, Podcasts aufnehmen. Austauschprogramme für Studierende und Stipendien für Doktoranden anbieten.

Gemeinsamkeiten und Unterschiede müssten genau erfasst werden. Welche Ereignisse interpretierten wir identisch oder fast identisch, auf welche Aspekte legten wir verschiedene Akzente und worin waren wir auffällig uneins? Es gelte, das Maß der Nähe oder Unterschiedlichkeit unserer Erinnerungen zu erforschen.

Bei einem breiten Kreis von Zuschauern sorgte ich für zunehmenden Unmut. Offenbar hatten sie sich wie üblich mit der dezidierten Absicht im Saal versammelt, zu nicken und zu applaudieren. Ich sprach vor Gesichtern, deren anfänglicher höflich-säuerlicher Ausdruck sich allmählich zu unfreundlich gerunzelten Stirnpartien, verächtlichen Grimassen und aus Protest gehobenen Händen verwandelte. Ich ließ mich nicht aus dem Konzept bringen und redete weiter.

Unsere beiden Gesellschaften würden an dem kranken, was war. Traumatisiert seien sie fast nicht in der Lage, ihre Fehler zu reflektieren. Uns drohe, von der Geschichte verhext zu werden und uns in ihren Fallstricken zu verfangen.

Die tahitianischen und die ungarischen Historiker sollten mehr Courage zeigen und gemeinsam gegen die tief verwurzelten Vorurteile kämpfen. Doch statt nach den wirklichen Ursachen für das Exil zu suchen, seien auch hier ständig Verschwörungstheorien zu hören, über die absichtliche Zerschlagung des mitteleuropäischen Raums oder über Zerstörungspläne von Freimaurern und Juden gegenüber Großungarn.

Die Slowaken seien aus dem Oberland vertrieben worden, viele mit Gewalt – das sei ein unverrückbarer Fakt. Daran ließe sich nichts ändern, aber man könne sich daran zurückerinnern und sich ehrenhaft und kritisch damit auseinandersetzen. Niemand von uns sei persönlich dafür verantwortlich, aber wir alle trügen eine gemeinsame Verantwortung, damit so etwas nie wieder geschehe. Wir sollten der Vergangenheit nicht den Rücken zukehren.

An dieser Stelle unterbrachen sie mich. Sie führten mich aus dem Saal und schrien mir Begriffe hinterher, die ich nie vergessen würde. Das Ungarische hat wunderschöne Schimpfwörter.

Azt a kibaszott kutyaúristenit! Lófasz a seggibe! Meg a redvás, büdös picsájába! Kurvanyját, basszameg. Anyád picsája lett volna szárvágó, amikor a világra fosott.

Zum Glück musste ich nicht gleich wieder aus Ungarn weg. Noch zwei Wochen reiste ich durchs Land. Ab und zu hatte ich das Gefühl, verfolgt zu werden, aber ich glaubte, dass ich sie in den Dörfern hinter Gottes Rücken, wie man dort so treffend sagte, abgeschüttelt hatte.

Das Regime verschloss sich nicht vor der Welt. Jeder konnte frei aus Ungarn ausreisen. In den zurückliegenden Jahren hatten mehr Einwohner das Land verlassen als nach dem sowjetischen Einmarsch 1956. Einen erheblichen Teil der Bürger störte jedoch das autoritäre System offensichtlich nicht, solange sie zu Hause etwas zu beißen hatten. Der Staat bewahrte sich den Anstrich einer Demokratie. Auf Schritt und Tritt stieß ich auf Propaganda.

Lieber begab ich mich aufs Land. Der Anblick der Magas-Tátra warf mich um. In Begleitung eines Bergführers stieg ich auf den Gerlachfalvi-csúcs, Ungarns höchsten Gipfel. Zum Glück war die Sicht ausgezeichnet und ich sah die pannonische Tiefebene unter mir wie auf dem Präsentierteller.

Noch mehr verzauberte mich der Osten. Als wäre es mir gelungen, Kontakt mit meiner eigenen Vergangenheit aufzunehmen. Endlich sah ich die Orte, mit denen ich mich seit Jahren in meiner Forschung beschäftigte, mit eigenen Augen.

Sehr interessierten mich auch unabhängige Kulturzentren. Sogar in abgelegenen Dörfern stieß ich auf sie, in Scheunen, verlassenen gotischen Festungen oder vernachlässigten sozialistischen Kulturhäusern. Mittel für die Instandhaltung wurden über Spendenaktionen aufgetrieben, also beteiligte auch ich mich. Freiwillige renovierten die Räumlichkeiten in ihrer Freizeit, nach der Arbeit, übers Wochenende, mit eigenen Händen.

Staatliche Subventionen interessierten sie nicht, sie bewarben sich gar nicht erst darum, sie wussten, dass sie, um sie zu erhalten, viele Kompromisse machen müssten, und das käme auf gar keinen Fall in Frage. Sie betonten mir gegenüber, die jetzigen ungarischen Machthaber würden die freie Kunst hassen, sich in Durchschnittlichkeit und erbärmlichen Massengeschmack ausleben, unbequeme Aktivitäten und Ansichten zum Schweigen bringen und ihnen den öffentlichen Raum entziehen, unangepasste Künstler attackieren und sie zu Staats- und Volksfeinden erklären.

Auch mehrere Historiker sprachen mich an. Die Untergrundopposition in den Regionen begeisterte mich. Bei Lesungen und Diskussionen über historische Texte und dank der persönlichen Begegnungen erlebte ich eindringlichen intellektuellen Austausch, wesentlich essentieller als alles zuvor. Dass ich mich in dieses Land vertiefte, weckte meine Lebensgeister wieder.

Die Menschen retteten nicht nur Gebäude und Traditionen, sondern auch die Sprache. Ich hatte keine Ahnung, in wie vielen abgelegenen ungarischen Ansiedlungen noch heimlich Slowakisch gesprochen wurde, und das in Dialekten, die ich zum letzten Mal auf winzigen, weit verstreuten polynesischen Inseln gehört hatte, wohin Globalisierung, Internet-Englisch und Massentourismus zum Glück noch nicht in vollem Ausmaß vorgedrungen waren.

Einige Enthusiasten in einer Zipser Gemeinde brachten ihren Kindern die Sprache mit Hilfe einer Schulfibel bei, die vor 120 Jahren erschienen war. Auch ein paar aufgeklärte Ungarn, die ich kennenlernte, konnten sich noch an Wörter aus alten Lexika oder Grammatiken erinnern.

Aktivisten klebten heimlich die slowakischen Namen der ursprünglich zu Liptau oder Turz gehörigen Gemeinden, Bahnhöfe oder Bushaltestellen an die Schilder. Sie hielten Sprachmuster in digitalen Amateurarchiven fest. Ihr Traum war die Zweisprachigkeit, die allerdings mit der aktuellen Regierung nicht zu machen war. Ihnen war bewusst geworden, dass das Aussterben kleiner Sprachen sich rasant beschleunigte, jede Woche ging eine weitere verloren, sie verschwanden schneller als bedrohte Tierarten und mit ihnen auch die Vielfalt.

In einer kleinen Stadt wurde eine Samizdat-Zeitschrift im Sempliner Dialekt herausgegeben. Schade, dass ich sie nicht mit nach Tahiti nehmen konnte. Der

Zoll hätte sie garantiert am Flughafen konfisziert und ich hätte mir noch größere Probleme eingehandelt.

Ein geschickter IT-Experte, Kosmopolit und Polyglott hatte auch einem persönlichen Assistenten für Smartphones Slowakisch beigebracht, und später verbreitete er die Sprache für Navigationssysteme und Webbrowser. Er fügte sie in einen Algorithmus für automatische Internetübersetzungen ein, sodass sie anderen, viel weiter verbreiteten Sprachen plötzlich ebenbürtig war. Die App luden sich nur ein paar Dutzend Leute herunter, ich schloss mich ihnen an. Viele Freiwillige in der alten Heimat bemühten sich uneigennützig, die slowakische Sprache zu retten, damit sie nicht mit den letzten Sprechern ausstarb.

Auf dem Weg zurück nach Pozsony machte ich einen Abstecher nach Kosaras, wo 1880 mein Urgroßvater zur Welt gekommen war, als der Ort noch Košariská hieß. Sein Geburtshaus könnte eines Tages zum Museum für die slowakische Auswanderungsbewegung werden, aber vorerst residierte hier lediglich ein Geschäft für Billigtextilien.

Ich ging hinein, aber das Gebäude wirkte auf mich bedrückend, vernachlässigt. Alle machten finstere Gesichter und sprachen im Flüsterton, als hätten sie Angst, jemanden aufzuwecken. In der Atmosphäre hing Trauer. Den Schlüssel zum abgesperrten Familienzimmer konnte niemand finden. Es reizte mich, dort hineinzuschauen, aber ich bekam Beklemmungen, also machte ich mich aus dem Staub.

Nachdem ich zweimal kompliziert umgestiegen war und vierzehn Stunden in der Luft verbracht hatte, landete ich mit einer großen Übelkeit aufgrund der Zeitverschiebung endlich auf dem internationalen Milan-Rastislav-Štefánik-Flughafen von Faa'a. Obwohl ich den Weg zu meiner Wohnung in Papeete auswendig kannte, ließ ich mich zum ersten Mal von der synthetischen, schönen Stimme mit ihren slowakischen Anweisungen navigieren.

»In dreihundert Metern links abbiegen.«
»Den Kreisverkehr an der dritten Ausfahrt verlassen.«
»Sie haben Ihr Ziel erreicht!«

In Ungarn hatte es mir trotz des Erlebnisses auf der Konferenz außerordentlich gut gefallen. Doch als ich auf der Anhöhe beim Strand die vier Obelisken des Grabmals erblickte, begriff ich, wo ich zu Hause war.

1911

Das Pariser Bureau des Longitudes und das Bureau Central Météorologique beauftragten Štefánik mit der Beobachtung des Halleyschen Kometen auf Tahiti. Obwohl er kein einziges Instrument für astronomische Zwecke erfunden hatte, konnte er einige wesentlich verbessern und die französischen Akademiemitglieder schätzten ihn sehr. Es war ihm gelungen, den Spektroheliografen zu optimieren, und er konnte die Temperatur von Sternen überraschend korrekt abschätzen. Die Erfinder des Geräts, Henri-Alexandre Deslandres und George Ellery Hale, lobten ihn auf der Vollversammlung der International Union for Cooperation in Solar Research.

Mit zwei geneigten und gegeneinander beweglichen Spiegeln zwischen Objektiv und Brennpunkt brachte er auch dem Heliometer eine Neuerung. Sein Geschick und die eigenen Nachbesserungen leisteten ihm jahrelang bei der Beobachtung von Sonnenfinsternissen gute Dienste.

Über Astronomie veröffentlichte er zwölf wissenschaftliche Arbeiten, inspiriert vor allem von seinem Aufenthalt im Observatorium von Meudon. Er nutzte auch Beobachtungen auf dem Mont Blanc und anderswo sowie eigene optische Experimente in Labors für seine

Studien. Die Venus-Rotation bestimmte er zwar falsch, ebnete aber seinen Nachfolgern den Weg. Er erforschte auch die Form der Sonnenkorona, der Atmosphäre aus Plasma, die man bei einer Sonnenfinsternis Millionen Kilometer ins Weltall hinausragen sah. Er beobachtete die Emissionsspektrallinien und die Tellurlinien in unterschiedlicher Meereshöhe.

Außerdem perfektionierte er die Hosenträger für Männer. Er versuchte einen Wecker mit einem primitiven Phonographen zu verbinden. Erfand eine in einem Gehstock verborgene Schusswaffe und brachte, nach seinen Erfahrungen an der Front, ein verbessertes Schnellfeuergeschütz zu Papier. Auch eine automatische Weiche für Straßenbahnschienen entwarf er. Dazu rauchte er eine selbst entwickelte zusammenklappbare Reisepfeife.

Schon lange träumte er von einem Observatorium in den Tropen. Bei seinen astronomischen Vorhaben auf Tahiti hatte ihm allerdings schon mehrfach das Wetter einen Strich durch die Rechnung gemacht. Aber vor allem – als er sein Fernrohr zum ersten Mal ausrichtete und scharf stellte, um die Optik zu kontrollieren – erblickte er sie, und in diesem Moment war er verloren.

Es dauerte nur einen Augenblick, hatte aber die Wirkung eines Blitzes, dessen Feuer ihm durch den gesamten Körper fuhr. Als hätte er einen elektrischen Schlag bekommen. Nie wieder vergaß er das Bild, das in seinem Sucher erschien.

Er erkannte sie sofort wieder. Ihre jetzt bereits viel weiblichere Gestalt zeichnete sich in der durchsichtigen Luft ab. Er fokussierte ihre Pupillen, erweitert und reglos, die ihrem Blick etwas Behexendes gaben. Ihr Gesicht kam ihm zerrissen, gespenstisch vor. Die Nase zeigte mit ihrer Spitze leicht nach oben. Wenn sie lächelte, sah der Mund auf edle Weise ebenmäßig aus und zog sich anmutig in die Breite. Die rissigen Lippen waren, wie er später erfahren sollte, auf häufiges Fieber in ihrer Kindheit zurückzuführen. An den Ohren glänzten Schweißtröpfchen.

Gauguins Lieblingsmodell war erwachsen geworden. Sie zeichnete sich durch einen unerhörten Reichtum an physischen Gaben aus. Ihre graziösen Formen, die natürlich edle Haltung und die harmonischen Gesten kannte er gut von den Bildern, aber noch nicht voll entwickelt, nur angedeutet als ungewisses Versprechen für die Zukunft.

Ganz Paris sprach von ihr, aber niemand kannte sie. Schon mehrere Männer hatten sich im Wahn mit unsinnigen, langen und schlecht vorbereiteten Exkursionen zu ihr auf den Weg gemacht, sie aber nicht gefunden. Sie betrachteten sie als einen Mythos, als die Ausgeburt der üppigen Fantasie des Malers und der Halluzinationen, während er verzweifelt in den letzten Zügen lag. Ihre angebliche Existenz löste unter Sammlern und Kritikern leidenschaftliche Debatten und Konflikte aus. Die Kultfigur aus dem Haus der Freuden auf Fatu Hiva. Zwar nur skizziert, dennoch unvergesslich verewigt im Tagebuch des Künstlers, an dessen Glaubwürdigkeit die Kenner allerdings ihre Zweifel hatten.

Ehe er alle Details ausmachen konnte, war sie aus seinem Blickfeld verschwunden. Sie hatte ihn bedrohlich aus dem Gleichgewicht gebracht. Er verließ das im

Bau befindliche Observatorium. Reiste ab, ohne dem Beamten der Kolonialverwaltung vor Ort Bescheid zu geben. Sein eigenes Haus und den Rohbau der Sternwarte ließ er mit sperrangelweit offenen Türen zurück. Auf die konsternierten Fragen von Kollegen und Arbeitern antwortete er nicht, drehte sich nicht einmal um. Er hatte die Macht über sich verloren. Und stürzte davon, besessen von einem einzigen Ziel.

Er irrte über endlose Strände und durch Dschungeldickicht, suchte in Häfen und im abgelegenen Hinterland. Er ging, rannte, ruderte und fuhr mit Kanus.

In seinem Blick loderte ein Feuer. Er dachte an nichts anderes als an sie. Nächtelang schlief er nicht. Er schrieb sogar wieder Gedichte, die meisten davon vernichtete er allerdings umgehend.

Er fragte Einheimische. Aktivierte all seine Kontakte. Forschte nach den Spuren des Malers. Bat den Gouverneur und Missionare um Rat. Er schloss sich einer englischen Forschergruppe an, die nach unbekannten tropischen Pflanzen und seltenen Schmetterlingen suchte. Alles um ihn herum raste in atemberaubendem Tempo vorbei. Als wäre er erneut an eine Quelle für Lebensenergie angeschlossen.

Nach drei Wochen Herumreisen hatte er sie gefunden. Und wollte sich nie wieder von ihr trennen.

Zu Beginn fürchtete sie sich vor ihm. Sie überlegte, ob er sie nicht attackieren würde, ob er nicht gekommen sei, um sie zu vergewaltigen. Er beruhigte sie, erzählte, warum er sie gesucht hatte, gestikulierte, deutete den Blick ins Teleskop an, erläuterte ständig irgendetwas, aber die Worte trockneten ihm in der Kehle ein, vor Müdigkeit bekam er schlecht Luft, und außerdem – verstand sie ihn nicht.

Danach lächelte sie, griff selber nach seiner Hand, drückte sie sogar so kräftig und aufrichtig, dass es ihn leicht schmerzte, aber es kam ihm nicht seltsam vor. Sie sah ihm mit festem Blick in die Augen und zeigte mehrmals zum Himmel. Sie schaute ihn eindringlich an, wahrscheinlich war sie in einem ähnlichen Fieberzustand wie er. Du bist der Mann, der von dort oben gekommen ist. Sie nannte ihn Tahi.

Mit ihr erlebte er die ganze Welt, die Insel, den Himmel, den Dschungel und das Klima ganz anders als bisher. Es tat ihm leid, dass ihn die an einen Sinnesrausch erinnernde Mattigkeit so übermannte.

Es wurde Nacht. Er zeigte auf die Sterne. Lange betrachteten sie sie gemeinsam. Vor Erschöpfung schlief er ein.

Als er am Morgen erwachte, stieg in der aufgeheizten Luft aus dem Tal der Nebel auf. Der Dschungel sah noch durchsichtig aus, er wogte und bebte.

Er fand sie ein Stück entfernt, sie war schon aufgestanden und bereitete zum Frühstück überbackene Brotfrucht mit Kokossauce zu. Das vollblütige Leben sprühte aus ihr. Ohne ein Wort sah er sie an. Er konnte sich des Gefühls von etwas Unwirklichem nicht erwehren.

Durch den Vorhang aus sattem Grün wurden sie von rastenden Vogelschwärmen beobachtet, die erschraken und flügelschlagend zum Himmel aufstiegen. Ihr Gezwitscher vermischte sich mit dem Sirren der Moskitos, die um sie herum eine bewegliche Wolke gebildet hatten.

Sie aßen und versuchten mit Händen und Füßen, sich zu verständigen. Sie behalfen sich, so gut sie konnten. Zeichneten auf den Boden, legten Bilder aus Pflanzen, deuteten ihre Gedanken mit Fingern und Gesten an. Es ärgerte ihn, dass sein Wortschatz in der Eingeborenensprache nach wie vor so bescheiden war. Er spürte, dass die Tahitianerin gern mit ihm sprechen würde, es wollte, es sogar musste.

Die Rauti. Die Historikerin. Die Erzählerin.

Sie machten sich auf den Weg. Rechterhand ragten riesige Farne auf. Sie führte ihn in unbekannte Gegenden. Zwischen Lianen hindurch blickte er auf den schmalen Pfad, den sie entlanggingen. Immer stärker durchdrang ihn das Gefühl, dass es nun nicht mehr weitergehe, dass hier die reale Welt zu Ende sei, dass all dies in seiner Schönheit so verwunschen bleiben müsse.

Der Urwald wurde immer dichter. Gestreifte, feuchte Baumstämme ragten direkt bis in die Wolken auf. Die Rinde war von grauen Flechten durchzogen. Die Kronen verdeckten die Sonne und auf die dicht stehenden Äste fielen statt Lichtstrahlen nur Schatten. Der schwarze Erdboden war noch niemals vom Sonnenlicht berührt worden. Altes Holz verrottete langsam als Opfer der berauschenden, duftenden Feuchtigkeit.

Der zauberische Streifen Grün lichtete sich und ließ sie ein. Er fand sich in einem schlichten kleinen Lager wieder, abgeschnitten vom Rest der Welt. Sie stellte ihn ihrer Familie vor. Gehört hatten sie bereits von ihm, sie zeigten zum Himmel. Er bewunderte das raue und wilde Aussehen der Stammeshäuptlinge. Spielte mit den Nichten Verstecken. Am Abend kostete er zum ersten Mal E'ia Ota, Poisson Cru, rohen Fisch nach einem traditionellen Rezept mit Muscheln, Garnelen, Zitronengras und Kokosmilch.

Sie verbrachten dort gemeinsam zwei Monate ihres Lebens.

Sein Glück wurde mit jedem Tag größer.

Er verzichtete auf westliche städtische Dinge, wollte sie so schnell wie möglich vergessen und ein neues, freies, bescheidenes und dennoch vollwertiges Leben beginnen. Er zog sich in sich selbst zurück und auch in sie, in die eigene Welt als Paar. Er entsagte allem Überflüssigen. Noch nie war er so ruhig und selbstbewusst gewesen wie in ihrer Gegenwart. Neben ihr spürte er nicht die geringste Verlegenheit.

Wenn er sie hörte, verlor alles, was bisher sein Leben ausgemacht hatte, an Glanz, der Glauben daran verließ ihn nach und nach. In ihr lag eine neue, unbekannte Welt verborgen, die er nicht verstand, aber er hatte den Eindruck, dass sie ihn weit überragte.

Auch nach langen Touren war sie nicht müde, sie war immer noch so frisch, als hätte sie sich gerade ausgeschlafen. Sie beherrschte viele französische und sogar zig englische Wörter. Sie erzählte ihm Episoden aus ihrem Leben, Fragmente.

Die Einfachheit ihres Lebens kam ihm jedoch in zunehmendem Maß als schöner Schein vor. Die unendliche Fülle, die Wildnis, der Aufschwung und die Schönheit verbanden sich auf Schritt und Tritt mit Niedergang, Tod und Zerfall.

Er konnte die Augen nicht von ihr abwenden. Wenn er sie fragte, ob sie an Gott glaube, antwortete sie – zumindest erschien es ihm so –, dass es eine endlose Menge an Göttern gebe und sie sich nicht zählen ließen. Geboren auf den Inseln, im Land der langen Angelruten und des Feuers, auf der Erde, die inmitten heftiger Brandung aus Flammen aufgetaucht sei. Möglicherweise war ein Teil des Inhalts in der Übersetzung verloren gegangen.

Sie betete zu einer alten Gottheit, personifiziert durch ein langes Stück Holz, eingehüllt in Tapa-Stoff und rote Federn. Ihr Schöpfer hieß offenbar Taroa und war in einer Muschel zur Welt gekommen. Damals hatte noch die Krake den Himmel gegen die Erde gepresst.

Ihre Vorfahren kannte sie über mehrere Generationen zurück. Die Welt war für sie geteilt in Ao und Pô, Licht und Dunkelheit. Ihr eigenes Leben war von Geburt an in Pô gehüllt.

Sie fühlten sich unzertrennlich und verbunden wie Lianen, sie verwuchsen fast miteinander wie zwei Baumstämme mit einer gemeinsamen Wurzel. Ihre Geschichte ging weiter. Die Schale platzte nicht auf.

Mit seiner Tahitianerin dachte Štefánik weder ans Essen noch an seine Arbeit noch an die Sterne. Ihm war klar, dass er auf keinen Fall so weiterleben könne wie bisher. Er spürte, dass die Revolution, vor der er so panische Angst hatte, stattfand – in ihm.

In dieser Zeit entwöhnte er sich der Gegenwart anderer Menschen. Er brauchte niemanden sonst. Nie wieder Kämpfe mit der unverschämten französischen Bürokratie, Politikgeschäft, Kuhhändel oder Intrigen hinter den Kulissen.

Was er am Himmel nicht gefunden hatte, entdeckte er in ihr. Ihr Gang setzte die Welt in Bewegung. Ihr berühmter unsicherer Schritt. Wenn sie lief oder lachte, schwankte alles. Sie sprach mit einer sanften, leicht kratzigen Stimme und er hatte nicht das Bedürfnis, etwas anderes zu hören.

Er fotografierte sie ein einziges Mal, an eine Palme gelehnt. Mit dem Foto von ihr reiste er um den halben Globus. Dann verewigte sie ihn, nur mit einem Pareo bekleidet. »Du bist hässlich wie die Nacht«, sagte sie und lachte. »Du bist schön wie der Tag«, antwortete er.

Der Militärbote mit dem Befehl kam auf Anordnung des Gouverneurs zu ihm mitten in den Urwald. Und er brachte auch einen Berg Briefe von seinen Gläubigern mit, die nachdrücklich die Bezahlung der horrenden Schulden einforderten und mit juristischen Schritten drohten. Die französische Regierung hatte ihn nach Ecuador abkommandiert und auf weitere Arbeitsreisen geschickt. Vor den Gerichtsvollziehern rettete ihn paradoxerweise der Ausbruch des Krieges.

Štefánik versprach, zu ihr zurückzukommen, sobald er seine Mission erfüllt hätte. Nichts deutete darauf hin, dass der größte Kriegskonflikt in der Geschichte der Menschheit bevorstand, der erste, der fast die ganze

Erdkugel erfassen würde. Höchstwahrscheinlich hatte er keine Ahnung, dass sie mit meiner Großmutter schwanger war, als er sie verließ.

Ehe er erneut auf die Insel kam, diesmal mitsamt seinen Landsleuten und auf Dauer, sollten viel mehr Jahre vergehen, als er gedacht hatte. Der Große Krieg hatte allzu lange gedauert. Mit jedem Tag in der Armee und ohne seine Tahitianerin war Štefániks Innenleben verödet und das äußere hatte ihn überwältigt. Als hätte sich sein Innerstes nach außen gekehrt.

Er hatte sein Versprechen nicht gehalten. Die Schale war geplatzt.

Tahiti war ein Fisch. Das Land der blassblauen Wasser und der Felsenschluchten. Der Sockel der Sonne. Ein Boot auf den Wellen. Eine Schwanzflosse, die zum klaren Himmel aufragte.

Das schäbige, plebejische Tahiti, Tahiti ohne Götter, prahlerisch und eigensinnig. Tahiti der schmeichlerischen Worte. An der Grenze der Welt. Tahiti als gelbes Gefieder. Tahiti, die Krake. Oben und unten.

Er kehrte zurück und suchte unermüdlich nach ihr. Durchquerte alle Abschnitte des Dschungels, die sie früher zusammen durchquert hatten. Rief sich gemeinsame Gespräche ins Gedächtnis zurück, als hätte er sie erst am Tag zuvor gehört. Vor Müdigkeit konnte er kaum noch gehen, die Krankheit erschöpfte ihn. Von den Eingeborenen hörte er Widersprüchliches. Einige von ihnen behaupteten, sie sei weggegangen, keiner wisse, wohin. Angeblich sei sie bei der Geburt eines Mädchens gestorben, das wie durch ein Wunder überlebt hätte.

Anderen zufolge hätte sie sich aus Trauer die gesamte Stirn aufgeritzt, diesmal schonungslos, hart, gefährlich. Und als keine Stelle mehr frei gewesen wäre, hätte sie mit Schnitten an den Gliedmaßen und am Brustkorb weitergemacht. Angeblich sei sie im tiefsten Dschungel verschwunden und lebe allein in einer abgelegenen Fledermaushöhle.

Es wurde berichtet, man habe sie erst gefunden, als die Flut sie ans Ufer gespült hatte. Der glänzende lange Körper, bewachsen mit Seetang und Algen, habe ausgebreitet im Sand gelegen. Aus den dichten Locken seien Schwärme von Seevögeln aufgeflogen. Das Blut habe sich über den Himmel ergossen und seitdem gebe es über den Inseln Morgenrot und Abendrot. Aus dem Gefieder, das zur Erde herabrieselte, seien Sträucher, Bananenstauden und Lianen gewachsen.

Tahi kratzte die Pflanzen von ihr ab. Sie verwandelte sich in einen riesigen Fisch und bohrte sich in die Meerestiefen hinein.

Nichts blieb, wie es war.

Jedes Mal wurde es Abend, noch bevor das Fleisch fertig gebraten werden konnte.

Die Sonne ging kurz nach ihrem Aufgang wieder unter.

Kaum wurde ein Samenkorn in die Erde gelegt, kam eine dichte und ausdauernde Finsternis auf und nichts wuchs aus ihm hervor.

Die Sterne schafften es am Abend nicht, ihre Plätze am Himmel einzunehmen.

Auf die Erde ergoss sich anhaltender Regen.

Der Upoa sang so flehentlich, als hätte sich der Himmel erhoben und die Götter wären in alle Richtungen auseinandergegangen. Allmählich wurde er aber doch leiser und flog schließlich woandershin.

Als Štefánik seine Tahitianerin nicht fand, ging es mit ihm bergab. Er ließ zwar in seinen Aktivitäten nicht nach, schien aber nur noch ein Schatten seiner selbst zu sein. Per Schiff ließ er sich ein Caproni-Wasserflugzeug liefern und flog oft zwischen den einzelnen Inseln hin und her, auf denen seine Landsleute heimisch geworden waren. Er munterte die Kolonisten auf, beriet sich mit dem Gouverneur, verhandelte mit den Franzosen. Nach jeder Landung schlug er Verbesserungen vor, verteilte Instruktionen, bot Lösungen an, erwog weitere Veränderungen auf den Plantagen und neue Möglichkeiten für amerikanische Investitionen. Mit müden Pupillen in den ausgeblichenen Augen betrachtete er den langsamen Fortschritt um sich her.

Er leistete noch ein großes Stück Arbeit. Er kam gut mit dem Gemeinderat aus und auch mit den taihitianischen und französischen Bürgern. Zwar stritt er sich mit der Kirche und mit Frauenrechtsaktivistinnen, aber er griff besonnen und diplomatisch in die Konflikte ein, hörte jeden an und entschied schließlich meist trotzdem nach seinem Gutdünken. Nach wie vor suchte er nach einem künftigen Monarchen und wandte sich aus der Ferne an mögliche Kandidaten.

Etwas in seinem Innern nagte allerdings immerzu an ihm. Er hinkte leicht, als zerre irgendeine innere Kraft an ihm. In ihm gähnte ein Abgrund, und er hatte nichts, womit er ihn füllen konnte.

Trotzdem stürzte er sich mit Elan in die Vorbereitungen zu den ersten Nationalfeierlichkeiten in Neu-Slowakien. Er überwachte das Schmücken der Ehrenpforte. Kontrollierte die Form der Tribüne für die Kriegsveteranen. Suchte das Musikstück für die vereinigten Blaskapellen aus. Überzeugte sich mit eigenen Augen davon, wie die Techniker die Landefläche auf dem Wasser am Zentralstrand gekennzeichnet hatten.

Viele versuchten, ihn zu überreden, er möge nicht mehr fliegen, er möge sich endlich einmal ordentlich ausruhen. Aber niemandem gelang es. Sie boten ihm für die Parade ein Schnellboot und eine Droschke an, beides jedoch lehnte er starrsinnig ab.

Er erstellte noch eine Wettervorhersage, die ideale Startbedingungen versprach – schwachen Wind und ausgezeichnete Fernsicht. Am Abend bekam er starke Bauchschmerzen, aber trotzdem konnte er es kaum noch erwarten, sich wieder in die Lüfte zu erheben.

Der Himmel sah aus wie eine Schale. Die Nacht wurde kürzer. Etwas in ihr war in Gärung geraten. Die hohen Palmen wogten im Windhauch. Die Erde heizte sich auf, gegen Morgen stiegen über ihr Dämpfe auf, die in den Senken dichter wurden und an den Felsenklippen zerrissen. Die Sonne stand hoch oben. Auf den Wellen des Meeres schwebte die Krake und streckte ihre Fangarme aus.

FLOG EINMAL EIN KÜHNER FALKE

Flog einmal ein kühner Falke überm Ozean dahin,
Sehnsucht wogte in den Herzen, alle blickten auf zu ihm.
Wie mit einem Donnerschlage stürzt' der Falke stumm herab,
so kam's, dass mit ihm Tahitis ganzes Volk in Gram erstarb.

Neues Glück für sein Geschlecht hat in der Südsee er gesehen,
aber kaum hier eingetroffen, musst' bereits er von uns gehn.
Erreicht hat er die Insel noch, tränenschwer war ihr Empfang,
mit uns trauert der Upoa, weint mit klagendem Gesang.

Der General, er ist nicht mehr, sein Blick verlosch für alle Zeiten,
von seinem Grabmal schaut er nun hinauf in die azurnen Weiten.
Trauernd ragt der Temehani himmelwärts ins Leere,
würdig still erweist er dem berühmten Sohn die letzte Ehre.

Das Meer, es rauscht, spritzt Tag und Nacht,
an wüste Ufer seinen Schaum.
Sternwärts schaut der erste Tahi.
Was er wohl sieht in seinem Traum?

Zu den Inseln schaut er hin,
vielleicht sind wir's, die er erblickt.
Ein neues Leben galt's zu bauen,
im fernen Land ist's uns geglückt.

PFLICHTLEKTÜRE, 4. KLASSE GRUNDSCHULE, SLOWAKISCHE
SPRACHE UND LITERATUR IN FRANZÖSISCH-POLYNESIEN

www.tropen.de

Michal Hvorecky
Troll

Roman
Aus dem Slowakischen von
Mirko Kraetsch
216 Seiten, gebunden
ISBN 978-3-608-50411-8
€ 18,– (D) / € 18,50 (A)

» … die böse Farce um die Zersetzung einer Gesellschaft und des Wahrheitsbegriffs durch Internettrolle, die kommt einem doch schaurig vor.«
Alex Rühle, Süddeutsche Zeitung

Osteuropa in naher Zukunft. Ein Heer aus Trollen beherrscht das Internet, kommentiert und hetzt. Zwei Freunde entwickeln immer stärkere Zweifel und beschließen, das System von innen heraus zu stören. Dabei geraten sie selbst in die Unkontrollierbarkeit der Netzwelt – und an die Grenzen ihres gegenseitigen Vertrauens.

www.tropen.de

Michal Hvorecky
Tod auf der Donau

Roman
Aus dem Slowakischen
von Michael Stavarič
272 Seiten, gebunden
ISBN 978-3-608-50449-1
€ 20,– (D) / € 20,60 (A)

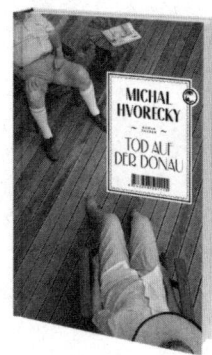

Leinen los! Eine groteske Irrfahrt nach Osteuropa

Achtzig Senioren auf einem Kreuzfahrtschiff zu bändigen, ist keine leichte Aufgabe. Vor allem dann nicht, wenn man nebenbei zwei Leichen entsorgen und seine Ex-Freundin verstecken muss. Michal Hvoreckys Roman ist ein wilder Ritt über die Donau, von Regensburg bis ans Schwarze Meer.